GW01561180

Avec plus d'une centaine de livres publiés en France et plus d'un milliard d'exemplaires vendus à travers le monde, Danielle Steel est, depuis ses débuts, une auteure au succès inégalé. Francophone, passionnée de notre culture et de l'art de vivre à la française, elle a été promue en 2014 au grade de chevalier dans l'ordre de la Légion d'honneur.

Retrouvez toute l'actualité de l'auteure sur :
www.danielle-steel.fr

SECONDE VIE

ÉGALEMENT CHEZ POCKET

La Foudre
Coups de cœur
Accident
Le Cottage
Éternels célibataires
Le Baiser
Disparu
Courage
Douce amère
Un si long chemin
Vœux secrets
La Clé du bonheur
À bon port
Sœurs et amies
Rendez-vous
Princesse
Cinq jours à Paris
Le Bal
L'Ange gardien
Coucher de soleil
à Saint-Tropez
Le Cadeau
Une grâce infinie
Rue de l'Espoir
Miracle
Les Échos du passé
Villa numéro 2
Malveillance
Voyage
Le Fantôme
Le Ranch
Paris retrouvé
Joyaux
Une femme libre
Le Klone et moi
La Maison des jours
heureux
Renaissance
Au jour le jour
Mamie Dan
Double reflet
Maintenant
et pour toujours

Les Lueurs du Sud
Cher Daddy
Au nom du cœur
Album de famille
Une grande fille
Une autre vie
Liens familiaux
La Vagabonde
Il était une fois
l'amour
Colocataires
En héritage
Joyeux anniversaire
Un monde de rêve
Traversées
Les Promesses
de la passion
Hôtel Vendôme
Trahie
Zoya
Souvenirs d'amour
Secrets
La Belle Vie
Des amis si proches
Le Pardon
La Fin de l'été
L'Anneau de
Cassandra
Jusqu'à la fin
des temps
Un pur bonheur
Star
Souvenirs du Viêtnam
Plein ciel
Victoires
Palomino
Loving
Coup de foudre
Ambitions
La Ronde des
souvenirs
Kaléidoscope
Une vie parfaite
Bravoure

Un si grand amour
Un parfait inconnu
Le Fils prodigue
Musique
Cadeaux inestimables
Agent secret
L'Enfant
aux yeux bleus
Collection privée
L'Appartement
Ouragan
Magique
La Médaille
Prisonnière
Mise en scène
Plus que parfait
La Duchesse
Jeux dangereux
Quoi qu'il arrive
Coup de grâce
Père et fils
Vie secrète
Héros d'un jour
Un mal pour un bien
Conte de fées
Beauchamp Hall
Rebelle
Sans retour
Jeu d'enfant
Scrupules
Espionne
Royale
Les Voisins
Ashley, où es-tu ?
Jamais trop tard
Menaces
Les Whittier
Héroïnes
Seconde vie

DANIELLE STEEL

SECONDE VIE

Traduit de l'anglais (États-Unis)
par Alice Fombois

Les Presses de la Cité

L'édition originale de cet ouvrage a paru en 2017 sous le titre *Second Act* chez Delacorte Press, Random House, Penguin Random House Company, New York.

© Danielle Steel, 2024, tous droits réservés
© Les Presses de la Cité, 2024, pour la traduction française
ISBN : 978-2-266-34827-0
Dépôt légal : mars 2025

Pour Taureau, de tout mon cœur, Lionne

À mes merveilleux enfants tant chéris,
Beatrix, Trevor, Todd, Nick,
Sam, Victoria, Vanessa,
Maxx et Zara,

Pour lesquels je formule tous les vœux,
Que l'amour de gens bien vous entoure
et vous paie de retour,
Que la sagesse éclaire vos choix,
Et le courage vous accompagne dans les défis de la vie,
Le bonheur et la chance aussi,
Soyez tous bénis à jamais.

Je vous aime de tout mon cœur,
Maman/D S

Un jour viendra où tu penseras que tout est fini.
C'est là que tout commencera.

Louis L'Amour

1

Les studios Global étaient situés à Los Angeles, dans le quartier de Century City. Si leur immeuble était déjà impressionnant, accéder au bureau du PDG revenait à pénétrer dans un autre univers. C'était comme embarquer dans une navette spatiale en partance pour la Lune. Un agent de sécurité attendait discrètement à côté de l'ascenseur pour escorter les VIP et activer le bouton du 44ᵉ étage avec son badge de sécurité. Car personne ne pouvait atteindre les quartiers privés d'Andy Westfield sans y être invité. Les visiteurs étaient strictement contrôlés à la réception, leur carte d'identité examinée avec soin, leurs empreintes et leur photo prises, leur patronyme doublement vérifié. Il fallait être dûment approuvé pour accéder ne fût-ce qu'à l'ascenseur. Même si aucune attaque n'avait jamais été tentée sur le PDG de Global, d'autres directeurs de studio en avaient été victimes, si bien que les mesures de sécurité étaient particulièrement poussées et dernier cri autour d'Andy.

L'ascenseur privé se propulsait d'une traite et à grande vitesse jusqu'au dernier étage, où le nouveau venu était chaleureusement accueilli. La réception était magnifiquement décorée avec des canapés en cuir et des œuvres d'art contemporain hors de prix. Mais on ne s'y attardait généralement pas longtemps, car les portes s'ouvraient automatiquement sur une petite antichambre ornée de peintures appartenant à la collection personnelle d'Andy. Là, d'autres portes laquées de rouge et hautes de quatre mètres donnaient sur le saint des saints, une pièce à la splendeur feutrée où Andy siégeait derrière un immense bureau en acier et acajou, depuis lequel on voyait tout Los Angeles. À droite, un long mur couvert d'affiches de films résumait toute son histoire. Ou plutôt celle de ses parents, deux légendes de Hollywood. Son père était en effet John Westfield, le plus célèbre cow-boy de tous les temps, arrivé en Californie depuis son Montana natal à l'âge de 18 ans pour devenir acteur. Après trente ans de carrière et quatre oscars, il était passé derrière la caméra pour réaliser des westerns mythiques qui lui avaient valu trois autres statuettes en tant que réalisateur. Cet homme de principes, porteur de valeurs fortes, avait transmis ses convictions dans ses films. Il avait représenté un vrai modèle pour Andy, en plus d'être un père admirable et le héros grand, beau et âpre que les hommes respectaient, que les petits garçons voulaient devenir, et dont les femmes rêvaient. Quant à sa mère, Eva Lundquist, originaire de Suède, elle avait été l'une des stars les plus glamour de Hollywood. Avec John, elle avait formé un tandem aussi improbable que spectaculaire, à qui tout réussissait. Elle aussi avait reçu deux oscars, avant de prendre sa retraite jeune pour épouser John et élever Andy. Leur couple avait été le plus aimé de toute l'histoire de Hollywood et représentait un idéal pour leur fils.

Andy tenait de ses deux parents. Il était presque aussi grand que son père – véritable géant à la carrure de cow-boy –, et aussi beau, avec sa fossette bien marquée au menton et son visage buriné qui conserverait jusqu'au bout son charme. De sa mère scandinave, il avait aussi hérité la chevelure blonde ainsi que le bleu soutenu des yeux. Malgré ce physique d'acteur, Andy n'avait jamais soupiré après une carrière au cinéma car si ses parents avaient fait leur maximum pour protéger leur vie de famille des paparazzis, le prix à payer avait tout de même été trop élevé.

Andy s'était, lui, rapidement intéressé à l'écriture de scénarios. Il était doté d'un talent précoce et indéniable, qu'avaient confirmé ses études de cinéma à l'université de Californie du Sud. Étudiant, il avait passé ses étés à se former sur les plateaux de tournage de son père et, une fois son diplôme en poche, il avait écrit deux scénarios pour lui. Sa carrière de scénariste avait duré seize ans. Seize ans avant que les jeux de pouvoir de Hollywood ne l'aspirent. Sa filiation lui ouvrait des portes, et les opportunités étaient vite devenues trop tentantes. Son père lui avait toujours conseillé de rester prudent, mais de saisir les opportunités quand elles se présentaient – en optant pour celles qui le serviraient le mieux. Andy avait donc choisi avec sagacité, souvent avec l'aide paternelle.

Ainsi quand AMCO, un gros groupe industriel, avait racheté les studios Global pour se diversifier et glamouriser son image, et était venu chercher Andy, il avait accepté. À seulement 38 ans, il était devenu le plus jeune directeur de studio de Hollywood. Cela faisait désormais dix-neuf ans qu'il présidait à la destinée de Global et avait le dernier mot sur tous les films produits. Aucun autre PDG concurrent n'affichait cette longévité. Andy Westfield était admiré, respecté, et il s'illustrait dans sa partie.

À 40 ans et quelques, il avait déjà acquis un niveau de pouvoir équivalent à celui de n'importe quel PDG du secteur. Puis, petit à petit, il les avait tous surpassés. À cela s'ajoutaient les qualités d'honnêteté, de franchise et de travail qu'il tenait de son père et qui le distinguaient des autres. On le considérait comme un homme intègre, un homme d'honneur, qui non seulement avait le sens des affaires, mais les menait avec une droiture infaillible. Quelqu'un à qui on pouvait faire confiance. Il avait vu les têtes de studio tomber autour de lui tandis que sa propre position se renforçait. Et cela sans que le pouvoir ni les sommes faramineuses qu'il brassait le corrompent.

Les exigences de son travail avaient néanmoins fini par le dévorer. Malgré les valeurs familiales qui lui étaient chères, son poste lui laissait très peu de temps pour les siens, ou pour s'adonner à des activités ordinaires. Il était toujours par monts et par vaux à superviser un tournage, à calmer une star désireuse de tout plaquer, ou à négocier un prochain film. Il était celui qu'on appelait en dernier recours pour régler une crise. Coexister avec les stars et gérer leurs exigences ne posait aucun problème à Andy : après tout, il avait grandi entouré des plus grands noms du cinéma. Rien ne l'impressionnait, ne l'effrayait ni ne l'arrêtait.

Il avait 45 ans quand sa femme Jean lui avait annoncé que, après vingt et un ans de mariage, elle souhaitait divorcer. Ce n'était pas lié à un quelconque scandale. Simplement, depuis qu'il avait pris la tête du studio, elle l'avait à peine vu. Et cela n'allait pas s'améliorer. Il excellait dans son métier, et il aimait trop ça : sous sa direction, Global avait triplé son chiffre d'affaires. Mais durant ces années de dur labeur, leur fille Wendy avait grandi, puis commencé l'université. Jean avait dû pallier son absence tandis qu'il manquait tous ses anniversaires et les spectacles de l'école. Elle se rendait aussi seule à la plupart des événements familiaux ou sociaux, parce qu'il n'avait jamais le temps. En tant que père et mari, il avait brillé par son absence durant des années cruciales. Il aimait pourtant sa femme et sa fille, mais il aimait tout autant son travail. Il ne s'était pas opposé au divorce, et s'était montré extrêmement généreux envers Jean, dont il parlait toujours en termes élogieux.

Depuis, elle s'était remariée avec un chirurgien en cardiologie et vivait dans la banlieue de Cleveland, heureuse. Wendy aussi s'était mariée, avec quelqu'un qui n'avait rien à voir avec Hollywood. Soucieuse depuis toujours de se tenir aussi éloignée que possible du milieu qui avait englouti son père et détruit le mariage de ses parents, elle vivait comblée à Greenwich, dans le Connecticut, avec son mari éditeur et leurs deux enfants – Jamie et Lizzy. Elle-même, à 32 ans, était responsable de publication. Andy dînait avec eux quand il allait à New York pour affaires, mais reconnaissait volontiers qu'il les voyait trop peu. En revanche, il appelait souvent pour se tenir au courant. Il n'avait pas le temps de faire plus. Wendy ne lui en tenait pas rigueur, elle le connaissait : il avait sacrifié sa vie personnelle pour réussir. Son père ne faisait qu'un avec son travail. Son métier était devenu constitutif de sa personne, comme un organe vital. Elle ne lui avait jamais demandé si le jeu en valait la chandelle. Sans doute aurait-il répondu par l'affirmative. Il menait la vie qu'il avait choisie, sans regret apparent.

Lui ne s'était pas remarié. Il se contentait de relations considérées comme longues d'après les standards hollywoodiens : deux ou trois ans, souvent avec une star en vue. De fait, il apparaissait toujours avec une actrice célèbre à son bras – actrice rappelant sa propre mère. Son amie du moment s'appelait Alana Beal. C'était une actrice anglaise dans la quarantaine, très douée, qui avait tourné plusieurs films avec Global depuis son arrivée à L.A. Elle était grande, d'une beauté froide et d'un glamour saisissant. Intelligente, aussi. Leurs conversations étaient passionnantes. Les jeunes actrices ne faisaient pas partie de son paysage sentimental, et jamais il n'aurait usé ou abusé de sa position pour les séduire. C'était un homme brillant dont les anciennes conquêtes ne parlaient qu'en bien. Les relations prenaient fin parce que, aussi généreux et gentil soit-il, il n'avait aucune intention de se remarier, ce qu'il signifiait dès le début. Quand ses compagnes prenaient conscience qu'il était sérieux, elles passaient à autre chose, généralement au bon moment. Une autre prenait alors leur place. Aux yeux du principal intéressé, le système fonctionnait bien.

Andy Westfield était parfaitement à sa place à son poste de directeur de studio – un rêve pour beaucoup, devenu réalité pour lui. Il comptait parmi les noms les plus importants du cinéma et cela depuis presque un tiers de sa vie. Il avait atteint sa vitesse de croisière. Être un homme de pouvoir était comme une seconde nature pour lui, mais il n'en abusait jamais. Il n'en avait pas besoin et ce n'était pas son style. Pourquoi en rajouter ? Sa position lui convenait à merveille. Il vivait et mettait son énergie dans le présent, sans inquiétudes pour l'avenir. Contrairement à ses parents, qui avaient dépensé tout leur argent, il avait judicieusement placé les sommes impressionnantes gagnées à la tête de Global.

Il s'imaginait travailler jusqu'à un âge avancé. Il avait tellement amélioré les bénéfices de Global que AMCO, la société mère, n'avait aucune raison de se plaindre. Et il y avait tout lieu de penser que les choses resteraient en l'état : AMCO avait fait de nombreuses acquisitions ces deux dernières décennies, et ils adoraient le glamour et l'adrénaline que leur procurait leur grand studio de cinéma. Andy, devenu une légende de Hollywood, ne leur avait jamais fait défaut. On ne tarissait pas d'éloges à son sujet et même Tony Bogart, le PDG d'AMCO, répétait à l'envi qu'ils avaient fait une excellente affaire le jour où ils l'avaient engagé.

Le bureau de Frances, l'assistante d'Andy, se trouvait juste à côté du sien. Ainsi cette femme qui gérait tout pour lui, y compris ses engagements mondains, était constamment disponible. Elle avait pris ce poste presque par hasard, le temps d'un job d'été, quinze ans plus tôt. Quand Andy avait constaté combien elle était méthodique, il l'avait convaincue de rester – au grand dam de la famille de la jeune femme, qui vivait sur la côte Est et n'avait jamais compris pourquoi elle avait postulé alors qu'elle sortait tout juste de la prestigieuse université de Princeton.

Ce métier était pour elle comme une vocation. Elle vénérait Andy et ne vivait que pour lui simplifier l'existence au maximum. Discrète, fiable, fidèle et agréable, elle avait des manières à la fois chaleureuses et respectueuses. Ainsi, personne ne soupçonnait jamais l'excuse fallacieuse lorsqu'elle déclinait une invitation pour son patron. Elle savait tout de lui. Ses amis l'accusaient d'ailleurs d'en être amoureuse. Elle ne démentait pas formellement, mais ne se faisait guère d'illusions : Andy était un homme d'une grande probité, parfaitement poli, qui respectait autrui et ne laissait aucune place à l'ambiguïté. Elle adorait son travail, au demeurant très bien payé.

— Juste pour rappel, Andy, vous devez partir dans dix minutes. Il est prévu que vous passiez prendre miss Beal à 16 h 30. Le tapis rouge est à 17 heures. J'ai bloqué une heure dans votre agenda pour que vous vous prépariez. Julian sera en bas dans dix minutes avec la voiture.

Julian était au service d'Andy depuis un an. Ce qui était assez rare puisque généralement ses chauffeurs – souvent des acteurs au chômage espérant qu'il les repère – ne restaient pas aussi longtemps. Seulement le temps de voir leurs espoirs déçus.

— Alana sera en retard, comme d'habitude. J'aurai sans doute le temps de boire un ou deux verres en l'attendant. Mais elle n'a pas la chance de vous avoir, et son assistante est encore plus désorganisée qu'elle, répondit Andy avec un grand sourire à l'intention de sa secrétaire.

Les cheveux roux et les taches de rousseur de Frances lui donnaient, malgré ses 40 ans, l'air d'une jeune fille. Une jeune fille sage, à voir ses tailleurs-pantalons de couleur sombre. Lui-même était toujours en costume-cravate. Pour le taquiner, sa fille Wendy lui disait qu'il était « vieux jeu ». Mais pour Andy, c'était plutôt un signe de respect à l'égard de son travail et de ceux qu'il côtoyait. Frances partageait cette philosophie. Avoir une apparence soignée faisait partie du job. La plupart des autres directeurs de studio venaient désormais au bureau en jean, baskets et tee-shirt. Quant à leurs assistants, ils donnaient l'impression d'être en tenue de plage. Personne n'aurait pu croire cela en voyant Andy Westfield. On comprenait aussitôt qu'il s'agissait de quelqu'un d'important.

Comme toujours, Frances lui donna le signal du départ à l'heure dite. Il n'avait prévu aucun rendez-vous cet après-midi-là et son chauffeur l'attendait en bas. Ils prirent la direction de Bel-Air, où il habitait depuis le divorce – il avait laissé la maison de Beverly Hills, qui avait vu grandir leur fille, à son ex-femme. Jean l'avait vendue lorsqu'elle était partie pour Cleveland. La demeure qu'il s'était achetée à Bel-Air était gigantesque, avec une immense piscine et un patio pouvant accueillir une centaine de personnes. Les jardins étaient magnifiques et l'intérieur, agrémenté d'œuvres d'art dignes d'un musée et des affiches de ses parents, reflétait un goût parfait. Son travail avait fait de lui un homme riche, et il appréciait le luxe et les avantages associés au succès. Il ne devait ce train de vie qu'à lui-même, car hormis leurs oscars et de merveilleux souvenirs, John et Eva ne lui avaient pas laissé grand-chose.

Mais quelle enfance il avait eue ! Ses parents l'emmenaient partout, jusqu'au Texas et en Arizona, où son père tournait la plupart de ses films. C'est lui qui l'avait d'ailleurs initié à l'équitation dès ses 4 ans, d'où son aisance à cheval. Ils assistaient à des rodéos et Andy avait même participé – sur son propre poney – à plusieurs parades équestres avec John. Ce dernier adorait aussi pêcher, et ils y allaient souvent tous les deux. En famille, ils s'étaient également rendus en Suède, dans la ville natale de sa mère, où on la vénérait. Et ils rendaient régulièrement visite à ses grands-parents paternels, dans le Montana. Malgré le milieu hollywoodien, Andy avait eu la chance de bénéficier d'une enfance saine, avec des parents aimants.

Wendy ne pouvait en dire autant. Parfois, Andy regrettait de ne pas avoir passé plus de temps avec elle. Il l'avait privée d'une profusion de bons souvenirs, que lui-même avait pu emmagasiner enfant. Quelle chance qu'elle ne lui en veuille pas ! Jean aurait bien voulu d'autres enfants, mais pas lui. L'avenir leur avait démontré que c'était aussi bien : il aurait eu encore moins de temps à leur consacrer. Il n'avait déjà pas pris le temps de partager avec Wendy toutes les choses que son propre père lui avait enseignées… Le monde semblait tourner moins vite à l'époque de ses parents, même quand on était une star de cinéma. Alors que pour Jean et lui, les années avaient filé comme l'éclair jusqu'à l'entrée de Wendy à l'université, et il avait tout manqué. Cela l'avait frappé en plein cœur à la cérémonie de fin de lycée de sa fille, et plus encore à sa remise de diplôme à Columbia.

Après ses études, Wendy avait préféré rester à New York et n'était jamais revenue à Los Angeles. Deux ans après sa sortie de l'université, il l'avait menée à l'autel pour la confier à Peter Jensen. Ceci avait marqué la fin définitive de leur vie de famille. Désormais, il vivait comme un célibataire dans sa demeure de rêve. Bien plus grande que ce dont il avait besoin, mais qui allait avec son image et son statut. L'endroit idéal pour recevoir – ce qu'il n'avait par ailleurs pas le temps de faire. Il n'avait pas donné de réception depuis des années, et ne voyait quasiment plus ses vieux amis – les dîners d'affaires passaient avant le reste.

Frances gérait avec la même efficacité le personnel de Bel-Air. Il y avait Timothy, le majordome anglais, plusieurs personnes pour entretenir la maison, et une cohorte de jardiniers. Pas de cuisinier, parce que l'emploi du temps d'Andy était erratique et qu'il sortait beaucoup. Les rares fois où il souhaitait manger chez lui, on faisait livrer des plats commandés dans ses restaurants favoris. Quant aux repas des employés, c'était la gouvernante qui s'en occupait.

Son smoking l'attendait. Timothy l'aida à l'enfiler, lui mit ses boutons de manchettes et noua son nœud papillon à la perfection – il s'agissait tout de même de la soirée des Oscars, et deux films de Global étaient en lice. Alana ne faisait malheureusement pas partie des actrices nominées. Elle n'avait jamais remporté d'oscar, contrairement aux parents d'Andy dont les statuettes trônaient dans des vitrines sur un mur de la bibliothèque. Mais cela ne préjugeait en rien de son talent, exceptionnel. Alana et Andy vivaient séparément, mais se voyaient plusieurs fois par semaine, sans compter les week-ends. Quand il avait le temps, bien sûr. Ce serait leur troisième cérémonie des Oscars ensemble.

Si Wendy avait rencontré Alana à plusieurs reprises, elle ne cultivait pas de lien pour autant : après tout, les relations de son père ne duraient jamais très longtemps. Quand il rendait visite à sa fille à Greenwich, il venait seul. Cela convenait très bien à Alana, qui ne s'attendait de toute façon pas à faire partie de la famille. Elle était divorcée elle aussi, mais sans enfants, et sa vie tournait principalement autour de sa carrière. À l'instar d'Andy.

Ce dernier, parti à l'heure de chez lui, se trouva à 16 h 30 tapantes devant la porte d'Alana. L'actrice habitait une élégante petite maison dans le quartier des collines de Hollywood. On le fit entrer. Impeccable dans son smoking taillé sur mesure à Londres, avec ses cheveux blonds légèrement grisonnants, ses yeux d'un bleu pétillant, son allure et sa beauté, il aurait pu en remontrer à n'importe quel acteur. Ce qui le démarquait, c'étaient l'intelligence et la concentration qui transparaissaient dans son regard. On sentait le poids de l'expérience et il dégageait incontestablement une aura de puissance. Alana ne s'y était pas trompée, elle qui ne sortait qu'avec des hommes de pouvoir ou des acteurs de premier plan.

Quand elle fit son entrée dans le salon où il sirotait une vodka martini, il était 16 h 55. Elle avait presque une demi-heure de retard. Mais le résultat était à la hauteur de l'attente : elle était à couper le souffle. La robe blanche vintage empruntée pour l'occasion chez Chanel – Alana procédait ainsi pour tous les événements majeurs – la moulait telle une seconde peau. Comme elle était grande, mince et dotée d'une poitrine généreuse, l'effet était saisissant. La tenue, envoyée de Paris, avait été ajustée à sa taille. Aux oreilles, l'actrice portait les longues boucles en diamants qu'il lui avait offertes pour leur un an de relation et à son cou scintillait un collier en diamants, prêté par Van Cleef. Aucun doute, Alana savait comment aborder le tapis rouge, surtout celui des Oscars.

— Miss Beal, quelle sublime apparition ! s'exclama Andy, sous le charme, avant de pousser le compliment : Rien que la robe te vaudrait un oscar.

La remarque flatteuse arracha un sourire à Alana, qui virevolta sous son regard appréciateur. Ses cheveux blonds étaient pris dans un chignon banane au soyeux irréprochable, et les diamants étincelaient. L'équipe de maquilleur, coiffeur et manucure qui venait de partir l'avait magnifiée.

— Cette robe a été sortie de l'exposition Chanel spécialement pour moi. Et le collier, c'est celui que Richard Burton a offert à Elizabeth Taylor, se rengorgea-t-elle.

Tous ces signes de succès lui importaient beaucoup.

— Il t'en aurait certainement offert un encore plus beau, répondit Andy tout en s'approchant pour l'embrasser.

Il n'était pas follement amoureux d'Alana. C'était une femme intéressante, brillante, et une bonne actrice. Il ne se faisait pour autant aucune illusion quant au fait qu'elle sortait avec lui en raison de sa position sociale et professionnelle. Leur couple s'était imposé dans le paysage hollywoodien et elle adorait apparaître dans la presse à ses côtés, ce qui était important pour elle.

Lui avait l'habitude de cette surexposition, et cela ne lui coûtait pas de lui faire ce plaisir. En somme, l'arrangement leur convenait à tous les deux et ils étaient bien ensemble. Que demander de plus ?

Même avec Jean, il n'avait jamais trouvé le type de relation que ses parents avaient eue, un vrai mariage d'amour. Sans doute son père avait-il été un mari plus attentif et présent que lui. Andy se souvenait précisément de la façon dont le visage de sa mère s'illuminait quand son mari entrait dans la pièce, et le sourire qui se dessinait sur le visage de celui-ci quand il enlaçait sa belle épouse. Enfant, ces manifestations d'amour l'avaient gêné, mais désormais, c'était avec tendresse qu'il y repensait. Jean et lui avaient toujours été plus terre à terre, même durant leurs premières années de mariage. Jean n'était pas d'une nature très romantique, et lui-même était timide dans sa jeunesse. Au fil du temps, ils étaient devenus plus amis qu'amants, surtout quand il s'était investi dans ce poste important. Cette amitié avait été leur ciment, mais n'avait pas suffi.

Au moment de leur divorce, elle lui avait dit combien elle s'était sentie seule. Sur ce plan-là, son nouveau mari, un chirurgien mondialement connu – brillant, mais un brin ennuyeux aux yeux d'Andy – la choyait : sauf quand il opérait, ils faisaient tout ensemble. Et elle n'avait plus à subir le côté paillettes de Hollywood pour lequel elle n'avait aucune appétence. La cérémonie des Oscars avait toujours été un pensum pour elle, entre toute cette attention concentrée sur eux et l'impression d'être mal fagotée comparée aux actrices qui foulaient le tapis rouge. Rivaliser avec pareilles beautés était impossible. Andy avait beau la complimenter, il le faisait sans étincelle dans le regard. Et il n'y en avait pas plus dans celui de Jean. Ils étaient tombés en désamour sans y prêter attention. Les années passant, elle s'était coulée dans le rôle de la maman qui conduit son enfant à ses multiples activités tandis que lui se concentrait sur son travail, entouré au quotidien de stars sublimes. Leur vie sexuelle s'était réduite comme peau de chagrin, sans qu'ils aillent voir ailleurs pour autant. C'était juste que la curiosité, l'intérêt pour l'autre s'étaient envolés.

Depuis leur séparation, Andy n'était presque sorti qu'avec des actrices. Un choix plutôt dicté par la facilité, puisqu'elles gravitaient autour de lui comme des papillons autour d'une flamme, mues par le désir d'être vues en sa compagnie. Alana en était l'exemple parfait. De telles créatures flattaient son ego, mais elles ne touchaient jamais vraiment son cœur. Retomber amoureux lui semblait improbable et de fait, ce n'était pas arrivé. Le seul point réellement fondamental pour lui, c'était de pouvoir avoir un vrai échange et des discussions. Les ingénues et les starlettes, les poupées en papier, très peu pour lui. Même si elle était ambitieuse et constamment à l'affût de ce qui pouvait servir ses intérêts, Alana avait de l'esprit. Elle était féminine et élégante, et il appréciait sa compagnie. Qui plus est, elle ne courait pas après le mariage – seule sa carrière comptait.

Lorsque Andy et Alana posèrent le pied sur le tapis rouge, la presse se précipita. Alana était renversante dans sa robe blanche, le cou et les oreilles scintillant de mille feux. Elle prit la pose pour les photographes, et le couple dut s'arrêter à plusieurs reprises. Une fois à l'intérieur, les caméras de télévision prirent le relais. Andy jouait le jeu sans sourciller – il avait connu ça toute sa vie. Les deux films de Global remportèrent chacun un oscar, l'un dans la catégorie du meilleur film et l'autre dans celle de la meilleure actrice. Andy était satisfait. Même s'il avait anticipé ce succès, être récompensé était toujours gratifiant et il ne s'en lassait pas. Il était fier de ses studios, et fier de les diriger depuis toutes ces années.

Alana et lui se rendirent ensuite aux deux plus grandes réceptions post-cérémonie. De nouveau, la presse les assaillit et ne les lâcha pas d'une semelle tandis qu'ils se frayaient un chemin dans la foule et qu'ils parlaient à un flot ininterrompu de gens. Alana, accrochée au bras d'Andy, semblait passer un très bon moment. Le temps qu'ils arrivent à la deuxième fête, lui saturait déjà. Il prit cependant sur lui, sachant combien Alana appréciait ce type d'événements. Alors qu'elle s'arrêtait pour échanger deux mots avec une amie, il fut abordé par Phil Lieber, un producteur important.

— Alors, Andy, que penses-tu des rumeurs concernant AMCO ? On dit partout qu'ils vont vendre Global, déclara-t-il, un martini à la main.

À ce stade de la soirée, Andy était fatigué de parler et de boire. Ce genre de potins faisait toujours beaucoup de bruit pour rien. Il botta en touche.

— Rien de nouveau sous le soleil, Phil. Chaque fois que le marché tangue un peu, c'est la panique à bord. Mais AMCO adore avoir un pied dans le cinéma. Et ce genre de rumeur circule depuis que je suis chez Global.

Le sujet commençait à l'ennuyer. Tout comme l'alarmisme de Lieber. Alana, qui les avait rejoints, avait saisi la fin de leur échange. Sur le trajet du retour, elle souleva de nouveau la question.

— Que disait Phil Lieber à propos d'AMCO ? Moi aussi, j'ai entendu la semaine dernière qu'ils voulaient vendre Global. Ça m'a paru fou. Est-ce que c'est vrai ? demanda-t-elle, les sourcils froncés d'inquiétude – pour autant que sa dernière injection de Botox le lui permettait.

— J'entends ça tout le temps. Ce n'est pas à l'ordre du jour et je doute qu'ils sautent jamais le pas. Ça les amuse trop d'être dans le cinéma. Sans compter que nous leur rapportons un paquet d'argent.

— Je vois. Tu ne t'inquiètes pas, alors.

— Absolument pas. Merci de m'avoir accompagné ce soir, ajouta-t-il alors que la Bentley s'arrêtait devant chez elle.

En général, elle dormait à Bel-Air lorsqu'ils passaient la soirée ensemble. Mais après les Oscars, elle rentrait toujours chez elle pour pouvoir appeler ses amies dès le réveil et échanger les derniers potins pendant toute la matinée. Lui serait depuis belle lurette à son bureau.

— J'ai adoré. Comme toujours. Merci de m'avoir emmenée. Veux-tu entrer un instant ? demanda-t-elle en déposant un léger baiser sur ses lèvres.

— J'aimerais bien, mais je suis épuisé. Et j'ai un petit déjeuner de travail demain matin, très tôt.

Son refus ne la heurta pas, ils étaient tous les deux éreintés.

— On se voit samedi, dit-il avant de lui rendre son baiser.

Il l'aida à sortir du véhicule et la raccompagna jusqu'à sa porte. Deux minutes plus tard, il était en route pour chez lui, l'esprit tourné vers les récompenses obtenues quelques heures plus tôt. Chaque année, Global remportait au moins un oscar, voire plusieurs. Autant dire que le doux parfum du succès lui était familier. Il n'était pas blasé pour autant, mais même s'il ne tenait jamais rien pour acquis, la réussite était un peu devenue la norme à ses yeux.

Alors qu'il traversait son patio, il remarqua soudain combien la piscine était belle, ainsi illuminée dans la nuit douce et étoilée. Il s'assit une minute sur une chaise longue pour savourer l'instant. La vision de ce firmament, si net qu'on aurait pu le toucher, amena un sourire à ses lèvres : ça lui rappelait les nuits où il campait avec son père dans le Wyoming ou le Montana. Que d'étoiles filantes ils avaient vues ! Ça lui faisait encore chaud au cœur aujourd'hui. Jetant un regard à la piscine, à la maison, il songea de nouveau qu'il avait décidément beaucoup de chance. On ne pouvait rêver meilleure vie.

2

Son rendez-vous matinal était avec Tony Bogart, le directeur général d'AMCO, la société mère de Global. C'était lui qui avait embauché Andy près de vingt ans plus tôt. Les deux hommes se connaissaient bien et leurs rapports étaient cordiaux, sans qu'on puisse vraiment parler d'amitié. Proche de la retraite, Tony avait maintenant 64 ans. Cela faisait un quart de siècle qu'il était chez AMCO, où il s'était frayé un chemin jusqu'au sommet sans se soucier du nombre incalculable de carrières et d'hommes brisés sur son passage. Malheur à qui était assez idiot pour contester son pouvoir absolu ou le menacer d'une quelconque manière ! L'idée n'avait jamais traversé l'esprit d'Andy : ce n'était pas dans sa nature, et il n'avait pas besoin de ça pour s'affirmer, d'autant qu'il dirigeait brillamment sa propre entité avec des résultats concrets sur lesquels AMCO pouvait capitaliser. Il fallait juste prendre Tony avec des pincettes, et rendre hommage à son ego et à son rang. Après tout, il lui en fallait peu pour être heureux – s'attribuer tout le mérite de l'avoir recruté, par exemple. Son choix éclairé s'était, de fait, révélé payant pour tout le monde.

Les deux hommes étaient aux antipodes l'un de l'autre. Andy, réservé, affichait une assurance tranquille héritée de son père. Tony, lui, était dévoré d'ambition et toujours en train de surveiller ses arrières. Non sans raison, puisque sa paranoïa, qui le poussait à attaquer le premier, lui avait attiré de nombreuses inimitiés. N'étant pas son ennemi, Andy pensait être en sécurité. Il n'avait en revanche aucune affinité avec l'homme. Ce dernier avait une trop grande soif de pouvoir, ainsi qu'un faible marqué pour les très jeunes femmes. Andy avait assisté à ses deux mariages, et un troisième se préparait peut-être : récemment divorcé, Tony sortait avec une nouvelle conquête de 25 ans, officiellement mannequin mais qu'il avait rencontrée par une agence d'escort-girls. Derrière les manières enjôleuses et les costumes italiens hors de prix se cachait un côté glauque qui avait toujours déplu à Andy.

Leur rendez-vous avait lieu au Polo Lounge, haut lieu de rencontre pour tous ceux qui comptaient à Hollywood, que ce soit dans l'univers de la musique ou du cinéma. Des affaires importantes et des négociations délicates se traitaient là quotidiennement. Les deux hommes se retrouvaient ainsi une fois par mois pour échanger les nouvelles qu'il valait mieux ne pas partager par écrit. Tony, en particulier, prenait grand soin de ne laisser aucune trace – AMCO avait connu plusieurs gros procès, auxquels le groupe avait survécu non sans arrangements financiers onéreux, et il avait retenu la leçon. À l'opposé, Andy n'avait jamais rien eu à cacher. Sa transparence tenait d'ailleurs lieu de record dans le monde du cinéma. Fait encore plus rare dans cette industrie, il négociait en homme de principes, et proposait des contrats honorables.

Tandis qu'Andy se contentait de céréales et de toasts, Tony commanda un petit déjeuner copieux avant d'évoquer les victoires de la veille.

— Félicitations ! Décidément, chaque fois tu les surpasses tous. Je n'en reviens pas du flair que tu as pour dénicher les talents et les films qui vont faire un tabac. Les grands pontes de chez AMCO seront ravis.

— C'est mon père qui m'a tout appris. Il avait l'œil pour repérer le talent, répondit Andy avec modestie.

John Westfield avait en effet révélé nombre de jeunes acteurs et actrices devenus par la suite de vraies stars, des stars qui lui avaient toujours su gré de leur avoir donné leur chance.

Les deux hommes burent une gorgée de café, puis Tony posa sa tasse et se renfonça dans son fauteuil. Il s'apprêtait à aborder la vraie raison de leur rendez-vous.

— Tu as dû avoir vent de certaines rumeurs. À Hollywood, elles se répandent plus vite qu'un incendie à Malibu, commença-t-il.

— Je ne prête pas vraiment l'oreille aux potins. Ils sont le plus souvent infondés. En tout cas en ce qui concerne Global.

Vu la taille d'AMCO et sa voracité, et vu le profil de Global, qui était le studio de production cinématographique le plus réputé et récompensé du secteur, il était normal que la machine à ragots tourne à plein régime.

Soucieux de n'être entendu de personne, pas même des serveurs, Tony se pencha en avant et adopta un ton de conspirateur :

— Cette fois, ils ne sont pas tout à fait infondés, souffla-t-il. AMCO a pris des décisions radicales et je voulais te mettre au parfum. Sache que si, grâce à toi,

31

Global est dans une forme olympique, ce n'est pas le cas d'autres sociétés-sœurs durement touchées par la globalisation et la révolution technologique. Le groupe a besoin de sang neuf et d'un afflux d'argent. Nous ne songions pas un instant à lâcher Global, mais FAQTS nous a fait une offre mirobolante. Apparemment, ils avaient les studios dans leur collimateur depuis un bon moment. Intérêt personnel de la direction, semble-t-il. Comme tu sais, FAQTS est une entité énorme, qui possède l'une des plus importantes plateformes de streaming. Ils veulent s'agrandir et mettre un pied dans la production de films. Nous allons vendre.

Devant l'expression d'Andy, Tony reprit :

— Pour moi aussi, ç'a été une sacrée surprise. Mais financièrement, ça se comprend. Ils nous font un pont d'or. Tu conserves ton poste, bien sûr. Pour FAQTS, c'est un nouveau business. Et qui mieux que toi pourrait le diriger ? Si des têtes tombent, ce sera dans les strates inférieures. Au sommet, tu ne crains rien. En tout cas, nous nous sommes dit qu'il serait bon de te prévenir. Cela fait des mois que nous sommes en tractations, notamment sur les montants, qui ont enfin été arrêtés. Tous les voyants sont au vert. Nous discutons actuellement les derniers détails. Dès que l'accord sera signé, nous te mettrons dans la boucle de manière à ce que tu rencontres tout le monde. Et je peux te dire qu'ils ont hâte de faire ta connaissance, Andy. Évidemment, tout ça est encore confidentiel, donc motus. Mais je voulais t'en faire part. Cette fois, la rumeur dit vrai.

Andy tombait des nues. AMCO vendait Global ! Traditionnellement, le nouveau propriétaire donnait un grand coup de balai et remerciait les dirigeants des entreprises rachetées – dix-neuf ans plus tôt, Tony lui-même avait évincé l'ancien directeur de Global au profit d'Andy. Il ne serait pas étonnant que FAQTS procède de la même manière. Tony soutenait cependant le contraire et, même s'il ne l'appréciait pas particulièrement, Andy le croyait. Après tout, il façonnait depuis deux décennies le succès de Global.

À 57 ans, il adorait son job et n'avait aucune intention de prendre sa retraite, contrairement à Tony qui disait vouloir s'arrêter dans un an ou deux – à l'écouter, il se lassait de la vie de dirigeant. Andy se demandait si c'était vrai. Tony avait beau posséder un yacht et un avion, mener grand train et vivre comme un pacha, il avait du mal à l'imaginer rester longtemps loin des jeux de pouvoir. Les jeunes blondes qu'il collectionnait ne suffiraient pas à le divertir, et il n'était pas homme à se contenter de la drague et du golf. Dans l'immédiat en tout cas, Tony était toujours là. Et cette nouvelle était de la première importance.

— J'avoue que je ne m'y attendais pas, reconnut Andy. Je pensais qu'il s'agissait des ragots habituels. J'ai même démenti hier soir auprès de Phil Lieber.

— Eh bien, continue comme ça. Nous ne sommes pas encore prêts pour l'annonce publique. Ce ne sera pas avant plusieurs semaines. Peut-être même un mois, le temps de signer l'accord final. On y travaille encore. Tu sais comment c'est, le diable est dans les détails. Il y a toujours un grain de sable qui vient gripper la machine à la dernière minute, et on ne veut pas que ça arrive. AMCO a besoin de cet argent. Le jour où le contrat sera effectif, il affichera un montant record jamais atteint dans notre industrie. Tu feras partie de l'histoire du cinéma, Andy, dit Tony en lui tapant dans le dos.

Il oubliait qu'Andy Westfield était déjà une légende. Depuis presque vingt ans. Être associé à une transaction de plusieurs milliards ne ferait qu'ajouter à sa notoriété.

— Et rappelle-toi, rien ne va changer pour toi. Je m'y engage personnellement, ajouta Tony en réglant l'addition.

Le petit déjeuner s'acheva ainsi, sur cette nouvelle stupéfiante.

Dehors, Julian l'attendait au volant de la Mercedes-Maybach fournie par Global – un modèle plus coûteux, plus grand et plus tape-à-l'œil que la Bentley utilisée la veille pour aller aux Oscars, qui appartenait elle à Andy. Ce dernier resta songeur tout au long du trajet.

Il ne lui était jamais venu à l'esprit qu'AMCO pourrait un jour vendre les studios Global. Qui disait nouveau propriétaire disait nouvelle vision, nouvelles attentes et certainement réorganisation interne. Souvent, les sociétés privées se montraient plus impersonnelles et plus dures en affaires qu'une société mère. La période qui s'ouvrait s'annonçait donc compliquée. Il allait falloir faire preuve de finesse et de doigté pour cerner ce que FAQTS attendait. Mais finalement, peut-être que ça jouerait en sa faveur. Heureusement que Tony l'avait informé. Il aurait le temps de se préparer à tous ces changements l'esprit serein.

À cette pensée, Andy eut un pincement au cœur. D'autres n'auraient pas la même chance. Or, pour lui, Global était presque comme une famille dont il était le patriarche. Il se souciait de chacun de ses employés, jusqu'aux plus modestes maillons de la chaîne. Il n'y avait d'ailleurs pas de « plus modestes » à ses yeux. Chacun comptait pour lui, même ceux qu'il ne connaissait pas. Tous avaient leur vie, leurs rêves, et des familles à nourrir. Pour ceux dont il devrait se séparer, ce serait un vrai bouleversement. Peut-être pour le mieux, s'ils trouvaient de meilleurs postes.

En tout cas, ce serait un défi de maintenir le moral des troupes durant cette cession : l'onde de choc allait se répercuter à travers toute l'entreprise, et les mille salariés allaient paniquer à l'idée de perdre leur travail. Il lui faudrait tenir le cap. Sans négliger non plus l'intégration des nouveaux venus – il allait suggérer aux RH quelques départs à la retraite, ainsi que des ateliers pour faciliter la transition. Que de pain sur la planche ! Sans compter que l'annonce du rachat ferait l'effet d'une bombe dans les médias. Ce serait au service de presse et aux relations publiques d'élaborer une version positive de l'histoire. Tout cela serait d'ailleurs peut-être finalement un mal pour un bien. Qui sait si une nouvelle approche n'allait pas renforcer un peu plus la position du studio ? Il ne pouvait que l'espérer. Tony avait parlé d'un mois. Andy avait un sérieux travail de planification à faire d'ici là.

Dans l'ascenseur menant à son bureau, il y réfléchissait encore. Quand les réceptionnistes le saluèrent, il les vit à peine et entra tout de suite dans son repaire, concentré sur son affaire. Au moment où il franchissait les portes rouges, Frances déposait quelques messages sur son bureau. Son sourire s'effaça dès qu'elle aperçut sa mine sombre et préoccupée, en décalage complet avec la satisfaction attendue après les deux oscars de la veille.

— Tout va bien ? demanda-t-elle.

— Ça va, répondit-il avec un sourire qui ne la trompa guère. Juste l'esprit bien occupé. Et il y a la fatigue d'hier soir. Quel succès, n'est-ce pas ? Totalement justifié, au demeurant : les deux films sont excellents.

Il posa son attaché-case, que Frances récupéra et mit de côté pendant qu'il s'asseyait derrière sa table de travail. Comme il avait l'air plus stressé que fatigué, elle se demanda s'il y avait un souci avec Alana. Même si Andy avait une patience d'ange, cette femme pouvait parfois faire sa diva. Une chance pour l'actrice qu'il soit d'un tempérament calme et égal, peu enclin à la colère ! Sur ce plan-là, c'était le portrait craché de son père, qui avait toujours été d'un naturel aimable. La mère d'Andy, bien que très enjouée, pouvait être à fleur de peau. Andy devait être habitué aux femmes nerveuses et exigeantes. Son ex-femme ne correspondait pourtant pas du tout à ce profil. Au contraire, c'était quelqu'un de pragmatique, sympathique, raisonnable et juste, ce qu'elle avait prouvé lors du divorce – ils étaient d'ailleurs toujours amis. Frances l'appréciait beaucoup. Elle ne pouvait en dire autant des femmes qui avaient ensuite partagé plus ou moins brièvement la vie de son patron.

Elles étaient certes plus jolies que Jean, mais se montraient surtout moins faciles à vivre, ce qui ne dérangeait pas tellement Andy puisqu'il n'était pas marié avec elles. Quand d'aventure la situation se tendait, il estimait qu'un peu de temps et d'espace faisait toujours retomber le soufflé. Dans le cas contraire, il en tirait les conclusions qui s'imposaient. La longévité d'Alana était à ce titre remarquable, mais s'expliquait aisément : l'actrice était maligne, et veillait à éviter les conflits. Elle n'affichait cette arrogance typique de certaines stars qu'envers les autres, notamment Frances. Elle ne se gênait pas pour lui faire sentir toute son insignifiance – la seule grâce de Frances à ses yeux était que son poste d'assistante pouvait permettre à Alana d'obtenir ce qu'elle voulait. *Pourvu que la suivante soit différente !* priait la jeune femme. Elle n'aurait peut-être pas à attendre trop longtemps, car l'actrice devenait de plus en plus prétentieuse et exigeante. Andy l'avait remarqué également, mais comme il appréciait ses qualités et que c'était une compagne de voyage agréable, il repoussait cette épineuse question à plus tard.

L'intéressé était à son bureau, devant ses papiers, quand Frances lui rappela qu'il se rendait dans la vallée de Napa le lendemain pour séjourner dans un hôtel récemment redécoré qu'Alana tenait à voir. Ce n'était pas la première fois qu'ils se rendaient là-bas : Alana adorait le vin et le fromage.

— Il y a un petit aéroport à proximité de l'hôtel. Le jet de la société vous y déposera.

Avec son efficacité coutumière, Frances avait tout arrangé. Il n'y avait plus qu'à partir.

— En effet, je vois que vous m'avez écrit un message à ce sujet. Heureusement que vous me le rappelez, j'avais presque oublié !

La nouvelle de Tony Bogart avait balayé tout le reste.

— À quelle heure décollons-nous ?

— Vous avez un créneau de décollage à 10 h 15. Ce qui veut dire qu'il faudra être à l'aéroport vers 9 h 30, peut-être 9 h 45 si vous n'êtes pas trop chargés.

Cela le fit sourire.

— Alana emportera bien quatre ou cinq valises pour ses différentes tenues. Je préfère qu'on soit là-bas à 9 h 30 pour ne pas rater notre créneau.

Peu après, il envoya un texto à l'actrice afin de lui communiquer les détails de leur départ. Elle répondit vers midi, se plaignant de l'heure matinale. Il lui dit qu'il serait heureux de pouvoir passer à leur hôtel avant de faire un bon déjeuner. Ils connaissaient quelques adresses car c'était une destination que tous deux appréciaient. En cette saison, Napa serait vert et luxuriant, avec ses vignes à perte de vue qui lui donnaient un petit air d'Italie. Alana l'avait aussi accompagné en Europe et lors de nombreuses vacances, notamment sur des voiliers en Méditerranée. Avec elle, les voyages étaient toujours amusants et sympathiques. C'était réellement une compagne agréable. Il ne se faisait aucune illusion sur les motivations de sa présence à ses côtés, mais il estimait que le marché était honnête : pour lui une compagnie plaisante, et pour elle des vacances dans un luxe qui tenait de l'évidence pour Andy. Le jet en était un bon exemple.

Le petit déjeuner avec Tony Bogart lui occupa l'esprit pendant toute la journée. La nouvelle soulevait une myriade de questions quant à la meilleure façon de gérer la situation et d'annoncer les changements. Il allait devoir donner un sentiment de légitimité aux nouveaux propriétaires, leur montrer sa reconnaissance, tout en limitant la panique chez les salariés inquiets. Il lui faudrait doser et distribuer avec dextérité paillettes et compassion. Sa priorité, c'était bien sûr ses employés. Son poste assuré, il pouvait se concentrer sur les autres.

Ce soir-là, il resta chez lui afin de digérer tout cela et d'être frais et dispos pour le lendemain. Il voulait arriver à l'heure à l'aéroport et ne pas avoir à se presser.

À l'heure dite Alana était prête, avec – comme il l'avait prédit – quatre valises et une demi-douzaine de sacs de shopping pour la plupart estampillés Chanel. Il s'agissait de vêtements empruntés pour le week-end. La pratique était courante dans le star system : l'agent artistique appelait les services publicité ou relations publiques des grandes maisons de mode ou des grands stylistes, et négociait le prêt de vêtements. Parfois il s'agissait d'un gros rabais. Alana était ainsi toujours vêtue avec goût et élégance. Elle aurait rendu attirant n'importe quel homme, mais ce n'était guère utile avec Andy.

Qu'il soit en short et tee-shirt ou jean et pull, personne ne s'y trompait : Andy était un homme important. Il dégageait une aura de puissance dont lui seul n'était pas conscient, car il occupait le sommet depuis si longtemps que c'était devenu une seconde nature. Ainsi, la qualité de service qu'il obtenait était partout optimale, mais il ne lui venait jamais à l'esprit qu'il puisse en aller autrement. Comme Frances veillait à ce que le moindre contretemps lui soit épargné, il était protégé de tout désagrément. Il descendait dans les meilleures suites, recevait le meilleur accueil dans tous les hôtels, dégustait les meilleurs plats au restaurant, était servi par le responsable de boutique, sans même s'en rendre compte. Le meilleur lui était réservé, ses plus petits désirs et besoins étaient anticipés avant même qu'il ne les formule. Même son père n'avait pas eu droit à ce genre d'égards. Et ça n'avait rien d'étonnant, car Andy était bien plus puissant que n'importe quelle star. C'était lui qui les faisait, il était le maître dans son domaine. Pour lui c'était la normalité, au point qu'il n'avait aucune idée de la façon dont vivaient les gens dans la vraie vie. Il n'y pensait d'ailleurs jamais. Frances jouait un rôle clé là-dedans, mais pas seulement : tout le monde cherchait à lui faire plaisir, dans l'espoir d'y gagner quelque chose.

Quand ils se présentèrent devant le jet, deux stewards les y attendaient. Les bagages furent chargés et, juste après le décollage, on leur servit un brunch tenant compte de leurs goûts à chacun. Alana appréciait ces détails à leur juste valeur – Andy n'était pas le premier homme d'influence avec qui elle sortait, mais il était le plus puissant et le plus sympathique. À ce niveau de pouvoir transparaissait souvent un certain degré de méchanceté, proportionnel au sentiment de leur propre importance. Mais pas chez Andy. Il n'éprouvait pas le besoin de rabaisser les autres pour se grandir. Il savait qui il était.

Ils atterrirent à Napa à 11 h 30 et arrivèrent à l'hôtel peu après midi. Le directeur les accueillit, accompagné de son assistante. La plus belle suite leur avait été réservée et rien n'y manquait, depuis les fleurs jusqu'à la bouteille de champagne dans son seau à glace. Comme un garçon d'étage offrait de leur en servir une coupe, il déclina. Il était un peu tôt pour lui, en revanche Alana accepta volontiers. Elle ne refusait jamais du champagne. Andy nota qu'il s'agissait de la marque préférée de l'actrice, du Cristal.

Ils déjeunèrent dans un excellent restaurant français avant de faire un tour en voiture pour profiter de la beauté des paysages. Connaissant la préférence d'Andy pour les tout-terrain et la discrétion – il n'était jamais vulgaire ni tape-à-l'œil –, Frances leur avait retenu une Range Rover, au grand dam d'Alana qui trouvait qu'une voiture de sport aurait été plus amusante. Elle avait pourtant bien signalé à l'assistante d'Andy que Bentley faisait désormais des SUV ! Qu'on ne prête pas attention à ses demandes la froissait toujours. Mais après tout Frances était là pour répondre aux souhaits d'Andy, et pas aux siens. C'était sa façon de le rappeler poliment.

Ils rentrèrent à l'hôtel dans l'après-midi et firent l'amour dans leur magnifique chambre avec vue sur la vallée. Andy était un amant fougueux. Pourtant, durant les dix dernières années de son mariage avec Jean, il avait vécu des ébats sans conviction. Depuis lors, les choses avaient regagné en intensité, même si aucune émotion profonde n'était en jeu. Alana et lui s'entendaient bien au lit. Les rapports physiques étaient plus athlétiques que romantiques, mais il ne s'attendait pas à autre chose : Alana n'était pas quelqu'un de chaleureux ni d'émotif. C'était une femme fatale, ce qui correspondait à son rôle et à sa vie de star.

Le soir, elle fit une entrée remarquée au restaurant. Au bras d'Andy, elle était l'image même du glamour dans son pantalon en daim beige de chez Chanel, avec son manteau assorti, d'élégantes bottes à talons hauts dans la même matière et des diamants tout simples aux oreilles, offerts par Andy l'année précédente à l'occasion de son anniversaire. Plusieurs personnes vinrent lui demander un autographe. L'actrice était aux anges et

Andy la regardait savourer ce moment de gloire. Il avait connu ça toute sa vie : les gens abordaient sans cesse ses parents, même dans une station-service, à l'hôpital ou au bureau de poste. Cela faisait partie intégrante de leur vie et il le prenait avec philosophie. Alors que pour Alana, la célébrité était une chose encore relativement récente.

Le lendemain matin, quand ils allèrent se promener, Alana portait de nouveau une tenue signée Chanel, cette fois tout en denim : blouson, jean et chaussures. Une vraie gravure de mode. Andy, lui, s'était contenté d'un jean ordinaire, de ses bottes de cow-boy préférées et d'un blouson en cachemire, qui valait une fortune malgré son aspect lambda. Il avait aussi emporté un vieux Stetson en guise de couvre-chef. Quand il le mettait, sa ressemblance avec son père sautait aux yeux. Tandis qu'ils flânaient en ville, Alana avait presque l'impression de marcher aux côtés d'un héros sorti tout droit d'un western de John Westfield.

Les heures filèrent ainsi, agréables et plaisantes, et ils refirent l'amour avant de quitter l'hôtel. Ce week-end était vraiment la pause qu'il leur fallait à tous les deux dans leurs routines respectives, et dont Andy avait besoin pour se détendre.

Le vol du retour se déroula sans encombre. À 20 heures, ils étaient devant la maison de Bel-Air.

— Tu veux rester pour la nuit ? lui demanda Andy avec douceur.

Alana hocha la tête avec un sourire. Comme souvent, leur petite excursion les avait rapprochés.

La gouvernante avait commandé de quoi dîner dans l'un de leurs restaurants préférés, et ils se régalèrent avant de se baigner. Un bon moyen de se rafraîchir et de se relaxer encore davantage. Ils prolongèrent le moment sur des chaises longues. Elle lui parla de son rendez-vous du lendemain avec son agent pour discuter d'un rôle qu'elle espérait décrocher. Andy, lui, n'avait rien d'extraordinaire à partager, hormis la vente de Global dont il ne pouvait parler à personne. Il n'en dit donc pas un mot, tout en se demandant quand le contrat serait signé.

À minuit, ils se couchèrent et mirent un film devant lequel Alana finit par s'endormir. Andy l'arrêta et se tourna vers cette femme allongée à ses côtés, si belle et si gracieuse qu'elle en prenait une dimension irréelle. Pourquoi ne l'aimait-il pas ? N'était-elle pas parfaite, intelligente, intéressante, glamour, charmante quand elle le voulait et riche de nombreuses expériences ? Il appréciait sa compagnie, s'était habitué à elle, mais il ne lui livrait qu'une petite partie de lui. Et il savait qu'il en serait toujours ainsi. Au-delà même de sa sincérité très relative, Alana ne touchait pas son cœur. Il était d'ailleurs peu probable qu'une femme y parvienne de nouveau un jour. À l'exception de sa fille et de ses petits-enfants, son seul amour depuis des années, c'était son travail. Il sourit à cette pensée tout en éteignant la lumière. Il se lova contre Alana. Même s'ils n'étaient pas amoureux, c'était bon de l'avoir dans son lit. Mais son travail passait en premier : le pouvoir et l'influence étaient la drogue qu'il s'était choisie.

3

Les trois semaines qui suivirent le petit déjeuner avec Tony Bogart furent étrangement tranquilles. Le proverbial calme avant la tempête. Mais Andy avait comme un pressentiment. Il anticipait la déferlante médiatique qui ne manquerait pas d'accompagner l'annonce du rachat de Global Studios. Le milieu du cinéma allait entrer en ébullition.

Il avait appelé Tony à deux reprises, pour avoir des nouvelles.

— Ça se met en place, avait répondu ce dernier, presque enjoué. Tu sais comment c'est : un contrat pareil, on le fignole, on le ficelle bien.

Andy savait. Les dossiers les plus difficiles, ceux qui impliquaient plusieurs studios ou sociétés de production, demandaient parfois des mois de travail. Avec deux mastodontes comme AMCO et FAQTS, le degré de complexité atteignait certainement des sommets. D'après Tony, pas moins de seize avocats planchaient dessus.

— Je t'appelle dès que ça bouge. Promis, lui avait-il assuré.

Pour que le temps passe plus vite, Andy partait en week-end avec Alana. Toute à sa joie d'avoir décroché le premier rôle dans un nouveau film, celle-ci était d'excellente humeur. Ils allèrent ainsi à Palm Springs, où il joua au golf et au tennis. Fin mars ce fut Malibu, dans une maison avec piscine dénichée par Frances. Ils firent des promenades sur la plage, prirent des bains de soleil – Alana sous un immense chapeau de paille très glamour. Ils passèrent un séjour vraiment idyllique et quand l'heure du départ arriva, Andy était à deux doigts d'acheter une propriété sur place. Ces moments au bord de la mer leur avaient fait le plus grand bien. C'était le week-end le plus romantique qu'ils aient passé ensemble en trois ans.

Mais ce soir-là, de retour à Bel-Air, l'imminence des changements le rattrapa. Cette escapade lui avait presque fait oublier la situation ! Malheureusement, Alana ne pouvait pas rester avec lui, car son nouveau coach sportif venait chez elle très tôt le lendemain matin. Cela faisait partie de son travail de préparation pour le film, qui comportait plusieurs scènes de nu. Alana se refusait à faire appel à des doublures : elle était fière de son corps et en prenait grand soin, ce qu'appréciait Andy, lui aussi mince et athlétique.

Le lendemain, Andy se leva tôt. Quand il arriva à son bureau, à 8 h 30, il eut la surprise de trouver Tony Bogart qui l'attendait, le téléphone vissé à l'oreille. Tony raccrocha en le voyant. Rayonnant et jovial, il avait l'air d'excellente humeur.

— Ça y est, c'est fait ! Le contrat a été signé vendredi soir, à minuit. Je n'ai pas voulu te déranger pendant le week-end, déclara-t-il.

Andy fut soulagé d'entendre la nouvelle, même s'il aurait préféré l'apprendre plus tôt : il se serait senti plus léger.

— Le communiqué de presse sort à midi.

Andy ne sut comment interpréter l'étrange lueur dans le regard de Tony. On aurait presque dit qu'il le regardait de haut, comme s'il avait remporté une victoire. Mais laquelle ? Ils étaient moins que jamais en compétition, puisque AMCO se retirait de Global. Et comme il avait participé à la négociation de cet énorme contrat, Tony allait recevoir un bonus à la hauteur. Sans compter que tous les projecteurs seraient braqués sur lui. Il raflait la mise.

— Par contre, il y a eu quelques changements par rapport au contrat initial, dit Tony en s'asseyant confortablement dans un fauteuil.

— Quel genre de changements ? demanda Andy en prenant place face à lui.

— Une surprise de dernière minute que même moi je n'avais pas vue venir, dit Tony d'un ton léger. On a essayé de se battre, mais en vain. C'était non négociable. Il se trouve que le fils du racheteur dirige depuis dix ans, et avec un certain succès, une chaîne de télé. Il a envie de passer au cinéma. Je pense qu'en plus de l'investissement, le nouveau propriétaire a acheté Global pour son fiston.

L'expression de Tony se durcit en même temps que le cœur d'Andy se serra.

— Il veut ta place, Andy. Il veut être directeur de Global. Je ne pensais pas qu'ils iraient jusque-là. Aucun de nous ne s'en doutait. Voilà pourquoi ç'a été plus long que prévu, cette exigence a été la pierre d'achoppement.

Mais céder était la seule façon de conclure enfin. Nous n'avons pas eu le choix.

— Que veux-tu dire ? demanda Andy, qui avait l'impression que Tony parlait soudain chinois.

— Le fils du dirigeant de FAQTS veut ton poste. Tu sais bien comment ça marche puisque c'est comme ça que tu es arrivé chez Global.

— Ça signifie que je suis sur la touche ?

Andy ne savait pas trop s'ils comptaient le placer à un autre poste ou s'il était purement et simplement mis à la porte.

— Je le crains. Désolé, Andy. Je pensais que tu n'avais pas à t'en faire. Mais tu vois, on n'est jamais à l'abri de rien.

Alors que Tony prononçait ces mots, les portes rouges du bureau s'ouvrirent et deux hommes de la sécurité entrèrent. Ces hommes, Andy les voyait tous les jours. Mais cette fois, ils ne lui souriaient pas. Il reporta son regard sur Tony. Il n'avait eu aucun préavis, on ne lui avait même pas laissé la possibilité de se préparer.

— AMCO ne te laisse pas tomber, Andy. Nous allons appeler ton avocat pour convenir des indemnités de licenciement. On pensait à trois ans de salaire. Ça fait un sacré paquet d'argent, non ?

Tout comme le bonus de Tony, à n'en pas douter. Sans compter que lui conservait son poste !

— Alors je suis viré. Comme ça, du jour au lendemain, laissa tomber Andy, incrédule.

Tony se leva de son fauteuil.

— Tu sais comment ça fonctionne, rétorqua-t-il avec froideur tout en faisant un signe de la tête aux agents de sécurité. Ces messieurs vont te raccompagner à ta voiture. On t'enverra le contenu de ton bureau, tes effets personnels et tes œuvres d'art. C'est sûr que cette pièce n'aura plus la même allure sans tout ça, ajouta-t-il avec un coup d'œil aux affiches de films de John et Eva Westfield.

— Je peux au moins saluer mon assistante ? demanda Andy d'une voix rauque, sans rien montrer de son désarroi.

Tony secoua la tête et donna le signal du départ aux hommes en noir. Abasourdi, Andy les suivit hors du bureau. Les réceptionnistes fixèrent le petit groupe avec étonnement et Andy entra le premier dans l'ascenseur, suivi de près par les deux autres qui le serraient comme s'il allait dégainer une arme à feu et commettre un massacre dans cet endroit où il avait travaillé dix-neuf années durant. Il traversa le hall d'entrée dans une sorte de brouillard. Dehors, la Mercedes-Maybach l'attendait. L'un des agents lui ouvrit la portière. Andy monta dans le véhicule sans un mot et Julian démarra. Andy réussit juste à dire :

— À la maison.

Jetant un œil au rétroviseur, le chauffeur surprit le geste de son patron qui, tout en regardant défiler le pay-sage, écrasait discrètement une larme. Malgré la fami-liarité du trajet, Andy avait l'impression d'évoluer dans un pays étranger, un endroit où il n'avait jamais été. Il n'était même pas sûr d'en maîtriser la langue. Il avait beau faire, il ne parvenait pas à se souvenir des mots exacts de Tony. Tout ce qui lui revenait en mémoire, c'étaient les deux agents de sécurité entrant dans son bureau sans frapper. Il n'était pas loin de penser que Tony se réjouissait de ce qui lui arrivait. Peut-être même jugeait-il qu'Andy le méritait bien. AMCO ne s'était sans doute pas battu un seul instant pour lui. Ils avaient plutôt servi sa tête sur un plateau d'argent ! Le couperet était tombé, l'affaire avait été conclue, et lui éjecté. Il avait l'impression qu'une plaie béante en lui saignait abondamment. C'était un coup mortel.

Andy fut surpris d'arriver aussi vite chez lui. Il n'y avait pas eu d'embouteillages. Quand il sortit de la voiture, Julian fit de même et lui tendit la main en le regardant dans les yeux :

— J'ai reçu mon congé ce matin, monsieur. Ç'a été un plaisir de vous conduire. J'imagine qu'ils vont vite vous trouver un autre chauffeur. Ils m'ont dit de rendre la voiture au garage après vous avoir déposé.

Il ne semblait pas réaliser qu'Andy aussi avait été congédié. Il n'avait pas saisi ce que signifiait la présence des agents de sécurité.

Andy lui serra la main, le remercia et entra dans la maison, sous le choc. Ainsi, ils avaient aussi remercié son chauffeur et réclamaient déjà la voiture de fonction. Cela le laissait indifférent, il avait les siennes. Ce qui le dérangeait plus, c'était qu'il n'avait plus de travail. Il était viré, au chômage, sans emploi ! Une heure plus tôt, il dirigeait l'un de plus importants studios de production de Hollywood. Désormais, il n'était plus personne.

Il avait à peine franchi le seuil que Frances l'appela sur son portable, en pleurs.

— Ils viennent de me renvoyer. Je n'ai même pas pu vous dire au revoir ! dit-elle entre deux sanglots.

— Je ne suis pas au bureau. Moi aussi, ils m'ont fichu à la porte, répondit-il d'une voix sombre.

— Mais pourquoi… ?

— AMCO vend le studio, et le fils du nouveau patron veut mon poste. Je suis donc devenu indésirable.

La réalité commençait à prendre corps tandis qu'il la formulait. Il comprit soudain qu'il devait appeler Wendy avant qu'elle ne l'apprenne par le journal télévisé.

— Comment peuvent-ils faire ça ? s'étrangla Frances.

— Ils ont tous les pouvoirs. Il s'est passé la même chose il y a dix-neuf ans, quand AMCO a acheté le studio et congédié l'ancien directeur pour me mettre à sa place. C'est un jeu de dominos.

— Je n'arrive pas à croire qu'ils vous ont fait ça !

— Moi non plus. Et pourtant. La sécurité m'a escorté jusqu'à la sortie. Combien d'indemnités vous versent-ils ?

— Deux semaines, dit-elle d'une petite voix.

Elle qui avait épargné pour d'éventuelles vacances devrait maintenant piocher dans ses réserves pour payer son loyer.

— Si vous le souhaitez, vous pouvez venir travailler pour moi à Bel-Air. Je vous paierai plus que ce que vous aviez au studio. Dès qu'ils auront annoncé la nouvelle, d'ici deux heures, tous les feux de l'enfer vont se déchaîner. Vous pourrez m'aider en gérant les appels et en faisant barrage pour moi.

Ce rachat allait faire l'effet d'une bombe à Hollywood. La plus grosse depuis des années.

— Comptez sur moi, dit-elle avant de raccrocher.

Andy entra dans son bureau et se laissa tomber sur le canapé. Il voulait prévenir Wendy, qui décrocha aussitôt.

— Salut, papa ! Comment ça va ? J'allais justement t'appeler ce soir. Ça fait bien deux semaines qu'on ne s'est pas parlé.

Chose inhabituelle, puisqu'il prenait de leurs nouvelles chaque semaine.

— Tu vas bien ? répéta-t-elle.

Il hésita un quart de seconde avant de répondre.

— Ça va. Ou du moins, ça va aller. J'ai quelque chose à te dire, Wen.

— S'il te plaît, ne me dis pas que tu te maries.

— Rien d'aussi catastrophique, fit-il avec un petit rire. Mais rien d'aussi joyeux non plus. Je viens de me faire virer. Le studio a été vendu à une société privée multimilliardaire et le fils du nouveau propriétaire veut mon poste.

C'était d'une simplicité biblique, mais plus facile à expliquer qu'à vivre.

— C'est tombé il y a une heure. Ils envoient le communiqué de presse à midi. Je ne voulais pas que tu l'apprennes par la télé.

— Mon Dieu, papa ! Mais c'est absurde ! Est-ce qu'ils t'avaient prévenu, donné un préavis ? Pourquoi tu ne m'as rien dit ?

— Je n'ai découvert le pot aux roses que ce matin. Ils m'avaient bien averti de ce rachat il y a trois semaines, mais en m'assurant que mon poste n'était pas menacé.

Cela lui rappelait les circonstances de son arrivée chez Global. À l'époque, Wendy avait 13 ans et lui avait demandé si le cinéma serait gratuit pour elle. Dire que maintenant, elle avait deux enfants à elle.

— Tu ne pourrais pas les poursuivre en justice ? Ils ne peuvent tout de même pas te mettre à la porte du jour au lendemain !

— Si. C'est comme ça que ça se passe. Ils me dédommageront avec les indemnités de licenciement.

Et je ne doute pas qu'ils y mettent le prix, ils peuvent se le permettre. Mais je me retrouve sans boulot et les postes de directeur de studio ne courent pas les rues. Il est fort possible que je reste sans travail pendant un moment, dit-il sans préciser que ça pourrait bien se prolonger *ad vitam*.

Vu le nombre limité d'opportunités et ses 57 ans bien tapés, il risquait fort de ne rien retrouver d'ici l'âge de la retraite. Mais ce n'était pas le moment d'y penser.

— Je peux prévenir maman ?

— Bien sûr. Elle l'apprendra de toute façon bientôt par les médias.

Il avait l'impression qu'en l'espace d'une matinée, il avait gravi une montagne escarpée avant de tomber d'une falaise.

— Je te rappelle très vite, ajouta-t-il.

Frances arriva sur ces entrefaites, blanche comme un linge sous ses taches de rousseur, les joues sillonnées de mascara. Dès qu'elle aperçut Andy, elle fondit de nouveau en larmes. Il la serra dans ses bras pour la consoler.

— Je n'arrive pas à croire qu'ils vous ont fait ça !

— Qu'ils *nous* ont fait ça, la corrigea-t-il, touché qu'elle s'inquiète davantage pour lui que pour elle.

Être l'homme le plus puissant de Hollywood ne l'avait pas plus protégé qu'elle d'un renvoi brutal. La différence résidait dans leurs situations financières respectives. En revanche, le coup porté à son ego et à sa fierté était monumental. Depuis presque vingt ans, son identité reposait sur son travail. Il se sentait nu. Qui était-il désormais ? Il n'en avait pas la moindre idée.

Andy se dirigea vers la cave à liqueurs de son bureau et se servit un scotch bien tassé avec des glaçons, avant d'en proposer un à Frances. Celle-ci déclina. Il but une longue gorgée tout en se demandant quel parti adopter avec Alana. Fallait-il l'informer de la situation ? La nouvelle allait se répandre comme une traînée de poudre, il décida donc qu'elle l'apprendrait bien assez tôt. Il était 10 h 30, cela faisait à peine plus d'une heure qu'il était sans emploi, et il avait l'impression de flotter en apesanteur, comme dans un film de science-fiction.

Bientôt, la sonnerie du téléphone retentit et Frances décrocha. C'était Jean, avertie par Wendy.

— C'est honteux ! Quels salauds ! Ils ont vraiment perdu la tête. Mais toi, comment vas-tu ? s'inquiéta-t-elle, réagissant plus en sœur qu'en ex-femme.

— Difficile à dire. Bien, j'imagine, répondit-il.

Il avait l'impression d'avoir été victime d'un carambolage. Il était sous le choc.

— Je ne réalise pas encore. À mon âge, je peux très bien ne jamais retrouver de poste, du moins pas aussi important que celui-là.

— Tu y arriveras, si c'est ce que tu veux. Tu trouveras un moyen, lui dit-elle avec douceur, navrée pour lui. Dis-moi si je peux faire quoi que ce soit pour t'aider.

— Merci, Jeanie. Ça ira. Prends surtout bien soin de notre fille, comme tu le fais depuis toujours, dit-il avec gratitude.

Jean avait toujours été là pour Wendy quand lui-même était trop occupé et se pensait si important, avec son poste de directeur général d'un studio de production. Et voilà que tout était parti en fumée. Il avait été balayé par une déferlante et ne parvenait pas à reprendre pied.

Ce renvoi l'avait mis par terre, et il avait la sensation que Tony Bogart avait apprécié le spectacle. *Je deviens parano*, se dit-il.

À midi pile, il se servit un autre verre et alluma la télé pour regarder les informations. La nouvelle fut annoncée en deuxième position : « Andy Westfield, fils du célèbre cow-boy, acteur et réalisateur John Westfield, a été démis ce matin de ses fonctions à la tête de Global Studios. Ceux-ci viennent de confirmer leur rachat par le groupe de communication FAQTS. Son poste est repris par Jeff Latham, le fils du nouveau propriétaire. Nous n'avons pas encore contacté Andy Westfield pour recueillir ses commentaires. »

Alors même que le présentateur prononçait cette phrase, Frances aperçut par la fenêtre les camions des chaînes de télévision qui se garaient dans la rue. Une nuée de reporters traversait déjà la pelouse en courant. Les sonnettes des portes avant et arrière retentirent simultanément. Frances demanda au personnel de ne pas ouvrir, de baisser les stores et de tirer les rideaux. Il ne fallut pas trente minutes pour que la maison se retrouve en état de siège. Les reporters voulaient à tout prix parler à Andy, qui ne souhaitait pas s'exprimer. Frances avait beau répéter qu'il n'était pas là, les journalistes semblaient décidés à l'attendre. Après tout, il faudrait bien qu'il revienne.

Alana appela juste après le journal télévisé. Sa voix était glaciale.

— Pourquoi ne m'as-tu rien dit ? Tu aurais au moins pu me prévenir, dit-elle, plus contrariée que compatissante.

— Je n'en savais rien.

— Ils ne t'ont pas prévenu ?

— Non. Ils m'ont viré de but en blanc à mon arrivée au bureau ce matin. On m'avait mis dans la confidence du rachat, mais en m'assurant que je conserverais mon poste. Ce matin, j'ai appris que les plans avaient changé. Fin de l'histoire.

À l'autre bout du fil, le silence se prolongea. Elle semblait aussi abasourdie que lui. Comment allait-elle réagir ? Andy se posait la question pour la première fois.

— Qu'est-ce que tu vas faire ? finit-elle par demander.

— Aucune idée. Il est possible que je ne retrouve pas de poste. En tout cas pas tout de suite. Dix-neuf années ont été effacées en une seconde.

— Je suis désolée, dit-elle d'une voix dénuée de la moindre chaleur. Bonne chance, Andy.

C'était un adieu, et il le savait. Alana n'était pas femme à faire des mystères. Pendant trois ans, ils avaient passé du bon temps ensemble et il avait servi ses intérêts. Désormais, sans les studios, il ne lui était plus d'aucune utilité. Elle ne donnerait plus de nouvelles.

Après cet échange, ce fut la folie : les téléphones, fixes comme portables, sonnèrent sans répit. Des gens dont il ne se souvenait même pas disaient s'associer à son malheur, en vérité dans le but de fouiner et connaître ses projets. Les envieux et les jaloux appelaient aussi, réjouis comme jamais par son infortune. De vieux amis et de plus récents se manifestèrent également, la plupart par curiosité, afin d'avoir sa version de l'événement. Ceux qu'il respectait vraiment ne l'importunèrent pas, le laissant digérer et faire son deuil tranquillement. Frances filtrait les appels et prenait les messages, au cas où Andy aurait eu envie de rappeler quelqu'un. Il ne le fit pas.

En revanche, il but à intervalle régulier sans rien avaler de toute la journée, malgré les incitations de Frances. Elle-même n'avait pas touché aux sandwichs préparés par la gouvernante. À 18 heures, Andy regarda de nouveau les informations. Son éviction faisait maintenant la une. Il fut de nouveau précisé qu'il était injoignable, d'où l'absence de commentaire de sa part. Par contre, Tony avait fait une brève déclaration : « AMCO est ravi de passer le relais à FAQTS et à la famille Latham. Nous sommes sûrs qu'elle fera un travail fantastique. » Aucune allusion à Andy. Neuf heures après son renvoi, il appartenait déjà à l'histoire ancienne. Le roi était mort, vive le roi ! On allait l'oublier en un battement de cils. Ainsi allaient les choses à Hollywood. Tony l'avait bien rappelé ce matin : « Tu sais comment ça marche. »

— Oui, je sais, dit Andy à voix haute, face à la télé.

Frances le regarda. Il avait l'air plus sobre qu'il ne l'était, ce qui ne l'empêcha pas de tanguer légèrement quand il traversa la pièce pour se resservir un verre.

— Vous devriez manger un petit quelque chose, dit-elle gentiment.

— Je n'ai pas faim.

— Attention à la gueule de bois demain matin.

— Je poserai une journée, répliqua-t-il avec ironie.

Dans l'après-midi, son avocat, Barry Weiss, avait appelé. C'était le seul à qui Andy avait accepté de parler. Les indemnités proposées par AMCO étaient plus que généreuses : trois ans de salaire, soit un montant astronomique qui lui permettait de vivre en rentier pour le restant de ses jours. Une clause de non-concurrence l'obligeait à une période de latence avant de travailler pour un autre studio, mais Barry avait réussi à réduire la durée à un an au lieu des trois demandés. Cet argent ne remplacerait pourtant jamais ce qu'il avait perdu. S'il ne trouvait pas d'autre emploi, sa carrière finirait sur ce renvoi – c'est-à-dire un échec. Comment rembourser la perte de son statut, de son image, du respect qu'on lui portait, de tout ce que le travail signifiait pour lui ? Qui était-il désormais, sans ce poste ? Personne. Ils lui avaient volé son identité. Quelle somme pourrait compenser cela ?

Ce soir-là, comme il l'avait anticipé, Alana ne le rappela pas. Elle n'avait rien de plus à lui dire et ne lui avait dispensé aucun réconfort durant leur bref échange. Wendy, par contre, téléphona pour s'assurer que son père allait bien.

— Aussi bien que possible vu les circonstances, lui répondit la fidèle Frances.

En véritable roc dans la tempête, elle resta jusqu'à ce que le téléphone finisse par se taire. Le personnel pourrait gérer seul les quelques sollicitations qui ne manqueraient pas d'arriver encore. Elle promit de revenir le lendemain matin.

— Reposez-vous, surtout. Allez dormir, conseilla-t-elle à Andy.

Après son départ, il alla s'asseoir au bord de la piscine avec la bouteille de scotch. Les camions de télévision étaient partis. Ce déballage hollywoodien ne valait pas la peine qu'on y passe la nuit. Ce n'était qu'une histoire de business. Personne n'était mort, il n'y avait pas eu de coups de feu. Pas d'overdose non plus. Juste Andy assis à côté de sa piscine, qui buvait pour oublier. Dans sa tête, les pensées tournaient en boucle. Rien de comparable n'était jamais arrivé à son père, qui avait joué les cow-boys aussi longtemps qu'il l'avait voulu avant de passer à la réalisation quand les rôles s'étaient faits plus rares. Jamais il n'avait été renvoyé de nulle part. C'était une première dans la famille. L'humiliation suprême. À 57 ans, Andy Westfield était chômeur. C'était comme se retrouver sans visage, ou privé de cœur. Il avait l'impression de saigner à mort.

Andy continua à boire sur sa chaise longue pendant un long moment. Comme il avait laissé son portable à l'intérieur, il était injoignable. Ça tombait bien, il ne souhaitait parler à personne. Il voulait juste être seul avec son scotch.

Il resta ainsi, allongé dans le costume-cravate qu'il portait lors de son renvoi, à contempler la piscine ou les étoiles, jusqu'à ce que la bouteille lui échappe des mains. Il avait finalement atteint l'état d'inconscience qu'il recherchait. Ç'avait été le pire jour de sa vie.

4

Le lendemain fut à peine meilleur. Andy s'éveilla à 6 heures, toujours dans sa chaise longue. Il avait renversé du scotch sur lui – sa cravate était foutue. Il se redressa lentement, avec l'impression que sa tête allait se détacher de son corps. À pas comptés, il alla s'allonger sur son lit où il resta une heure avant de se doucher et de commencer sa journée. Pour la première fois depuis des années, il ne prit pas la peine de se raser. Il buvait un café et mangeait un toast du bout des dents lorsque Frances parut, sur les coups de 8 heures.

— Comment vous sentez-vous ? demanda-t-elle, inquiète.

— Je crois que mon visage parle pour moi. J'ai descendu une bouteille entière de scotch hier, dit-il, un brin sarcastique, tout en reposant le journal qu'il était en train de parcourir.

Son licenciement et la liste de toutes les récompenses qu'il avait obtenues ces deux dernières décennies figuraient dans la rubrique économie du *Los Angeles Times*.

— Les chacals guettent encore ? demanda-t-il en parlant des camions de télé.

— Oui, mais moins qu'hier. D'ici un jour ou deux, ils auront un autre os à ronger. Si vous ne faites pas de déclaration, ils ne traîneront pas ici bien longtemps.

— Je ne prévois pas d'en faire, la rassura-t-il avec la désagréable impression d'être prisonnier dans sa propre maison, et étranger à sa vie.

Peu après, Wendy leur apprit au téléphone que l'histoire avait paru dans le *New York Times*. Ainsi, se faire renvoyer ne suffisait pas, il fallait aussi que cette humiliation devienne un événement public national ! De fait, tous les grands journaux avaient repris l'information. Andy ne s'imaginait pas une seule seconde mettre le nez dehors. Il aurait eu trop envie de disparaître sous terre.

— Peut-être que je devrais me laisser pousser la barbe ou bien porter un masque, dit-il, essayant de faire de l'humour.

Sauf qu'il n'y avait pas vraiment matière à rire. Ce qui lui arrivait était terriblement injuste, sans parler de l'inélégance du procédé. Il n'avait rien fait pour mériter ça. Le *Los Angeles Times* lui-même soulignait qu'il avait réalisé un travail remarquable à ce poste et que le nouveau directeur aurait du pain sur la planche avant d'atteindre sa pointure.

Il fallut encore deux jours pour que les camions de diffusion abandonnent la partie, et en fin de semaine, les derniers journalistes et paparazzis levèrent le camp. Seuls les téléphones continuaient de sonner en permanence, les gens voulant avoir son opinion ou apprendre des détails croustillants.

Wendy prenait le pouls tous les jours. Elle avait même invité son père à venir passer une ou deux semaines avec eux à Greenwich, histoire qu'il sorte de chez lui.

En son for intérieur, elle trouvait que c'était le moment pour lui de se retirer des affaires et de vivre enfin sa vie. Elle savait cependant que le cinéma représentait tout pour son père. Et qu'il n'était pas du genre à se contenter de jouer au golf pendant les trente prochaines années. Il était encore jeune. Il retournerait inévitablement à cette industrie. Ce n'était qu'une question de temps. Mais pour y faire quoi ? Si les studios ne manquaient pas – qu'il s'agisse de ceux ayant fusionné en gros conglomérats ou bien de ceux détenus, comme Global avant, par de grands groupes –, aucun poste de directeur général n'était vacant. L'attente pourrait être longue, voire ne pas aboutir avant qu'il n'ait atteint un âge avancé.

Andy avait bien réfléchi à tout ça, de son côté, et il avait le moral dans les chaussettes. Il avait répondu à sa fille qu'il lui rendrait plutôt visite après avoir rebondi, sans plus de précisions. Wendy avait l'impression que son état d'esprit se dégradait de jour en jour.

Une semaine plus tard, il n'avait toujours pas quitté la maison et sa consommation d'alcool demeurait constante. Quand Frances partait, en fin de journée, il semblait systématiquement ivre. Jamais elle ne l'avait vu dans cet état. Il ne voulait pas aller au restaurant pour échapper au public. Il n'avait rien à dire, à personne. Il refusait les marques de sympathie car, à ses yeux, elles étaient la plupart du temps feintes. Beaucoup de gens montraient enfin leur vrai visage, disait-il, et il était hors de question pour lui de subir leur fausse pitié. Tous les soirs, il s'endormait au bord de la piscine avec une nouvelle bouteille vide à ses côtés.

Andy avait conscience de s'apitoyer sur son sort, mais il ne pouvait s'en empêcher. La vie telle qu'il la connaissait avait pris fin. Il tournait tellement en rond que l'idée d'aller voir un chasseur de têtes lui traversa même l'esprit. Mais il l'écarta : ce serait trop embarrassant d'en arriver là. Il ne cherchait pas un travail pour l'argent, FAQTS et AMCO ayant déboursé une jolie somme pour se débarrasser de lui – trois années d'émoluments, qui devaient lui être versés dans les trente jours suivant son licenciement. Et, en parallèle, son portefeuille d'investissements se portait bien. Non, s'il avait besoin d'un travail, c'était pour se tenir occupé.

Un jour arrivèrent quatre énormes cartons en provenance de Global : le contenu de son bureau. Voir arriver ses œuvres d'art et toutes les affiches de ses parents le rendit malade. Voilà qui mettait un vrai point final à l'histoire. Frances déballa et mit le tout de côté, et lui se chargea de trouver une place à certains objets. Il accrocha les affiches – enfin quelques heures utilement remplies.

Deux semaines après son renvoi, le sentiment d'incrédulité dominait toujours chez lui. Il n'arrivait pas à se faire à cette nouvelle réalité. Ce matin-là, il se réveilla une fois encore au bord de la piscine avec une terrible gueule de bois. Il entra d'un pas mal assuré dans son bureau où Frances triait les relevés bancaires, les factures et la correspondance. Il la regarda avec désespoir avant de fixer une autre liste de gens qu'il ne rappellerait pas, d'emails qu'il ne voulait pas lire.

— Sortez-moi de là, grogna-t-il d'une voix cassée.

— Vous voulez dire de la maison ? demanda-t-elle, enchaînant aussitôt : Quelle voiture prendrez-vous ? La Range Rover ?

Le cerveau de Frances fonctionnait à plein régime : l'un des employés de maison pouvait faire office de chauffeur. À moins qu'Andy ne conduise lui-même ? Cela faisait des jours qu'il n'avait pas quitté la résidence. On était en avril, il faisait beau et chaud. Peu importait où il voulait aller, c'était bon signe.

— Non. Je veux dire : loin d'ici. Au Venezuela, au Guatemala, au Pérou, à Tahiti, aux Samoa, aux Galapagos. Dans un endroit où personne ne me connaît et où on se fout que je sois au chômage.

Les mots avaient un goût de cendre.

— Vous êtes sérieux ?

Frances n'en croyait pas ses oreilles. D'habitude, les destinations exotiques n'étaient pas son genre. Il allait à Cannes, à Paris, à Londres ou à Berlin, pour des festivals de cinéma ou des premières organisées par Global. Tout ce qu'il faisait était en lien avec le travail. Du moins avant.

— Je veux partir loin d'ici. Pour plusieurs mois peut-être, jusqu'à ce que je me sois repris en main et puisse me rendre au Polo Lounge sans avoir envie de me cacher sous une table.

— Les gens finiront par oublier, dit-elle, encourageante.

Mais tous deux savaient que c'était faux. Comment oublier quand le récit de son licenciement tournait en boucle dans les journaux ? Voilà pourquoi il se terrait chez lui : pour ne pas alimenter la machine médiatique. Il ne voulait pas voir de photos de lui en train de s'acheter de quoi déjeuner ou de se rendre à des événements mondains. Or, comme il n'avait jamais eu de centres d'intérêt ni de loisirs en dehors de son travail – pour lui, « temps libre » n'avait jamais rimé avec plaisir –, ses journées étaient désespérément vides.

— On pourrait aussi viser un endroit à la campagne, réfléchissait-il à voix haute. Pas en France, ça me déprimerait. C'est trop romantique. Et puis je ne veux pas me retrouver dans un château plein de courants d'air. La Suisse, on oublie : la saison de ski est terminée. En Italie, je risque de prendre du poids à cause des pâtes. De toute façon, que ce soit l'Allemagne, la France, l'Italie ou l'Espagne, je ne parle pas la langue. Pourquoi pas l'Angleterre ?

— Et où, en Angleterre ?

— Peu importe, tant que c'est dans une petite ville de province où personne ne me connaît. Ou alors une station balnéaire ? C'est bien, ça, le bord de mer. Même l'Irlande me conviendrait, malgré la pluie. Bref, tout me va. Pourvu que vous me sortiez d'ici.

— Je vais voir ce que je trouve, dit Frances avant d'aller chercher son ordinateur portable.

Qu'Alana ne donne plus signe de vie n'améliorait pas les choses. Elle ne lui manquait pas, mais le rejet était difficile à encaisser. Il avait vu dans les journaux une photo d'elle en compagnie d'un réalisateur connu, au vernissage d'une galerie très courue. Elle était décidément aussi implacable qu'AMCO : sa carrière passait avant tout. Elle ne le rappellerait pas, et réciproquement. Cette femme incarnait en quelque sorte un autre aspect de son métier, qui s'était évanoui en un claquement de doigts. Un jour peut-être, il en rirait. Mais pas tout de suite. Chaque perte était comme un nouveau coup de poing. Il filait vraiment un mauvais coton.

Que lui aurait conseillé son père ? John Westfield n'avait jamais été rejeté ni renvoyé. Il était resté une star jusqu'à la fin de ses jours. Le public ne s'était jamais lassé de lui – même des années après sa mort, les gens continuaient de regarder ses films cultes. Et lui aussi. Comme il avait été fier de ses parents ! Ils n'auraient certainement pas aimé le voir ainsi. Il avait l'impression d'être un échec ambulant, même s'il n'était pour rien dans cette triste histoire. Il n'était qu'un dommage collatéral dans la guerre à laquelle se livraient les entreprises. On l'avait sacrifié pour conclure un marché de plusieurs milliards de dollars et s'assurer la bonne humeur de l'acheteur. Ce qui, finalement, le rendait encore plus insignifiant.

Il se sentait sans cap, comme un navire sans gouvernail ou une voiture sans volant. Il avait perdu le contrôle de sa vie et ça ne pouvait pas continuer ainsi. Cet état était terrifiant.

Pendant deux jours, Frances se concentra sur le marché locatif européen, à la recherche d'une maison meublée, pourvue du personnel adéquat et disponible pour un mois ou deux – le temps, estimait-elle, dont Andy aurait besoin avant de reprendre le cours de sa vie à L.A. Quand elle repérait sur Internet une maison à son goût, elle appelait l'agent immobilier chargé de l'annonce afin d'en vérifier la validité, car la plupart des offres n'existaient pas ou se révélaient obsolètes. Elle s'assurait ensuite de la proximité du village le plus proche, de l'existence d'un chauffage central – il pouvait faire froid là-bas, même en avril –, de la présence d'un personnel permanent, sans oublier la fourniture du linge de maison et des équipements de base (dans certaines offres, le locataire devait arriver avec ses casseroles et ses draps !). Tous ces critères réduisaient considérablement la liste des possibilités.

C'est donc une sélection très resserrée et imparfaite que Frances présenta à Andy le troisième jour. Elle avait repéré certains lieux, mais ne les recommandait pas pour autant. Sur sa liste figurait une magnifique villa dans le sud de la France, pour laquelle il fallait envisager une protection armée après un cambriolage durant lequel les propriétaires et le personnel avaient été ligotés. Il y avait aussi une villa de charme à Sienne, malheureusement en plein chantier de rénovation à la suite d'un incendie. En Angleterre, la moisson n'avait pas été plus fructueuse. Frances avait écarté une ferme dans le Norfolk, trop rustique pour quelqu'un comme Andy, habitué au confort de sa maison de Bel-Air et des hôtels dans lesquels il descendait – tels que l'Hôtel du Cap-Eden-Roc, à Antibes. C'était malheureusement un point de chute inenvisageable puisqu'il grouillerait d'ici un mois de gens qu'il connaissait, venus pour le festival de Cannes. Elle n'avait pas non plus retenu l'adorable cottage dans les Cotswolds, car il était trop petit : il n'avait qu'une chambre et pas de personnel. Le château dans le nord du pays, où avait été tourné un film d'horreur, était complètement délabré et dépourvu de chauffage central.

La seule ressource correcte semblait être cette maison dans le Sussex, à Winchelsea Beach, une ancienne station balnéaire construite sur les ruines d'un bourg médiéval depuis longtemps oublié. La population locale n'excédait pas 1 500 habitants, bourgade et front de mer confondus. Quelqu'un avait transformé l'une des vieilles demeures proches de la plage en une vaste et luxueuse retraite, à la modernité presque décalée dans cet environnement reculé. Les pièces étaient immenses et joliment décorées, il y avait de très élégantes salles de bains en marbre et une cuisine high-tech. D'après l'agent, l'ensemble était entièrement meublé. La gouvernante et la femme de ménage n'habitaient pas sur place, mais pouvaient se charger de préparer les repas. La maison avait été saisie par une banque dans le cadre d'une décision de justice. En attendant de la vendre avec tout son contenu, l'établissement bancaire était prêt à la louer pour un semestre afin de couvrir les coûts de fonctionnement. À l'issue de cette période, Andy devait s'engager à libérer les lieux dans le cas où une vente serait conclue.

Côté localisation, la maison se trouvait en lisière de bourg, à proximité d'une plage longue de deux kilomètres. Londres était à moins de trois heures de route ou deux heures de train, s'il souhaitait y aller une fois qu'il aurait retrouvé le moral. Il y avait de plus grandes stations balnéaires dans les environs, mais apparemment Winchelsea Beach était connu pour le windsurfing et les bains de mer. Dans son petit port mouillaient des bateaux de pêche et de modestes voiliers. L'agence avait précisé que le village comptait un médecin, un dentiste, un coiffeur, deux épiceries, deux pubs, un marché aux poissons, une auberge, un bureau de poste et une église.

— Vous aurez donc tous les services à portée de main, dit Frances. Le loyer est plus important que dans les autres offres, mais ça reste bien plus intéressant que tout ce qu'on aurait pu trouver aux États-Unis ou à Londres. J'ai oublié de préciser qu'il y a deux voitures en état de marche dans le garage : une vieille Land Rover et un antique break. Comprises dans la location. Vous pouvez vraiment y arriver demain avec vos valises, les photos donnent l'impression que les anciens propriétaires sont partis du jour au lendemain en laissant tout.

— Alors qu'est-ce qui vous déplaît dans celle-ci ?

— Le village est tout petit et la maison trop grande pour vous, en plus d'être un peu tape-à-l'œil. Elle a cinq chambres et un étage autrefois réservé aux domestiques, qui sert aujourd'hui de débarras. Et il y a aussi un jardin, un peu envahi par les mauvaises herbes malgré la présence du gardien-jardinier. L'entretenir n'est pas la priorité de la banque, m'ont-ils dit. Tout ça me semble juste un peu trop vaste. Vous risquez de vous sentir perdu.

— Ce n'est pas le cas ici, et c'est bien plus grand que là-bas, répondit-il avec un sourire. En fait, quand je regarde les photos, cette maison a un certain cachet. J'aime bien son style et les œuvres d'art ne sont pas si mal. Maintenant, je suis d'accord pour dire qu'elle semble incongrue dans cet endroit. Les propriétaires ont sans doute vu trop grand et n'ont pas pu suivre financièrement.

Quand Frances lui annonça le montant du loyer, Andy trouva cela plus que raisonnable.

— En plus, c'est propre et moderne. Je ne cours pas après les vieilles maisons « de charme », souvent croulantes et glaciales, avec des salles de bains vétustes. Celles que je vois sur les photos me donneraient presque envie de refaire les miennes ! Ils ont vraiment dû dépenser une fortune là-dedans. Vraiment, Frances, ça me paraît très bien. Six mois, bien sûr, c'est trop long. Mais rien ne me retient ici, et qui sait si je ne vais pas m'y plaire ? Peut-être que Wendy et les enfants voudront me rendre visite quand j'irai mieux. Ou bien je leur prêterai la maison pour un mois ou deux si je rentre plus tôt à L.A. C'est la seule location décente que vous m'ayez présentée. Quand est-elle disponible ?

— Tout de suite. Ça fait trois ans qu'elle est inoccupée. La banque n'a pas trouvé d'acquéreur parce que le style de la maison ne correspond pas aux gens du coin et que le prix est trop élevé, m'a dit l'agent. En attendant, pour ne pas perdre trop d'argent, ils ont pris la décision de la louer.

Andy regarda de nouveau les photos et poussa un soupir.

— Allez, faisons ça ! Sinon je vais devenir fou. J'ai l'impression d'être en prison ou assigné à résidence. Une plage pas loin, c'est bien, même s'il fait trop froid pour se baigner. Je pourrai toujours faire des promenades au bord de l'eau. J'imagine que vous ne voulez pas venir m'aider en Angleterre pendant six mois ?

Avant même qu'elle n'ouvre la bouche, il lut la réponse sur son visage.

— J'aurais adoré, dit-elle avec regret, mais ma mère ne va pas bien. Elle a 75 ans et souffre d'une sclérose en plaques, ce qui veut dire qu'elle fait fréquemment des chutes. Comme elle est seule maintenant, je l'ai fait venir de New York l'année dernière. Elle a son propre appartement, mais devra sans doute emménager bientôt avec moi. Toujours est-il que je ne peux pas m'éloigner, au cas où quelque chose arriverait. Je passe la voir tous les jours après le travail.

Andy hocha la tête. Frances était vraiment quelqu'un de foncièrement bon. Elle avait raison, il fallait qu'elle reste.

— Je me débrouillerai donc seul. C'est très bien, ma correspondance va s'en trouver allégée. Le but, c'est de disparaître au calme pendant quelques mois, le temps de cerner mon avenir. Ce que je ferai « quand je serai grand », en somme, dit-il avec un sourire plein d'humour.

Il s'amusait à faire l'enfant, mais il n'y avait vraiment pas plus mature et gentil que lui. Frances était sincèrement attristée de le voir partir.

— Qu'allez-vous faire après mon départ ? lui demanda-t-il.

— Chercher un travail, j'imagine. À partir de la semaine prochaine, je vis sur mon épargne.

— Vous pourrez compter sur l'équivalent de six mois de salaire, la rassura-t-il – il était encore outré que Global ne lui ait versé que deux semaines d'indemnités après quinze ans de bons et loyaux services. Par contre, n'attendez pas mon retour. Je ne veux pas que vous manquiez des opportunités intéressantes à cause de moi. Cette somme vous donnera le temps de chercher un poste qui vous plaît vraiment. Et ne vous bradez pas, attention ! Vous êtes une merveille ambulante, Frances, vous méritez un employeur qui vous apprécie à votre juste valeur. Je vous donnerai bien entendu des lettres de recommandation. Et si vous détestez votre nouveau boulot, vous pourrez toujours retravailler pour moi. Mais je n'ai aucune idée de ce que je vais faire ni de quand je rentrerai à L.A. Peut-être mon exil va-t-il durer un an. Je n'en sais strictement rien. C'est comme si on m'avait déraciné et que désormais, seul le courant me portait. Quel travail m'attend à mon retour ? Mystère. Je ferai peut-être quelque chose de complètement fou, comme de m'engager dans une ONG. La seule certitude, c'est que retrouver à mon âge un autre poste important dans le cinéma sera difficile. D'autant qu'aucun directeur de studio n'envisage de se retirer. Ils font tous du bon boulot et ne sont pas près d'être remerciés. Il n'y a pas d'avenir pour moi dans ce secteur. Et pour l'instant, je n'en vois pas ailleurs.

Frances avait déjà compris tout cela et se sentait désolée pour lui, touchée par sa franchise et sa douleur. Il luttait pour ne pas sombrer dans le puits sans fond qui s'ouvrait devant lui. Peut-être ce séjour en Angleterre freinerait-il sa chute ? Elle l'espérait de tout cœur, car Andy était quelqu'un de bien qui méritait d'être heureux. Et il ne l'était certainement pas, pour l'instant. Partir pour mieux se retrouver était la meilleure des idées.

Convaincue du bien-fondé de la démarche, Frances appela l'agent immobilier pour confirmer la location. Le lendemain, elle vira l'argent à la banque et organisa le séjour. En vingt-quatre heures, l'affaire était pliée. Il ne restait plus à Andy qu'à boucler ses bagages et à partir. Timothy, le majordome, le conduirait à l'aéroport le samedi soir. Une place avait été réservée pour lui sur un vol commercial. Son premier depuis des années, se dit-il. L'idée le fit sourire. Il était quelqu'un d'ordinaire, désormais. Et un sacré veinard de pouvoir bénéficier d'une aisance financière pareille. Tous ses besoins étaient largement couverts. Il pouvait aller où il le souhaitait, faire ce qu'il voulait. Comme s'enfuir en Angleterre. Peut-être trouverait-il sa voie, une activité qu'il aimerait autant que son ancien métier ? En tout cas, il irait où les vents le porteraient.

Quand Andy fit part de son projet à Wendy et lui indiqua comment le joindre, elle trouva l'idée excellente.

— Si tu es toujours là-bas cet été, je viendrai peut-être avec les enfants, dit-elle.

— Vous serez les bienvenus. Dans l'immédiat, je vais vivre au jour le jour et me laisser porter pendant un moment, afin de cerner ce que je veux.

Andy était ouvert à toutes les possibilités, et soulagé de quitter L.A. Il ne voulait pas croiser de têtes connues. Tony Bogart par exemple, l'image même du traître. Ou encore Alana, au bras de celui qui poussait maintenant sa carrière – parce que lui-même ne le pouvait plus. La concernant, il n'entretenait aucun regret : c'était une personne qui manquait d'authenticité. Comme la plupart des gens qu'il connaissait, d'ailleurs. À se demander si lui-même n'était pas à mettre dans le même sac. Il interrogeait désormais tous les aspects de sa vie : l'homme qu'il avait été, celui qu'il était censé devenir. En Angleterre, il espérait bien se retrouver, soit dans sa version antérieure, soit dans une nouvelle.

La personne à qui il fut le plus difficile de dire au revoir fut Frances. Toutes ces années, elle était restée à ses côtés. Loyale, qu'il ait été au sommet du monde ou plus bas que terre. Elle avait vraiment été merveilleuse et d'un soutien précieux ces dernières semaines. La meilleure d'entre tous, Wendy exceptée. Il avait de la chance de les avoir toutes les deux. Quand elle prit congé le vendredi soir, il la serra contre lui :

— Prenez soin de vous, maintenant. Vous vous êtes tellement bien occupée de moi.

Désormais, il ne descendait plus une bouteille de scotch par soir. Sa consommation avait diminué et il comptait bien mener une vie plus saine en Angleterre. Faire de l'exercice, veiller à son alimentation et réduire encore le nombre de verres – jamais il n'avait autant bu de sa vie.

— Faites attention, vous aussi. Et si la vie d'ermite vous pèse trop là-bas ou que vous détestez la maison, revenez et nous trouverons autre chose, lui dit-elle.

— Le plus important, c'est que vous trouviez un travail à votre mesure, où ils vous traiteront bien et vous apprécieront, lui répondit-il.

Le matin même, il lui avait rédigé des références dithyrambiques.

Frances partie, la maison lui sembla soudain très silencieuse. Il songea que dans quelques jours, les meubles seraient tous recouverts de housses. Détachant son regard de l'une des affiches de films accrochées au mur, il le porta sur la photo de son père :

— Je vais essayer de me remettre sur les rails, papa. Je te le promets. Je ne comprends pas ce qui s'est passé, bon sang.

Tout avait déraillé si vite. En quelques minutes, sa carrière, son travail s'étaient arrêtés net et maintenant, il gisait échoué sur le rivage, en quête de sens. Il lui fallait absolument se retrouver. Sur la photo, son père souriait. Andy y vit comme un signe. Ses parents ne lui avaient-ils pas appris la droiture et les vraies valeurs de la vie ? Retourner à ces valeurs, se relever et suivre son chemin avec courage, peut-être était-ce la clé. Être quelqu'un de bien et croire de nouveau en lui. Debout, tout seul. Il prit soudain conscience que s'il avait perdu son emploi, il ne s'était pas perdu pour autant.

5

Recommencer à prendre des vols commerciaux faisait partie de la rééducation d'Andy, de son retour dans le monde réel. Frances lui avait réservé un billet de première classe, mais en dehors de sièges plus larges et d'un repas plus élaboré, ça ne faisait pas grande différence avec la classe éco. Ça ne l'avait pas dispensé d'enregistrer ses bagages – un supplice. Puis la queue à la sécurité avait été interminable. Il lui avait fallu retirer ses chaussures et sa ceinture, vider ses poches, passer sous le détecteur de métal trois fois, puis récupérer ses affaires à l'autre bout du tapis roulant, au milieu de gens à cran qui poussaient et se pressaient, d'agents qui criaient et d'usagers qui se plaignaient. Et voilà qu'ensuite il avait dû se mettre de côté et attendre le temps qu'ils inspectent son attaché-case. En retard, il avait été obligé de se dépêcher pour ne pas rater son avion. Dire que pendant dix-neuf ans, le stress et les complications du voyage contemporain lui avaient été épargnés ! Quand il s'assit enfin, près du hublot, il avait l'impression d'avoir couru un marathon. L'hôtesse lui proposa du champagne, qu'il refusa – il n'était vraiment pas d'humeur. Il avait quitté Bel-Air à 19 heures pour un décollage à 22 heures, et il en avait encore pour une bonne douzaine d'heures de voyage entre les 10 heures de vol, les formalités, et les 2 h 30 de voiture jusqu'à Winchelsea. Sans compter qu'il y aurait huit heures de décalage horaire une fois arrivé en Angleterre.

Dans la presse du jour que lui tendait un steward, il choisit le *Financial Times* anglais, sur lequel il s'assoupit en attendant le décollage. Il était épuisé. Autour de lui, les autres passagers s'installaient, glissaient leur bagage à main dans les compartiments adéquats. Plusieurs acceptèrent avec gratitude la coupe de champagne proposée, sans doute pour se détendre. On était loin du calme et des départs sereins qu'il avait connus avec le jet de la société. Le retour à la réalité était rude, même dans le luxe de la première classe. C'était cependant une chance de pouvoir se l'offrir. Car les passagers de la classe économique, eux, voyageaient en position assise pendant tout le vol, sans place pour les jambes – même les gens aussi grands que lui. Pour toute nourriture, ils devaient se contenter de snacks payants. Lui disposait d'un rideau qu'il pouvait tirer pour s'isoler un peu, et son siège s'inclinait à l'horizontale s'il voulait dormir. Mais il n'était pas seul, et ne bénéficiait d'aucun régime de faveur.

Cette pensée le fit sourire. Ce vol symbolisait tous les changements survenus dans sa vie en quelques semaines. Il n'était plus spécial ni puissant, il n'avait plus des milliers d'employés sous ses ordres, les maîtres d'hôtel des restaurants étoilés ne se précipiteraient plus à l'annonce de son nom. Il avait dégringolé un nombre considérable d'échelons, et ça ne le laissait pas indifférent : il se sentait diminué par la perte de son statut. C'était d'autant plus idiot et humiliant qu'il ignorait, avant de tout perdre, qu'il y tenait autant. Il avait l'impression d'être une tortue sans sa carapace, un soldat sans son armure. Il ne pouvait plus compter que sur lui-même pour se faire respecter. Alors qu'auparavant, la simple mention de son nom ou du studio qu'il dirigeait suffisait. Les autres ressentaient-ils cela aussi quand ils perdaient leur emploi ? Andy mesurait désormais combien son travail avait été fondamental dans l'image qu'il avait de lui-même. Sans son poste, que lui restait-il de respectable ? Qui était-il ? Personne. Les portes n'allaient plus s'ouvrir de manière magique devant lui, on ne ferait pas d'exception pour son petit confort personnel. En Angleterre, il devrait se battre comme tout le monde dans un lieu dont il ne savait rien. Mais pour l'heure, il ne demandait que cet anonymat absolu, afin de réfléchir à la meilleure façon de recommencer sa vie.

L'ampleur du chantier lui semblait vertigineuse. Comme Frances allait lui manquer ! Sa petite fée, qui avait accompli tant de miracles pour lui… Comme de dénicher la maison où il pourrait se cacher pendant les six prochains mois, jusqu'à se sentir prêt à affronter de nouveau le monde. Ce moment lui paraissait très lointain, et la décision de se rendre dans une petite ville anglaise la meilleure qui soit. Rester en Californie à tourner comme un lion en cage, sans rien avoir à faire, trop honteux pour sortir, l'aurait tué à petit feu.

Andy sentait qu'au fur et à mesure que la tension entourant son départ et le stress engendré par les paparazzis et la presse redescendaient, il se détendait.

Il réussit même à dormir une partie du vol. À son réveil, peu de temps avant l'atterrissage, on lui servit des croissants et du café pendant qu'il contemplait la campagne anglaise défiler sous l'appareil.

Frances avait tout arrangé pour qu'un chauffeur l'attende à l'aéroport. Il espérait être à Winchelsea Beach pour 19 heures, à condition qu'il n'y ait pas trop d'embouteillages. Il avait reçu le code de l'alarme, et les clés se trouvaient sous un pot de fleurs, près de la porte de derrière. C'était dimanche, et le personnel ne serait pas là pour lui ouvrir. Les deux employées arriveraient le lendemain matin à 8 heures, et partiraient à 17 heures. La seule chose qu'il savait à leur sujet, c'était que la gouvernante s'appelait Mrs MacInnes, et la bonne Brigid. Leur responsable ferait le point avec lui une fois par semaine. Quant aux jardiniers, ils dépendaient d'une entreprise extérieure et n'étaient là que pour assurer le strict minimum, de façon que la maison reste engageante pour de potentiels acheteurs. Il reviendrait aux futurs propriétaires de remettre les jardins entièrement en état, voire de les replanter, et de faire les inévitables travaux d'entretien. Andy n'en savait pas plus sur la maison ou le personnel. Pourvu que ce ne soit pas trop différent des photos ! La banque avait livré peu d'informations en dehors de la surface, du nombre de pièces, de l'année de construction et des travaux effectués pour aboutir à son état actuel, un brin ostentatoire. Andy s'interrogeait sur les précédents propriétaires et la façon dont ils avaient perdu la maison. Si la banque avait dû saisir leur bien, c'était sans aucun doute qu'ils avaient connu un revers de fortune.

Andy passa la douane sans souci et repéra facilement le chauffeur à son uniforme et à sa petite pancarte affichant « Westfield ». Le trafic londonien était dense, et ils n'arrivèrent à destination que peu avant 20 heures. Littéralement écrasé par le contrecoup et le stress des dernières semaines, Andy avait à peine échangé quelques mots avec le chauffeur à l'aéroport avant de sombrer dans un profond sommeil. Il avait dormi pendant tout le trajet.

Ils traversèrent le petit centre-ville côté terre, dont il ne vit que des façades au charme désuet. Vers la mer, il ne distinguait que la lune se reflétant dans l'eau. Il n'y avait aucune habitation à proximité de celle qu'il louait. Ils s'arrêtèrent devant un grand portail électrique, encadré de deux piliers de pierre. Frances avait déjà communiqué le code au chauffeur, qui le composa.

Le portail s'ouvrit sans bruit sur une allée interminable qui menait à une maison en pierre de deux étages, aux fenêtres éclairées – la gouvernante était passée dans l'après-midi pour allumer quelques lumières afin que ce soit plus accueillant à son arrivée. Andy trouva les clés à l'endroit indiqué. Maintenant qu'il la voyait de près, il se rendait compte que la construction était jolie, et devait remonter aux années 1920 ou 1930. La porte principale, ornée d'un gros heurtoir, était peinte dans un vernis noir brillant. Elle s'ouvrit sans problème et, aussitôt, il coupa l'alarme avec le code qu'on lui avait donné.

— Vous pouvez laisser les bagages dans l'entrée, merci beaucoup, dit-il au chauffeur.

Ce dernier repartit sans attendre, et Andy se retrouva seul pour explorer son nouveau domaine. L'entrée avait du style, avec son sol en marbre blanc et noir. Idem pour le salon, agrémenté d'une cheminée en marbre noir et d'un mobilier de couleur crème, visiblement coûteux. C'était plus formel que chez lui et parfait pour recevoir, ce qu'il n'avait aucune intention de faire. Il y avait aussi une jolie bibliothèque, avec de gros fauteuils clubs en cuir presque neufs. Partout, des toiles contemporaines habillaient les murs. Elles n'étaient, pour la plupart, pas désagréables à regarder. Il continua son exploration par la grande salle à manger, qu'il n'utiliserait guère. L'immense cuisine moderne suggérait, elle aussi, que les précédents propriétaires avaient dû multiplier les réceptions. Elle était néanmoins accueillante, avec son coin repas donnant sur le jardin. Il ouvrit la porte pour jeter un coup d'œil dehors, mais il faisait trop sombre pour apercevoir quoi que ce soit. Le rez-de-chaussée comprenait également des toilettes à la décoration chargée – papier peint rose et lustre en cristal de facture sans doute française.

L'escalier menant au premier étage affichait une courbe élégante. Le palier ouvrait sur quatre grandes chambres et une vaste suite parentale avec deux dressings, ainsi qu'un petit salon-bureau où Andy se voyait bien passer des soirées tranquilles – comme d'ailleurs en bas dans la bibliothèque, plus masculine. Tout était dans un état parfait, et donnait l'impression que les propriétaires allaient revenir d'une minute à l'autre. Il vérifia même si les placards du dressing étaient vides : ils l'étaient. Chaque chambre avait sa salle de bains, et la suite en comptait même deux. Ce niveau de confort équivalait presque à celui d'un quartier chic de Londres, en un peu plus décontracté. Il décida de se laisser le dernier étage à explorer pour le lendemain. Frances avait parlé de chambres de bonnes transformées en débarras, dont l'une contenait des équipements de gym. Il pourrait toujours s'en servir s'il ne tenait pas en place ou avait des velléités de s'entretenir un peu.

Il se sentait presque coupable d'avoir une aussi belle maison rien que pour lui, car il n'en utiliserait qu'une partie. Maintenant qu'il la voyait, le loyer lui semblait encore plus raisonnable. Les six mois de séjour passeraient vite, dans un confort pareil. Comment la banque n'avait-elle pas encore trouvé de repreneur ? Il est vrai que pareil luxe détonnait un peu dans le paysage de cette station balnéaire peu touristique, plutôt environnée de villas ou de cottages. Mais ça faisait bien son affaire. Quelle chance de l'avoir dénichée ! Il y avait largement assez de chambres pour Wendy, Peter et les enfants s'ils venaient lui rendre visite. Certes, il manquait une piscine, mais la plage était à deux pas. Il comptait bien y aller dès le lendemain.

Après avoir constaté, en ouvrant le réfrigérateur, que la gouvernante lui avait laissé de quoi prendre un petit déjeuner, il refit le tour des pièces et éteignit au fur et à mesure les lumières grâce à un iPad laissé à son intention, avec des instructions sur ce qu'il contrôlait : les stores, un système stéréo, l'alarme – qu'il ne mettrait pas – et les lumières. Les propriétaires n'avaient reculé devant rien pour moderniser ces lieux où, à l'évidence, ils habitaient à l'année. Quel dommage pour eux d'avoir perdu ce bien !

Il monta sa valise et la posa dans le dressing destiné à la garde-robe masculine. L'immense téléviseur de la chambre était également connecté à l'iPad mais il ne l'alluma pas, pas même en fond sonore. Cela aurait gâché le silence parfait qui régnait dans la maison et qu'aucun son extérieur ne venait perturber. Exactement ce qu'il avait dit rechercher : être loin de tout, de tout le monde, et avoir la paix. Il sourit tout en retirant sa veste.

— Méfiez-vous de vos souhaits, dit-il à voix haute.

Il s'assit au bureau du petit salon, ouvrit son ordinateur portable et écrivit à Frances et Wendy pour leur annoncer qu'il était bien arrivé. En Californie, c'était l'heure du déjeuner, et le milieu de l'après-midi à Greenwich. Il précisa à Frances que la maison était superbe, encore mieux que sur les photos, et exactement ce qu'il voulait.

Frances lut aussitôt son message, et s'en réjouit : elle avait pu lui faciliter une dernière fois les choses. Elle aurait sans doute retrouvé un emploi d'ici son retour, et savoir qu'il serait bien là où il était prenait d'autant plus d'importance. Quels qu'aient pu être ses doutes face à cet exil décidé sur un coup de tête, elle reconnaissait qu'Andy avait sans doute eu raison. L'Angleterre pourrait bien lui apporter ce changement positif dont il avait tant besoin.

Andy contemplait le lit, qui fleurait bon le linge propre. Les draps étaient de la même marque, française et hors de prix, que celle qu'il avait à Bel-Air dans ses chambres d'amis. La concordance presque parfaite avec les rideaux de la chambre – bleus à fleurs rouges – trahissait l'intervention d'un professionnel de la décoration, et pas n'importe lequel… Lui-même s'était étranglé devant le prix de ces draps. Il ne s'était d'ailleurs pas privé de signaler à sa décoratrice que, pour ce budget, il aurait aussi bien pu s'acheter une petite voiture. Ce à quoi elle avait rétorqué que les invités n'allaient pas dormir dans une voiture. Elle avait marqué un point.

Il ouvrit sa valise et en sortit tout le contenu, comme à son habitude quand il arrivait quelque part. Sauf que, généralement, on s'en chargeait pour lui. Ces gestes simples lui rappelaient qu'il apprenait désormais à vivre comme tout le monde, sans les avantages que confère le pouvoir. Sans personne pour anticiper et répondre aussitôt au moindre de vos désirs ou besoins. Cette indépendance nouvelle lui plaisait bien. Après tout, il pouvait très bien être autre chose qu'un homme pourri gâté.

Une fois ses affaires déballées, il se délassa sous une douche à jets multiples. Les propriétaires avaient dépensé une véritable fortune pour agencer l'intérieur de cette maison et la meubler avec ce qui se faisait de mieux en matière de confort et de high-tech, jusque dans les plus petits détails. Pour lui, ça facilitait grandement la transition avec Bel-Air. Et tout était encore mieux que prévu. Comme toujours, Frances avait fait les choses de façon irréprochable.

Il se glissa entre les draps impeccablement repassés et s'allongea confortablement, un sourire aux lèvres. Jusque-là, il avait fait le bon choix. La maison dépassait ses attentes et piquait de plus en plus sa curiosité. Il avait envie d'en savoir davantage sur les anciens propriétaires et ce qui avait bien pu se passer pour qu'ils perdent leur fabuleuse demeure. Leur présence se ressentait dans toutes les pièces, au point qu'il avait presque l'impression de squatter les lieux, dont il appréciait grandement le luxe.

Il s'empara de la télécommande et zappa quelques minutes, mais aucun programme ne retint son attention. Il était tard, le vol avait été long. Il éteignit tout et s'endormit immédiatement.

Le lendemain, il se réveilla tôt. Dehors, le ciel promettait une belle journée de printemps. Il enfila un jean, un pull noir et des boots, puis descendit à la cuisine pour préparer son petit déjeuner. Il avait une faim de loup. À sa grande surprise, une femme aux cheveux gris vêtue d'un tablier se trouvait là. Son expression austère ne s'adoucit pas quand elle l'aperçut

— Bonjour, monsieur, dit-elle avec formalisme. Je suis Mrs MacInnes, la gouvernante. Désirez-vous petit-déjeuner ?

— Bien volontiers, répondit Andy avec un grand sourire.

— Préférez-vous du thé ou du café, monsieur ?

— Un café serait merveilleux. Noir et sans sucre, répondit-il malgré l'allure du percolateur dernier cri, certainement capable de préparer un cappuccino.

Le matin, il préférait commencer par un café noir.

— Serait-il possible d'avoir aussi des œufs au plat ? demanda-t-il.

La femme s'attela à la tâche, sans omettre les toasts.

— Avez-vous bien dormi ? demanda-t-elle tout en s'activant.

— Comme un bébé. Cette maison est d'un confort inimaginable. Je m'étonne qu'elle n'ait séduit personne en trois ans, avec sa domotique et toutes ces nouvelles technologies. Ça a dû coûter une fortune aux anciens propriétaires.

— En effet, confirma-t-elle d'un air réprobateur.

— La banque en demande trop ?

— Non, répondit la gouvernante, qui marqua une brève pause avant d'ajouter : Sa réputation en dissuade certains. Et puis, elle est trop sophistiquée pour les gens d'ici. Ils recherchent des cottages. Pas une maison comme celle-ci.

Cela fit dresser l'oreille à Andy et son imagination s'emballa. L'endroit aurait-il accueilli un bordel ? Non, c'était impossible. La maison était bien trop élégante, digne d'un cabinet d'architecte de Londres ou de L.A. En revanche, vu les moyens à leur disposition, les propriétaires auraient pu être des trafiquants de drogue...

— Si elle n'est pas vendue dans les six mois, elle sera mise aux enchères et partira sans doute pour une bouchée de pain, l'informa la gouvernante. Seriez-vous intéressé ?

Elle aussi cherchait à en savoir plus. Pourquoi un homme comme lui, apparemment bien sous tous rapports, avait-il quitté la Californie pour Winchelsea Beach ? Était-il marié ? Il était venu seul, en tout cas. Peut-être y avait-il du divorce dans l'air.

— Je ne pense pas, non. J'ai déjà ma propre maison à L.A.

— Êtes-vous dans le cinéma, monsieur ? demanda-t-elle tout en lui versant une autre tasse de café.

Andy hésita. Pour l'instant, il n'était dans rien du tout. Et il n'avait pas encore réfléchi à la réponse qu'il donnerait à cette sorte de question, naturelle pour qui ne connaissait pas son histoire. Quel soulagement d'être dans un endroit où les gens n'avaient jamais entendu parler de lui ! se dit-il. Il opta spontanément pour la réponse la plus simple :

— Je l'étais.

La gouvernante hocha la tête d'un air sérieux. Cette gravité qui semblait l'habiter tenait moins de l'animosité que de l'expérience – sans doute n'avait-elle pas eu une vie facile. Sur ces entrefaites, une jeune femme blonde coiffée de nattes débordla dans la cuisine. Elle s'arrêta net à la vue d'Andy et rougit jusqu'à la racine des cheveux.

— Oh, désolée. Je ne savais pas que vous étiez là. Je croyais que vous dormiez encore.

— Voici Brigid, présenta Mrs MacInnes.

— Bonjour, fit Andy avec un sourire, que la jeune femme lui rendit.

— Je vais monter faire votre chambre, annonça-t-elle.

Et elle sortit aussi vite qu'elle était entrée.

— Vous travailliez pour les précédents propriétaires ? interrogea Andy.

— Oui, répondit Mrs MacInnes, laconique.

— Que s'est-il passé ?

La gouvernante prit son temps avant de résumer :

— Ils formaient une famille. Ce n'est plus le cas.

— Un divorce ?

Elle confirma de la tête et ramassa sans un mot les assiettes pour les laver. Elle lui tourna le dos : à l'évidence elle ne désirait pas en dire davantage. Par loyauté, ou par pudeur. Quelle qu'en soit la raison, le sujet était clos pour elle. Cela replongea Andy dans ses hypothèses concernant les précédents propriétaires.

Il y avait anguille sous roche, mais cette femme ne lui révélerait rien. Son petit déjeuner terminé, il eut envie de faire une promenade.

— Mrs MacInnes, comment rejoint-on la mer et le village ?

— Au bout du jardin, il y a un sentier qui mène à la plage. Quant au village, il n'est qu'à trois miles par la route.

— Très bien. Auriez-vous les clés des voitures ?

Elle les sortit d'un tiroir.

— Le gardien-jardinier a vérifié hier qu'elles démarraient bien. Le plein est fait. Elles n'ont pas bougé depuis trois ans. Seul Bertie les a fait un peu rouler de temps à autre pour entretenir la mécanique.

Andy garda les clés de la Land Rover et remit les autres à leur place. Puis il se rendit dans le garage. Les deux voitures étaient rutilantes. Il décida de commencer par le village puis de faire le tour des environs. Et surtout, il ne devait pas oublier de bien conduire à gauche !

Quelques minutes plus tard, il entrait dans Winchelsea Beach. C'était une pittoresque bourgade organisée autour de sa rue commerçante. Il repéra une librairie, deux banques, un magasin d'antiquités et la poste, ainsi que les deux pubs dont Frances lui avait parlé, encore fermés à cette heure matinale. Sous le charme, il se promena un peu, jetant un œil aux vitrines. Dans la rue, les gens vaquaient à leurs occupations : certains allaient faire leurs courses à l'épicerie, d'autres entraient à la poste. C'étaient visiblement des locaux et non des touristes. Lui-même n'appartenait à aucune des deux catégories, ou alors aux deux. En tout cas, ce qu'il voyait lui plaisait beaucoup et il comptait bien tester les deux pubs, d'autant qu'il n'aimait pas cuisiner pour lui seul.

Il flâna ainsi pendant une demi-heure puis retourna à la maison pour y manger un morceau avant de repartir à pied vers la plage. Le sentier était caché par des haies et des buissons, mais grâce aux indications de Mrs MacInnes, il le trouva sans difficulté. C'était sauvage et magnifique. Des falaises basses et des rochers dentelés bordaient une longue plage de sable et de petits galets. Rien à voir avec les plages de sable fin auxquelles il était habitué, mais le plaisir était bien présent. La brise faisait naître à la surface de l'eau de petites crêtes blanches. Il s'amusa à repérer le chenal menant à la mer. Au loin, des voiliers filaient à bonne vitesse et à l'horizon se détachaient les silhouettes de bateaux de pêche.

Andy marcha ainsi jusqu'au petit port et son quai, où étaient amarrés des voiliers bâchés. Les bateaux de pêche semblaient de sortie. Tout ça était si authentique ! Il fit demi-tour et retourna à la plage, où il s'assit. Il resta un long moment à contempler le paysage, avec le sentiment que son âme revenait à la vie. C'était bon d'être juste là, de respirer à pleins poumons l'air iodé. Deux enfants accompagnés de leur mère ramassaient des galets, qu'ils mettaient avec application dans un seau. Il sourit à ce spectacle, sensible à la simplicité et à la paix du moment. Quelle chance il avait eu d'atterrir dans ce lieu ! Une chance inespérée. Frances avait bien choisi. Il se voyait sans problème passer là plusieurs mois, peut-être même tout l'été.

Il finit par se lever pour rentrer. À mi-chemin de la maison, il aperçut une silhouette féminine qui avançait dans sa direction, tête baissée et cheveux au vent. Elle paraissait petite et menue, et il ne sut dire s'il s'agissait d'une jeune fille ou d'une femme. Elle avait en tout cas une démarche assurée. Elle s'arrêtait de temps en temps, face à la mer. Une fois proche d'elle, il vit que des larmes coulaient en sillons argentés sur ses joues. Elle ne cherchait pas à les cacher et fixait un point dans le lointain, l'air dévasté. Andy était à deux doigts de lui demander si tout allait bien, mais il eut peur d'être indiscret. Elle se remit en marche et le dépassa, auréolée de ses longs cheveux bruns soulevés par la brise. Elle semblait jeune. Mais surtout, elle semblait avoir le cœur brisé. Il poursuivit son chemin sans réussir à oublier cette vision. Aurait-il dû dire quelque chose ? Et qui était-ce ? Sans doute quelqu'un du coin. Elle portait une jupe en jean bleu et un pull violet.

De retour à la maison, il monta dans le petit salon-bureau pour répondre à quelques mails. Avec ou sans emploi, la vie continuait. Il fallait répondre à des invitations – pour toutes les décliner –, prendre connaissance des messages de son comptable, de son conseiller financier, de son homme de loi qui lui demandait de lire les documents relatifs à son licenciement avant de les valider. Quelle barbe ! Et pour les signer, il devait les imprimer, puis les scanner afin de les renvoyer. Frances lui manquait plus que jamais… Comment allait-il se débrouiller, ces six prochains mois, sans aucune aide administrative ? Être son propre secrétaire ne l'enchantait guère. Ce qu'il lui fallait, c'était quelqu'un prêt à faire quelques heures de bureau par jour. Il se mit sur-le-champ en quête de Mrs MacInnes, mais elle était déjà partie. Il appela alors la banque locale qui gérait la maison, mais elle était fermée. Ça attendrait donc le lendemain.

Mrs MacInnes lui ayant fait quelques courses, il se prépara un repas léger puis regarda un film et se coucha tôt, pleinement conscient de sa solitude et de son éloignement. Cela aurait été pire à L.A., où il était devenu un paria. Là-bas, plus personne ne recherchait sa compagnie désormais. Quand on est au sommet, tout le monde vous aime. Quand on chute, on n'est plus personne. Du jour au lendemain, les restaurants n'ont plus de table pour vous, les gens vous ont oublié, les vendeurs vous ignorent, les maîtres de rang ont la mémoire courte, vos adversaires jubilent, et ceux que vous pensiez être vos amis vous tournent le dos. Il s'était épargné tout cela en venant en Angleterre. Certains auraient appelé ça de la lâcheté. Et sans doute, oui, car il avait fui hors de portée, ignoré de tous, loin des yeux et du cœur. Son père lui aurait sans doute enjoint de tenir bon et de faire face. Et il le ferait un jour. Mais pas maintenant. Pas encore. Pour l'instant, il se trouvait là où il devait être. Il avait besoin de temps pour cicatriser, et la maison de Winchelsea Beach semblait être l'endroit idéal pour cela.

6

Le lendemain, à peine levé, Andy appela la banque. Il parla à la personne que Frances avait contactée pour la location de la maison.

— Connaîtriez-vous quelqu'un de potentiellement intéressé par quelques heures quotidiennes de secrétariat ? Principalement pour faire de la saisie, de la correspondance et des mails.

— Je me renseigne et je vous rappelle sans faute, dit la femme, très sympathique.

Cela fait, Andy partit se promener de nouveau sur la plage. Il était en train de se dire qu'il ne voulait voir personne quand un nom s'imposa soudain à son esprit, contredisant totalement son affirmation : Dash Hemming. En voilà un qu'il reverrait avec plaisir. Ce producteur indépendant d'une quarantaine d'années était anglais et habitait Londres. Quelque temps auparavant, ils avaient monté un film ensemble à L.A. et, malgré leur petite différence d'âge, ils s'étaient très bien entendus. L'homme se tenait sciemment à l'écart de la jungle impitoyable des grands studios pour éviter la pression que ces derniers exerçaient sur leurs collaborateurs. Dash avait d'ailleurs confié à Andy son admiration quant au fait qu'il avait su conserver la tête froide après tant d'années dans ce maelstrom-là. « C'est mon côté cow-boy : j'ai hérité du tempérament flegmatique de mon père. Et heureusement, car il faut l'être dans ce métier ! » avait-il répondu avec humour. À l'époque, il lui avait promis de le contacter à son prochain passage en Angleterre. Le moment était venu.

Cédant à cette impulsion, Andy rechercha dans son téléphone le numéro professionnel de Dash Hemming et l'appela sur-le-champ. À son grand étonnement, ce fut Dash lui-même qui décrocha.

— En voilà une bonne surprise ! dit le producteur, apparemment ravi. Mais dis-moi, je n'en croyais pas mes oreilles quand j'ai appris la nouvelle ! Quelle connerie magistrale d'avoir vendu, et encore plus de se priver de toi. Dans six mois, ils seront dans la merde jusqu'au cou et te supplieront de revenir.

D'autres lui avaient dit la même chose, mais pas beaucoup.

— J'en doute. Ils trouveront bien un moyen de s'en sortir sans moi.

— En tout cas, chapeau ! Je n'ai jamais vu une major opérer avec autant de délicatesse… Franchement, quelle bande de brutes ! L'archétype même des gorilles d'entreprise qui ne savent pas faire la différence entre leur cul et un trou dans le sol, et qui croient que le premier quidam venu peut diriger un studio de production. Celui qui a pris ton fauteuil n'y connaît rien.

— Je ne m'y connaissais pas plus quand j'ai commencé. Ça s'apprend.

— Les bons élèves se comptent sur les doigts d'une main, tu sais... J'admire ta modestie, mais n'oublie pas que tu es plus doué que toute cette clique réunie. Mais dis-moi, que fais-tu maintenant ? Tu as pensé à te lancer dans les films indépendants ? Au moins, tu t'amuserais bien.

Dash adorait ce qu'il faisait, et il le faisait bien. Andy le respectait énormément, et c'était réciproque. Mais l'admiration qu'il avait pour le travail du Britannique n'allait pas jusqu'à vouloir l'imiter. Il préférait de loin les gros budgets des studios, et diriger l'ensemble à un niveau beaucoup plus élevé. C'était en cela qu'il excellait.

— Je crains que le résultat ne soit pas terrible, répondit-il. Chacun son talent, et c'est plutôt le tien. Mon père, en revanche, a toujours voulu produire un film indépendant, mais comme il avait tous les studios à ses pieds... Ça change tout, quand on est une grande star.

— Bon, alors quand viens-tu en Angleterre ? Ce serait super de te voir.

— En fait, je suis déjà là. La vie à L.A. était devenue intenable entre la presse, les paparazzis, les ragots et tout ça... Je te laisse imaginer. J'ai pris mes cliques et mes claques, mes jambes à mon cou aussi, et j'ai loué une maison pour six mois. L'idée étant de me balader un peu en Europe. Mais pour l'instant, je suis en train de me reconvertir en chasseur de trésors ensablés, conclut-il avec une pointe d'ironie.

— Tu es à Londres ? rugit Dash.

— Non, à Winchelsea Beach. Il y a une semaine, ma secrétaire m'a dégotté une maison sur le Net. Cinq jours plus tard, j'étais dans l'avion. C'est mon deuxième jour sur place, et jusqu'à maintenant, tout roule.

— Comment diable as-tu atterri là ? s'exclama Dash, hilare à l'idée qu'Andy soit installé dans une petite villa de bord de mer, au cœur d'une station balnéaire endormie dix mois dans l'année.

— C'était le seul endroit avec chauffage central qui ne soit pas une maison de poupée dans les Cotswolds.

— Viens donc à Londres, qu'on prenne un verre ! Plus qu'un, même, corrigea Dash avec chaleur.

— Bientôt, promit Andy. En attendant, tu es le bienvenu quand tu veux. Les chambres d'amis ne manquent pas. La maison est sympa, tu verras. Elle est à vendre, mais j'en dispose quoi qu'il arrive pour six mois.

— J'essaierai de passer. En tout cas, c'est sympa d'avoir appelé. Les choses finiront par se tasser à L.A. Et dans l'intervalle, c'est super que tu sois ici. Une excellente idée, même si j'ai quelques doutes sur le choix de Winchelsea. Tu risques de mourir d'ennui, là-bas ! Au moins, ce n'est pas l'hiver, remarqua Dash en éclatant de nouveau de rire. Enfin… n'oublie pas de venir à Londres : on fera la tournée des pubs, dit-il en retrouvant son sérieux.

— Ça me va, répondit Andy, heureux d'avoir suivi son intuition – Dash était quelqu'un d'authentique, à des années-lumière du battage médiatique hollywoodien.

— Tu me tiens au courant.

— Compte sur moi.

Andy venait à peine de raccrocher quand la banquière le rappela pour lui annoncer qu'elle avait quelqu'un en tête pour son secrétariat.

— J'ai contacté cette jeune femme, qui m'a semblé intéressée. J'ai donc pris la liberté de lui dire de se présenter chez vous à 17 heures pour que vous puissiez la rencontrer. Si cela ne vous arrange pas ou si vous préférez fixer vous-même un rendez-vous, je peux annuler, bien sûr.

— Non, non, c'est parfait, répondit Andy avec enthousiasme, car les mails continuaient de s'accumuler. Comment s'appelle-t-elle ?

— Violet Smith, annonça son interlocutrice après une seconde d'hésitation. Elle n'a pas travaillé depuis quelque temps, mais elle est brillante et compétente. J'espère que ça marchera.

Sur ces mots débités un peu brusquement, elle raccrocha.

Andy était ravi de sa matinée. Sa conversation avec Dash Hemming lui avait remonté le moral, et voilà qu'il avait presque une assistante ! Entre tous ses documents à imprimer, signer, scanner et renvoyer et les messages qui s'entassaient, il avait grand besoin d'aide. Si Frances avait été là, elle aurait tout géré en un rien de temps. Seul, il se sentait submergé.

Cet après-midi-là, il prit le temps de visiter le dernier étage de la maison. Toutes les chambres étaient pleines de cartons et de meubles, notamment, pour l'une d'elles, de meubles et de jouets d'enfants. Ils ne les avaient même pas emportés ! Andy se sentit désolé pour les anciens propriétaires… Cet entassement ne le gênait pas, car il n'avait de toute façon pas l'usage de ces pièces. Quant aux équipements de gym, il les avait bien repérés mais n'avait aucune envie de s'y mettre tout de suite. En outre, il n'y avait personne pour l'aider à les descendre au premier ou au rez-de-chaussée. Une fois revenu dans son salon-bureau, il se plongea dans la lecture d'un long mail de son conseiller financier qui lui listait les différentes façons d'employer ses indemnités de licenciement. Le temps qu'il le parcoure en entier, il était presque 17 heures.

Violet Smith se présenta à l'heure dite. Comme Mrs MacInnes venait de partir, c'est Andy qui lui ouvrit. Il eut une impression quasi immédiate de déjà-vu. La jeune femme avait de grands yeux d'un bleu presque violet et un teint laiteux, typiquement anglais. Avec ses cheveux bruns, qu'elle avait tirés en arrière, on aurait dit Blanche-Neige. Une Blanche-Neige en twin-set caramel, pantalon en cuir de la même couleur et hauts talons. Une tenue simple mais élégante, tout à fait appropriée pour un entretien d'embauche et qui évoquait davantage une Londonienne qu'une autochtone. L'effet général était séduisant.

Violet Smith le suivit dans la bibliothèque, l'air tendue et mal à l'aise. Il venait à peine de commencer à lui expliquer qu'il arrivait de Los Angeles quand il eut soudain une illumination : c'était la jeune femme qui pleurait sur la plage ! Rien n'indiquait qu'elle l'avait reconnu. Tout en l'écoutant, elle jetait un regard circulaire à la pièce. Il ne mentionna évidemment pas leur rencontre fortuite.

— Il s'agit d'un SOS : je croule littéralement sous les mails et la paperasse, lui dit-il. Le travail consiste principalement à répondre aux messages, imprimer, scanner, envoyer des courriers, peut-être passer quelques appels en Californie. Rien de bien excitant, j'en ai peur, mais c'est essentiel pour moi. Sachant qu'il n'y a pas de quoi occuper des journées entières, je me disais que vous pourriez venir tous les matins. Jusqu'au déjeuner, ça vous irait ?

Elle confirma timidement de la tête. Alors qu'il lui attribuait une petite trentaine d'années, elle le surprit en annonçant spontanément :

— J'ai 38 ans. C'est marqué sur mon CV.

Elle lui avait tendu ce dernier pendant qu'ils se rendaient dans la bibliothèque et il ne l'avait pas encore parcouru. Le fait de lui avoir fourni cette information, désormais perçue comme déplacée en entretien, indiquait qu'elle n'avait pas pratiqué l'exercice depuis un certain temps.

— Avez-vous un autre emploi en ce moment ?

S'il posait la question, c'était parce que son allure et sa façon de s'exprimer laissaient entendre des origines sociales plutôt aisées et un niveau d'études au diapason. Avait-elle vraiment besoin de ce poste ?

— Cela fait onze ans que je n'ai pas travaillé. J'étais journaliste à Londres pour le *Sunday Times*. Puis je me suis mariée, j'ai emménagé ici et arrêté toute activité professionnelle. Les petits boulots et les temps partiels de ces derniers mois sont un retour dans le monde du travail. Je devrais sans doute tenter ma chance à Londres, mais une décennie loin du marché du travail, c'est long. Mes compétences ne sont plus vraiment d'actualité, toutefois elles suffisent pour des emplois comme celui-ci. Je maîtrise les bases informatiques et suis capable d'envoyer un mail ou de scanner un document, dit-elle en terminant par un sourire qui illumina son visage.

Elle était très jolie quand elle souriait, et le sérieux de son attitude passait au second plan, remarqua-t-il intérieurement. Il aurait bien aimé connaître aussi sa disponibilité : il préférait en général travailler avec des assistantes célibataires, afin que leur vie familiale n'interfère pas. Violet Smith était-elle toujours mariée ? Poser la question franchement était impossible. Mais après tout, ce n'était pas bien grave. Elle n'avait rien de la jeune femme qui sort danser tous les soirs et appelle le lendemain pour se porter pâle parce qu'elle a la gueule de bois. L'intéressée lui fournit d'elle-même la réponse en précisant d'un air sombre qu'elle n'était plus mariée et n'avait pas d'enfants.

Il ne fit aucun commentaire, jugeant préférable de passer directement à la conclusion de l'entretien.

— Eh bien, Violet, qu'en pensez-vous ? Le poste vous conviendrait-il, même s'il n'est guère stimulant ?

Il était bon de revenir sur cet aspect-là du travail, car elle était à l'évidence intelligente et surqualifiée. Lui avait tout à y gagner, mais elle ? Il annonça dans la foulée un montant de salaire, à ses yeux correct, qui lui valut un regard incrédule.

— J'espère en être digne, répondit-elle avec douceur. Quand voudriez-vous que je commence ?

— Demain, ça serait possible ?

Son impatience la fit sourire.

— Absolument. En ce moment, j'aide à la librairie, mais ils peuvent très bien se débrouiller sans moi. Je les ai d'ailleurs prévenus que je passais un entretien. Et je pourrai toujours y aller le week-end.

Violet venait involontairement de répondre à la question d'Andy : elle avait vraiment besoin de cet argent.

— Vous pouvez venir habillée comme vous le souhaitez. Ici, nous ne sommes que trois : la gouvernante, une aide-ménagère et moi. Et nous ne verrons personne, précisa-t-il.

— Je pourrai donc parfois venir en jean ?

— Ça ne me pose aucun problème. D'autres questions ?

— Aucune.

Cinq minutes plus tard, Violet repartait comme elle était venue, à bicyclette, tandis qu'Andy se félicitait de ce recrutement : la jeune femme semblait sympathique et plus que capable.

Le lendemain matin, elle arriva à 9 heures pile, vêtue d'un twin-set (bleu marine, cette fois) et d'un jean, avec un rang de perles au cou et des baskets aux pieds. Andy l'attendait déjà dans le bureau avec une liste interminable de mails à imprimer. Elle se mit tout de suite au travail et emporta la liste dans la bibliothèque pour la passer en revue.

— Voulez-vous du thé ou du café ? proposa Andy.

— Non, merci.

— Il va nous falloir une imprimante. D'après l'inventaire, il y en a une dans la maison, mais je n'arrive pas à mettre la main dessus et personne n'est capable de me renseigner. J'espère juste qu'elle n'est pas au dernier étage, dans les cartons des anciens propriétaires, parce que ça va nous prendre des heures pour les vérifier un à un.

— Je ne pense pas, Mr Westfield, dit Violet d'un ton très professionnel. Je crois savoir où elle se trouve.

Elle traversa la pièce jusqu'à la bibliothèque qui lui faisait face et en retira quatre livres. Derrière se trouvait un bouton qu'elle poussa. Un pan entier de rayonnages couverts de livres reliés coulissa, révélant un grand cagibi. L'imprimante et un ordinateur fixe étaient rangés là. Elle les sortit tous les deux, ainsi que d'autres accessoires et du papier. Andy la contemplait, ébahi.

— Comment avez-vous deviné ?

— Bon nombre de maisons anciennes ont des passages secrets et de fausses cloisons. Même quand on les réaménage, on garde généralement ce genre d'éléments. C'était juste une intuition, répondit-elle avec modestie.

— Incroyable, dit Andy, toujours stupéfait. Vous croyez qu'il existe aussi un passage secret ?

— On peut toujours chercher, mais j'en doute. Ils ne sont pas faciles à localiser, et encore moins à entretenir. Par ailleurs, je me suis toujours dit qu'il était dangereux d'en avoir avec des enfants à proximité. S'il y en a jamais eu un, il est possible qu'il ait été condamné.

Visiblement, elle maîtrisait le sujet. *Il y a plus chez Violet Smith que ce qu'on imagine de prime abord*, se dit Andy. Elle lui faisait penser à Loïs Lane, la jeune journaliste fiancée à Superman dotée de pouvoirs cachés. Violet brancha l'imprimante et vingt minutes plus tard, tous les documents, principalement financiers, étaient imprimés et prêts à être signés. Andy s'exécuta, puis elle les scanna et les envoya aux destinataires. Elle imprima par ailleurs les messages arrivés dans l'intervalle.

Andy était dans la cuisine en train de se servir quelque chose à boire quand Violet l'y rejoignit pour prendre une tasse de thé. À sa vue, le visage de Mrs MacInnes s'éclaira et elle l'accueillit avec un grand sourire. Andy n'avait encore jamais vu la gouvernante aussi chaleureuse. Agréable, polie, certes, mais austère avant tout. Avec Violet, le changement était radical. Elle avait l'air sincèrement ravie de la voir.

— Comment allez-vous ? demanda Mrs MacInnes.

— Bien, répondit Violet avec un doux sourire en posant une main légère sur l'épaule de la gouvernante avant de retourner finir son travail.

Tout indiquait que les deux femmes se connaissaient, ce qui n'était pas étonnant compte tenu de la taille de Winchelsea Beach.

À 13 heures, le bureau de Violet était impeccablement rangé, et elle était venue à bout de tout ce qu'il lui avait confié. Il ne put s'empêcher de lui demander, alors qu'elle se préparait à partir :

— Vous avez déjà travaillé ici avant ?

— Non. Je connais Mrs MacInnes par un autre biais. Nous faisons nos courses au même endroit et elle passe souvent à la librairie, qui fait aussi bibliothèque, pour emprunter des livres.

L'explication se tenait. Après son départ, Andy se préparait un sandwich à la cuisine quand la gouvernante entra dans la pièce. Il en profita pour engager la conversation, dans l'espoir de glaner quelques informations sur l'ancienne journaliste. Que faisait-elle à Winchelsea Beach, de toute évidence une impasse pour elle ?

— Vous semblez connaître Violet, commença-t-il. Elle m'a dit que vous vous croisiez à la librairie ? C'est une femme charmante. Et très efficace.

— Elle est merveilleuse. C'est une honte qu'elle doive travailler. Au moins, elle sera bien traitée ici, ajouta Mrs MacInnes, qui semblait s'être déjà fait son opinion sur Andy. Elle a tout perdu, ajouta-t-elle.

Cela, Andy le croyait volontiers : Violet s'habillait et s'exprimait comme quelqu'un ayant connu l'aisance.

— Je suis surpris qu'elle ne travaille pas à Londres.

— Ses moyens ne le lui permettent sans doute pas. La capitale est hors de prix. Winchelsea est plus abordable.

— Elle gagnerait pourtant plus là-bas.

La situation semblait inextricable. Violet se trouvait donc comme piégée dans le Sussex, ce qui arrangeait bien ses affaires à lui. Il n'en revenait toujours pas de la facilité avec laquelle elle avait découvert le cagibi secret. Jamais il n'aurait soupçonné cette fausse cloison. L'agent immobilier n'en avait pas fait mention, peut-être même ignorait-il son existence.

Violet vint travailler chaque matin de la semaine et démontra une efficacité à toute épreuve. Elle était prête à accomplir n'importe quelle tâche, pleine de ressources quand c'était nécessaire, créative, intelligente et… surqualifiée, ainsi qu'il l'avait deviné. Mais elle ne se sentait pas rabaissée pour autant. Au contraire, elle le remerciait régulièrement pour cette opportunité. Respectueuse, agréable, discrète, elle ne parlait jamais d'elle. Par certains côtés, elle lui rappelait Frances, si timide à ses débuts. Toutefois, en ce qui concernait Violet, c'était moins de la timidité que de la réserve. La jeune femme s'était fixé des limites qu'elle n'outrepassait jamais, même pour retrouver Mrs MacInnes à la cuisine. La bibliothèque lui servant de bureau, elle n'en sortait pas. Il avait aussi fallu qu'il le lui suggère pour qu'elle l'appelle par son prénom. Elle se montrait encore plus formelle et vieux jeu que lui. Peut-être parce qu'elle était anglaise ?

La deuxième semaine, les dossiers à traiter s'accumulèrent tellement qu'elle dut rester le vendredi toute la journée. Quand ils bouclèrent à presque 19 heures, sans une plainte pour avoir terminé tard, elle se contenta de partir rapidement – elle sortait ce soir-là. Tout en appuyant fort sur ses pédales pour se donner de l'élan, elle salua Andy de la main.

Il ne put s'empêcher de se demander si elle avait un petit ami. Ça l'attristait d'imaginer des femmes comme Violet ou Frances toutes seules. Pourtant elles étaient nombreuses dans ce cas-là. Internet leur inspirait, non sans raison, de la défiance ou réveillait de mauvais souvenirs, et pour la majorité d'entre elles, les occasions de rencontrer quelqu'un au travail étaient rares. Violet, par exemple, n'en aurait aucune : il ne comptait recevoir personne. Quant à Frances, il n'avait eu dans ses relations à L.A. que très peu de célibataires susceptibles de lui convenir. Il espérait sincèrement qu'elle rencontrerait quelqu'un de bien dans son nouveau poste.

Après le départ de Violet, Andy alla se servir un scotch dans le bar à alcools de la bibliothèque. C'était son premier verre depuis le week-end. Il se sentait bien, détendu, content de n'avoir rien à faire. Peut-être irait-il dîner dans l'un des pubs locaux, même s'il n'aimait pas aller seul au restaurant. Tandis qu'il s'interrogeait, son regard fut attiré par une chemise inhabituelle posée sur le bureau de Violet. La jeune femme mettait-elle au point un nouveau système de classement ? Il ouvrit le dossier et fut surpris de découvrir ce qui ressemblait à un manuscrit. En feuilletant rapidement, il compta trois chapitres. Sur la deuxième page s'étalait le nom de Violet, soigneusement calligraphié.

Avec l'impression d'être un voleur, il s'assit sur le canapé et lut les pages d'une traite tout en sirotant un deuxième verre. C'était magnifiquement écrit, et l'histoire était prenante. Il s'agissait d'une femme qui tombait sous la coupe d'un dangereux pervers narcissique aux intentions criminelles. Ce dernier la faisait chanter, la retenait prisonnière et prévoyait de la tuer. Parvenu à la fin du troisième chapitre, Andy se sentit frustré : il voulait connaître la suite ! L'intrigue était géniale. Voilà qui ferait un excellent roman, et surtout un film fantastique. Il remit soigneusement les feuillets à leur place. Violet cachait bien ses talents ! Elle n'avait pas mentionné ses compétences rédactionnelles lors de l'entretien. Même s'il lui faudrait confesser avoir lu son texte sans son autorisation, il avait hâte d'être au lundi afin qu'elle lui en dise plus sur ce manuscrit. Et il brûlait de savoir si la suite était déjà rédigée !

C'était une femme bien mystérieuse. Son attitude posée laissait à penser qu'elle avait des secrets. Et que dire de la tristesse qu'il avait surprise l'autre jour sur la plage ? Elle le hantait encore. À l'opposé, sa vie à lui était désormais pour elle un livre ouvert. La correspondance qu'elle avait parcourue et scannée, en provenance de ses avocats ou de son conseiller financier, abordait la question de ses indemnités de licenciement. En lisant entre les lignes, il était facile d'assembler les pièces du puzzle. Il se demandait jusqu'à quel point elle l'avait recomposé. Quoi qu'elle ait découvert ou compris, elle était tenue à la confidentialité par une clause spéciale dans son contrat de travail. Mais jusqu'à présent, elle n'avait pas commenté sa situation. L'image même de la discrétion et de la politesse.

Andy avait vu juste : intriguée par le contenu des mails qu'elle voyait défiler et sans pour autant tout cerner encore, Violet avait bien compris qu'il avait été mis à la porte. Global Studios devait être impliqué, puisque ce nom figurait dans certains documents. Les paiements provenaient de deux sociétés – AMCO, qu'elle connaissait, et FAQTS, dont elle n'avait jamais entendu parler. En tout cas, les montants versés étaient astronomiques, même si elle avait déjà vu mentionnées des sommes pareilles, voire plus importantes. Elle avait plus d'expérience qu'il n'y paraissait et avait vu des choses dont Andy n'avait pas idée… Seule certitude pour elle à ce stade : Andy était quelqu'un d'honnête. Pour le reste, comme il n'évoquait jamais son travail, elle ignorait s'il était retraité ou toujours en activité, avec possibilité de télétravailler depuis l'Angleterre. Dans l'absolu, il donnait plutôt l'impression de faire une pause dans une carrière certainement brillante, vu la manière dont les mails qu'on lui adressait étaient tournés.

Ce week-end-là, non sans un certain sentiment de culpabilité, elle tapa son nom sur Internet et lut tous les articles sur son récent renvoi. Le procédé l'indigna : avoir été à la tête de Global pendant dix-neuf ans et se faire congédier aussi grossièrement ! Soudain, la raison de sa présence en Angleterre prenait tout son sens. Il pansait ses plaies et se donnait le temps de réfléchir à la suite. Elle se sentit désolée pour lui. Ce qu'il avait enduré était cruel et injuste – elle savait de quoi elle parlait, elle en avait eu plus que son lot. Mais que d'autres subissent cela, surtout un homme qui semblait aussi gentil et honorable que lui, ça la révoltait. Ç'avait dû être vraiment dur pour qu'il en soit venu à s'exiler si loin de chez lui, dans une maison inconnue et un pays qui lui était étranger.

Cette affaire occupa son esprit tout le week-end. Pleine de compassion, elle n'en appréciait que plus Andy. Le choc de son licenciement, moins d'un mois plus tôt, devait encore résonner en lui. Elle aurait voulu pouvoir lui offrir des paroles réconfortantes, mais la dignité et la discrétion dont il faisait preuve exigeaient qu'elle ne laisse même pas transparaître qu'elle savait. Sans compter qu'ils ne se connaissaient pas plus que cela, et qu'elle n'était que son employée. La seule chose à faire était de se montrer à la hauteur de la confiance qu'il lui accordait. Quelle chance qu'il ne lui ait posé aucune question personnelle depuis l'entretien ! Elle avait des blessures qu'elle ne souhaitait partager ni avec lui ni avec quiconque.

7

Andy contint son impatience jusqu'au lundi matin. La veille au soir, il avait relu les chapitres de Violet, et avait encore plus apprécié que la première fois ! L'intrigue se tenait, le rythme aussi. Le style était soigné et fluide, et les personnages forts. Il voulait en savoir plus sur l'histoire et sur l'avancement du manuscrit. Y en avait-il plus ? Commençait-elle tout juste ? Elle avait un talent indéniable.

Dès son arrivée, Violet vint le saluer à la cuisine, échangeant au passage un sourire avec Mrs MacInnes. Elle semblait détendue et de bonne humeur. Andy se leva aussitôt et la pria de le suivre dans son bureau.

— Asseyez-vous, s'il vous plaît.

Son sérieux effraya Violet. Était-ce le signe d'un renvoi imminent ?

— J'ai fait quelque chose qu'il ne fallait pas ? demanda-t-elle, au bord des larmes.

— Non, absolument pas. Je voulais seulement vous poser des questions à propos de ça, dit-il en lui montrant le manuscrit.

— Oh. Je suis désolée, Andy, je n'aurais pas dû, dit-elle, blanche comme un linge. C'est à moi. J'ai apporté ça pour le photocopier, parce que la machine en ville est toujours en panne. J'aurais dû vous demander l'autorisation.

— Violet, des copies, vous pouvez en faire des centaines... tant que vous m'en donnez une ! Ces premiers chapitres comptent parmi les meilleurs que j'aie jamais lus. Et les autres étaient de la main de célèbres scénaristes ! Ce début est brillant. Je vous présente toutes mes excuses pour l'avoir lu. Vous l'avez laissé sur votre bureau vendredi soir, et je l'ai feuilleté par curiosité. Encore désolé. Une chose m'intrigue maintenant. Êtes-vous en train d'écrire un livre ? J'ai relu votre manuscrit hier soir et j'ai de nouveau été happé par l'histoire. Encore plus que la première fois.

Les yeux bleus de Violet semblaient manger son visage quand elle répondit :

— J'essaie, en effet. C'est quelque chose que j'ai toujours voulu faire, sans en avoir le temps ou bien le courage, jusqu'à récemment. Voilà quelques mois, je m'y suis enfin mise et, aujourd'hui, le manuscrit est presque fini. J'en suis au dernier chapitre. Mais j'écris à la main et je n'ai tapé au propre que le début.

— Dans ce cas, j'ai une proposition à vous faire. Je vous paie à plein temps. Le matin, vous continuez de vous occuper de mes dossiers et l'après-midi, vous restez jusqu'à 17 heures pour finir de taper votre manuscrit. Je veux que vous finissiez au plus vite, parce que vous êtes assise sur une véritable pépite, Violet. D'où une autre question : êtes-vous arrêtée sur l'idée d'un roman ? Je vous demande ça car, de mon point de vue, votre histoire est incroyablement cinématographique et je trouve que vous devriez d'abord en faire un scénario avant de le publier. Mais si sortir un livre est votre objectif principal, alors un film peut aussi en être tiré par la suite. Le cas échéant, je pourrais trouver quelqu'un pour travailler avec vous à l'adaptation, ou bien vous aider moi-même.

Andy marqua une pause sans la quitter du regard, avant de reprendre :

— Depuis des semaines que vous scannez ma correspondance, vous avez certainement compris que j'ai dirigé Global Studios pendant de nombreuses années. J'ai été remercié il y a un mois, lorsque les studios ont été rachetés. Ils m'avaient assuré que mon poste serait maintenu. Mais ils ont signé l'accord de vente un vendredi soir et le lundi matin, à 9 heures, j'étais viré. Donc pour le dire simplement, je suis au chômage. Et il est fort probable que ça dure. Les postes de directeur de studio de production ne courent pas les rues. Mais il se trouve qu'avant d'occuper cette fonction, j'ai été scénariste pendant seize ans. Je sais comment ça marche, je pourrais écrire un scénario les yeux fermés. Pourtant, je n'ai jamais rien produit d'aussi fort que vous. Si vous le voulez, je peux vous montrer comment transformer ce texte en scénario, et vous mettre en contact avec un producteur qui vous aidera à monter et à concrétiser le projet. Vous pourrez toujours sortir l'histoire en roman, avant ou après. Mon gendre est éditeur et je serais ravi de vous présenter à lui. Violet, ce manuscrit est digne de la cour des grands. J'ai peut-être été flanqué à la porte il y a un mois, mais j'ai tous les contacts qu'il vous faut. Il suffit d'un mot.

Soudain, il éclata de rire.

— Bon sang, c'est peut-être ma nouvelle vocation. Agent artistique ! Si c'est le cas, je veux être le vôtre ! Mais plus sérieusement, je voudrais vous aider. Vous avez là un futur oscar ou pulitzer.

— Vous feriez ça pour moi ? Mais pourquoi ? demanda-t-elle, émue aux larmes.

— Parce que vous avez un talent incroyable, et que vous êtes quelqu'un de bien. Et aussi parce que tout le monde mérite un coup de pouce parfois, surtout quand on possède un don comme le vôtre. C'est de l'or en barre, Violet. Accepteriez-vous que je passe quelques coups de fil, pour voir qui serait intéressé et à qui vous pourriez envoyer le manuscrit une fois tapé ?

— Bien sûr, dit-elle, le souffle coupé par tout ce qu'il venait de dire et ce qu'il était prêt à faire pour elle.

La succession des événements la stupéfiait. Qu'Andy loue cette maison, qu'il ait eu besoin d'une assistante et que la banque l'ait appelée : c'était comme la providence en marche.

— Dans l'immédiat, est-ce que je pourrais lire le reste, même écrit à la main ? demanda-t-il, pressé de connaître la suite.

— Je l'apporterai demain matin. À moins que je n'aille le chercher chez moi, une fois ma demi-journée de travail terminée, pour commencer à le taper dès cet après-midi. Vous lisez certainement plus vite que je ne tape, proposa Violet avec un sourire.

Elle avait l'impression qu'un miracle s'accomplissait.

— Parfait ! conclut Andy, qui partageait la même sensation.

Tous deux avaient été touchés par le doigt du destin. Lui avait besoin d'occuper son temps, et il avait les contacts nécessaires. Elle n'avait aucune idée de la manière de procéder après le point final. Andy pouvait lui ouvrir des portes décisives. Il les connaissait toutes et savait qui solliciter : grands ou petits cinéastes, studios favorables aux nouveaux auteurs, réalisateurs, producteurs, stars en constante recherche de scripts. L'immense talent et le travail de Violet méritaient de sortir au grand jour. Dire qu'elle avait écrit pareil trésor dans cette vieille station balnéaire anglaise ! Andy en restait sans voix.

Ce jour-là, il avait peu de missions à lui confier. La jeune femme retourna donc chez elle pour rapporter la suite du manuscrit. Tout y était, sauf le dernier chapitre.

— Ça se termine comment ?

— Il tente de la tuer, mais échoue. Elle a la possibilité de le supprimer, mais ne le fait pas. Elle s'enfuit le pistolet en main, la police arrive, il y a échange de coups de feu. Elle est blessée mais s'en tire, le méchant est arrêté et emprisonné.

— Voilà une fin plaisante. Il y a une dimension amoureuse quelque part ?

— Non, mais pourquoi pas. Une fois qu'elle a découvert ce qu'il a fait, tout ce qu'elle veut c'est survivre et ne pas se faire tuer. Je pourrais ajouter une touche de romance, c'est vrai.

— Rien ne presse et il n'y a pas d'obligation. Tous les points forts de l'histoire sont déjà là.

— C'est moi qui devrais vous payer, et non l'inverse, dit-elle avec un sourire.

— Ne vous inquiétez pas, je facturerai le producteur, répondit-il sur le ton de la plaisanterie.

Une amitié naissait, autour d'un projet qui les sauverait peut-être tous les deux. Un producteur prendrait ensuite tout en main : la recherche du réalisateur, des fonds, le casting et les contrats des acteurs. Andy avait déjà quelques noms en tête.

— Je trouve que ce qu'ils vous ont fait était particulièrement injuste, sans parler du procédé, dit-elle avec douceur tandis qu'ils prenaient place dans la bibliothèque.

— Oui, c'était moche, mais ce n'est pas surprenant dans cette industrie. Moi-même, je suis arrivé sur les talons du précédent directeur quand AMCO a racheté Global voilà dix-neuf ans. À l'époque, j'étais le plus jeune directeur de studio. Maintenant, je suis vieux et on m'éjecte en un claquement de doigts. C'est au tour de quelqu'un d'autre de prendre ma place. En l'occurrence le fils du nouveau propriétaire. Il voulait mon poste, il l'a eu. Ça leur a coûté une petite fortune. Mais qui sait, il sera peut-être bon.

— Qu'allez-vous faire maintenant ?

Violet, pleine de reconnaissance et de compassion, s'inquiétait pour lui. C'était un juste retour des choses envers quelqu'un qui venait de lui ouvrir tous les possibles, mais elle était surtout profondément touchée par sa démarche. Personne n'avait jamais rien fait pour elle. N'ayant plus de famille vers laquelle se tourner, elle se battait seule depuis longtemps. Sa mère était morte d'un cancer quand elle était à l'université et son père d'une crise cardiaque un an plus tard, emporté par le chagrin.

— Je n'en ai aucune idée, avoua Andy. C'est ce qui m'a amené ici : je dois réfléchir à mon avenir. Mais pour l'instant, nous allons tout faire pour que vous meniez votre projet à terme. Je passerai quelques coups de fil ce soir.

Son intuition soufflait à Violet qu'Andy était un homme de parole. Dans le cas contraire, ça n'aggraverait pas sa situation. Et de toute façon, elle avait l'habitude d'être déçue. Rien ne la surprenait plus.

Andy avait perçu cette désillusion dans ses yeux, dans la manière qu'elle avait de le regarder : c'était une femme blessée. Il pouvait le sentir sans qu'elle le dise.

— Faites-moi confiance, Violet. Quelque chose de merveilleux va se produire. Ça peut prendre du temps, parfois Hollywood est lent à la détente, mais ils ont faim de ce que vous avez, dit-il en désignant la suite du manuscrit, qu'il avait hâte de lire.

À 17 heures, quand elle arrêta de taper, Mrs MacInnes était déjà partie.

— Voulez-vous rester manger un morceau ? proposat-il. Cela dit, je ne sais pas ce qu'il y a dans le frigo. Probablement un demi-citron et un sandwich à la saucisse.

Cela la fit rire.

— On pourrait aller au *fish and chips* du coin ? reprit-il. Vous aimez ça ?

— J'adore.

Le dîner validé, ils prirent le temps de rediscuter du manuscrit, de l'intrigue, de son développement et de la chute. Ce n'est qu'à 18 heures qu'Andy chargea le vélo de Violet dans le Land Rover et qu'ils prirent la direction du *fish and chips*, situé au bout de la rue principale. Alors qu'ils descendaient de voiture, Andy songea combien il était excitant de monter un projet avec quelqu'un d'aussi neuf, original et talentueux qu'elle.

— Vous avez de la famille ici, Violet ?

Il posait la question car elle lui semblait trop sophistiquée pour cette petite ville.

— Non, je n'en ai plus. Mes parents sont tous les deux morts jeunes quand j'étais étudiante. Ma mère a été emportée par un cancer du sein et mon père un an plus tard par une crise cardiaque. Il ne pouvait pas vivre sans elle. Leur union était merveilleuse.

— Celle des miens aussi, dit-il avec nostalgie. Dans quelle université êtes-vous allée ?

C'était marqué dans son CV, mais il avait oublié.

— L'université de Westminster, en journalisme. J'ai poursuivi avec le master de journalisme de la London School of Economics. Après ça, j'ai décroché ce poste au *Sunday Times*, je me suis mariée dans la foulée et je suis venue ici. C'était la première fois que je quittais Londres.

À l'entendre, il n'y avait rien de plus simple. Y compris l'excellent niveau de ses études.

— Et vous ne voulez pas retourner à Londres ?

— Un jour, peut-être. Pour l'instant, ce n'est pas dans mes moyens. La vie est bien meilleur marché dans un endroit comme celui-ci.

Elle semblait se résigner à son sort et ne se plaignait pas. Mais pour Andy, il était clair qu'elle n'était pas dans son élément naturel, ici. Elle était taillée pour une vie bien plus ambitieuse.

— Avec ce projet, vous pourrez revenir à vos origines, dit-il, confiant. De quoi vivez-vous ?

La question était déplacée, mais il se sentait un sentiment protecteur à son égard. Qu'elle ait perdu ses parents le touchait, et il était sensible à son courage.

— Je vis de petits boulots. La librairie, vous en ce moment. Je m'occupe aussi de quelques résidences secondaires. L'hiver, quand leurs propriétaires ne sont pas là, je passe chez eux vérifier que tout est en ordre, je fais réparer les fuites, ce genre de choses. Bref, je me débrouille comme je peux.

Cela renvoyait Andy à sa propre chance. La vie l'avait vraiment gâté. Ses parents avaient veillé à ce qu'il ne manque de rien et l'avaient protégé. Il avait eu de beaux contrats comme scénariste et ensuite une opportunité exceptionnelle en tant que directeur de studio pendant presque vingt ans. Jamais il ne s'était retrouvé en danger comme elle l'était, à vivre avec le minimum, sans famille ni personne pour la protéger ou lui offrir un filet de sécurité.

— Vous avez des enfants ? lui demanda-t-elle tout en piochant dans les frites.

— Une fille. Heureuse en ménage, avec deux enfants adorables. Toute la famille habite dans le Connecticut. Son mari et elle travaillent dans l'édition. Elle a à peu près votre âge, 32 ans.

Voilà que son désir de protéger Violet se teintait d'un souci presque paternel.

— Merci pour le compliment, répondit Violet, dont l'expression trahit l'espace d'un instant toute la sagesse d'une longue expérience. J'ai 38 ans, corrigea-t-elle.

Il avait oublié.

— J'avais votre âge quand j'ai pris la direction de Global, dit-il avec un sourire. Aujourd'hui, j'en ai 57. Et la sensation, depuis peu, d'être centenaire.

— Moi aussi, j'ai cette impression parfois, dit-elle, pensive. Faire son deuil n'est pas facile, mais on s'y habitue.

— Ce n'est que le travail. Je m'en remettrai, répondit Andy, en essayant d'adopter un ton léger.

Il ne se sentait pas le droit de se plaindre. Pas à elle, dont la vie était bien plus difficile que la sienne.

— Ça reste un deuil. Et j'imagine qu'il doit y avoir pas mal d'avantages allant de pair avec ce genre de poste.

— Ça oui, confirma-t-il avec un rire dans la voix. Un jet, une jolie voiture, un grand bureau en haut d'une tour, et tout le monde qui vous cire les bottes. J'ai été pourri gâté, ces dix-neuf dernières années. Cette expérience est une vraie leçon d'humilité pour moi. Peut-être que je la méritais. En tout cas, elle fait du bien. On finit par se croire très important, mais personne ne l'est tant que ça.

— Peut-être allez-vous trouver quelque chose qui vous plaira encore plus ?

— En toute franchise, j'ai du mal à me figurer ce « quelque chose » pour l'instant. Mon précédent boulot était tellement fantastique… J'en ai adoré chaque minute. Mais qui détesterait ?

Il semblait triste, comme un petit garçon qui aurait perdu son jouet préféré.

— Que faisaient vos parents ? demanda-t-elle, aussi curieuse de lui qu'il l'était d'elle.

Sa question le fit sourire.

— Stars de cinéma. Je suis un petit morveux de Hollywood. Leur gloire est bien antérieure à votre génération, mais elle dure encore aux États-Unis. Mon père, John Westfield, jouait dans des westerns et ma mère, Eva Lundquist, était une des reines du glamour de son époque.

— Mon Dieu ! Mon père était un inconditionnel ! Il m'a fait regarder tous ses westerns. D'après lui, c'étaient les meilleurs de tous les temps. Et je crois qu'il en pinçait pour votre mère, dont j'ai aussi vu certains films. Le profil de mes parents est plus banal. Mon père dirigeait une banque et ma mère était enseignante en maternelle. Elle adorait son métier. J'ai eu une enfance heureuse, typiquement anglaise et classique. Sans rouler sur l'or, nous avions une certaine aisance. J'étais fille unique. Comme mes parents n'avaient pas vraiment de famille, il n'y avait que nous trois et nous formions un noyau soudé, ce qui a rendu leurs morts encore plus difficiles. Je me suis retrouvée totalement seule. Mais racontez-moi ! Votre enfance a dû être terriblement excitante. Est-ce que vous receviez des stars de cinéma tout le temps ?

Violet semblait fascinée par l'exotisme que prenaient soudain les jeunes années d'Andy.

— Des amis de mes parents passaient les voir. Pour moi, c'étaient des gens normaux, mais en grandissant, j'ai pris conscience de ma chance. Et du fait que mon père et ma mère étaient des gens bien. C'est surtout cela que je retiens. Ils sont partis depuis longtemps, mais ils me manquent toujours autant.

Elle marqua sa sympathie par un signe de la tête, sans faire de commentaire.

Une fois leur repas terminé, Andy la déposa avec son vélo devant chez elle, dans le quartier du bord de mer. Elle habitait, en lisière de village, un tout petit cottage en piteux état – l'un des volets gisait même par terre.

Sur le chemin du retour, Violet occupa toutes ses pensées. Il était impressionné par son courage et par son talent. Quel heureux hasard de l'avoir rencontrée !

Chez lui, il s'installa confortablement dans la bibliothèque et lut la suite du manuscrit. La qualité était parfaitement homogène, la tension tenue de bout en bout. Attendre que Violet mette le point final à l'histoire allait tenir du supplice ! Violet… Cela le ramena à leur dîner, qu'il avait vraiment apprécié. Pourvu que le livre ou le film remporte un franc succès et qu'elle puisse retourner à Londres ! Sa place était là-bas, et non dans la solitude d'une petite ville de bord de mer, à vivre chichement en dépendant de touristes comme lui. Elle méritait mieux. Un mari, des enfants par exemple. Il le lui souhaitait de tout cœur.

Profitant du décalage horaire, il passa dans la soirée un coup de fil à Dirk Howard, un producteur-réalisateur réputé pour travailler avec de jeunes talents, qui achetait régulièrement les droits d'œuvres d'auteurs encore inconnus. C'était quelqu'un de jeune, effronté mais talentueux, et qui avait du succès – pas vraiment son premier choix pour une reprise de contact avec Hollywood, mais il n'était pas seul concerné.

Howard décrocha tout de suite, ce qui rassura légèrement Andy. Il n'avait donc pas perdu toute son influence.

— À quoi dois-je cet honneur ? Qu'est-ce que tu deviens ? demanda Dirk, comme s'il avait l'avantage.

Il n'a pas changé : toujours aussi imbu de lui-même et dépourvu de tact, songea Andy, tout en admettant qu'il avait quelques très bons films à son actif.

— Je profite de la vie. Pour changer, répondit-il d'une voix posée, en tâchant d'imiter son père dans l'espoir de rester aussi patient qu'il l'était.

— On dit que tu vis à Londres ?

— Pas très loin.

Qui avait vendu la mèche ? Un membre de son personnel de maison, sans doute. Personne d'autre n'était au courant, et jamais Frances n'aurait laissé fuiter quoi que ce soit.

— Je vais aller droit au but, reprit Andy. J'ai lu un manuscrit qui m'a impressionné. L'autrice va avoir besoin d'un scénariste et d'un producteur pour l'adapter en film. Comment procèdes-tu, généralement, quand il s'agit de parfaits inconnus bourrés de talent ?

— Tu joues à l'agent artistique maintenant ?

— Non, plutôt au parrain. Il s'agit juste de lui ouvrir quelques portes. Ensuite, elle décollera comme une fusée.

— C'est ta nouvelle petite amie ? C'est vrai que maintenant, tu as le temps de t'amuser, ricana Dirk. Quel âge a-t-elle : 22, 25 ans ? Au fait, j'ai croisé Alana l'autre jour, elle était avec le nouveau directeur de Global. On dit qu'elle travaille à briser son mariage.

Ce type était tellement abject que les poils d'Andy se hérissèrent, mais il prit sur lui. Après tout, il ne l'appelait pas par amitié.

— Non, c'est une amie, corrigea-t-il. Et surtout une autrice très douée.

— Si on parle vraiment business, alors d'accord, je veux bien te confier mon truc. Je cible en priorité les jeunes auteurs, parce qu'ils n'ont pas confiance en eux. C'est plus difficile avec des talents reconnus qui, en prime, ont tous des agents. Elle en a un ?

— Non.

— Parfait. C'est mieux comme ça. Alors pour commencer, je leur dis que leur texte, c'est de la merde, que je ne pourrais pas le caser même si j'essayais. Ensuite, je fais une offre outrageusement basse : 1 000 ou 2 000, grand max 5 000. Ils cèdent, parce que la plupart crèvent la dalle et qu'ils n'ont pas encore d'agent. Et voilà. Ça me coûte moins qu'une veste en cuir, je suis propriétaire des droits, et c'est le jackpot si le film marche. Mais attention, il faut bien choisir. Et quoi qu'il arrive, ne dépense jamais trop pour ces droits, sinon tu perdras de l'argent. Ça marche chaque fois comme sur des roulettes.

Andy avait le cœur au bord des lèvres. C'était donc ainsi qu'on traitait les jeunes auteurs à Hollywood ?

— Écoute, reprit Dirk. Si tu trouves que le texte est à ce point excellent, envoie-le-moi. Si j'aime, je partagerai avec toi et on fera sauter la banque.

Dirk en avait déjà fait sauter plusieurs, et Andy comprenait mieux comment.

— Merci, Dirk. Je vais jeter un nouveau coup d'œil dessus et je te tiens au courant, parvint-il à répondre.

Il se retenait de lui dire le fond de sa pensée, à savoir qu'il était une belle ordure. Voilà pourquoi certaines personnes à Hollywood détestaient les producteurs ! L'idée que Violet tombe entre pareilles mains le faisait bondir.

— Quand tu veux, Andy, répondit Dirk. Hé, on ne sait jamais, on pourrait produire ensemble un jour. Avec ton carnet d'adresses, si tu te lances comme producteur, tu raflerais la mise.

Andy n'était pas prêt à ruiner sa réputation pour les beaux yeux de Dirk Howard. Il avait toujours pensé que c'était un simple connard, mais il le découvrait en plus profondément malhonnête, sans valeurs ni moralité. Il existait à Hollywood de grands producteurs avec une éthique. Dirk Howard n'en faisait à l'évidence pas partie.

— Merci, Dick.

— C'était sympa de te parler. Bonne chance !

Après avoir raccroché, Andy regarda dans le vide pendant une minute. Ç'avait été une erreur d'appeler Dirk Howard. Demain, il contacterait Dash Hemming. C'est lui qu'il aurait dû joindre en premier. Il était honnête et on pouvait se fier à son jugement : il avait produit certains films puissants. Tous indépendants, bien sûr. Ainsi, il n'était redevable à personne et ne se trouvait pas sous la coupe d'un studio. Ce qui changeait tout. Dans un film indépendant qui arrivait en tête du box-office, l'argent investi prenait toute sa valeur. D'autant que, contrairement à un blockbuster sorti tout droit d'un grand studio, il ne jouissait pas des mêmes protections ni des mêmes garanties. Par ailleurs, la qualité d'une production indépendante dépendait beaucoup de son producteur et de l'attention que ce dernier portait à tous les détails. Avec Dash à la barre, le projet serait entre de bonnes mains, Andy n'avait aucun doute à ce sujet. L'Anglais était franc du collier.

Il alla se coucher, déterminé à lui téléphoner dès le lendemain. Lui saurait quoi faire avec le manuscrit de Violet, et lui dirait d'emblée s'il le pensait adaptable en film. Andy avait très envie d'annoncer une bonne nouvelle à Violet. Elle méritait d'avoir un peu de chance. Comme tout le monde. La sienne avait pris la tangente, mais il espérait bien que celle de Violet était à venir. Il percevait que derrière ses bonnes manières, sa réserve toute britannique et sa sereine dignité, la jeune femme en avait désespérément besoin.

8

Le lendemain, à peine habillé, Andy était prêt à appeler Dash. Ne voulant cependant pas le réveiller ou le déranger trop tôt – l'emploi du temps du Britannique était toujours imprévisible –, il attendit poliment 9 heures avant de composer son numéro.

— Alors, c'est comment la vie à Winchelsea Beach ? Tu jettes l'éponge ? le taquina Dash. Laisse-moi deviner : la dernière mode en ce moment sur les galets, c'est la doudoune.

— Nous avons très beau temps, figure-toi.

— Menteur ! N'oublie pas que je suis anglais. Le beau temps, ici, ça n'existe pas.

— Tu devrais déménager à Miami.

— Bien sûr. En attendant, est-ce qu'il y a moyen de t'attirer à Londres pour écumer les pubs et te soûler honteusement avec moi ?

— La réponse est « oui » pour la première partie de ta proposition. Concernant la cuite, c'est moins sûr. J'en ai eu ma dose avant d'arriver ici.

— Je vois. À ta place, j'aurais fait bien pire… Tu es un héros, mec. Toujours debout.

— Ça, c'est à voir. En revanche, j'aimerais beaucoup qu'on dîne ensemble. J'ai en poche un manuscrit incroyable d'une autrice inconnue mais invraisemblablement douée. Le texte a été écrit dans l'optique d'une publication mais pour moi, l'histoire devrait d'abord sortir en film, puis en livre si le succès est au rendez-vous.

— Ce qu'il faut, donc, c'est un scénariste. Sachant que ça prend des plombes de dénicher le bon, qu'ils sont généralement pris des mois à l'avance, et qu'ils travaillent à une allure d'escargot. Elle ne pourrait pas rédiger le script elle-même ?

— C'est une novice. Un professionnel faciliterait les choses pour cette phase-là.

— Tout à fait d'accord avec toi. Mais dis-moi, ça ne te donnerait pas envie de faire un petit film indépendant, par hasard ?

— Absolument pas. J'espère surtout que c'est toi qui le feras ! C'est ton domaine d'expertise, pas le mien.

— Je saurai bien te convertir. L'avenir est dans cette voie, et non dans les majors avec leur merde commerciale.

— Peut-être. Mais reconnais qu'il est sacrément difficile de monter un film indépendant de la même qualité. Tu es l'un des rares à y parvenir. Le meilleur, d'ailleurs.

— OK, OK. Tu as gagné. La flatterie, ça marche toujours. Ce texte se présente sous quelle forme ?

— Cinq ou six chapitres sont déjà sur traitement de texte. Le reste est encore manuscrit et elle met la dernière main au chapitre final.

— Envoie-moi ce que tu as. Papier journal, nappes de restaurant… Peu importe le support, c'est de toute façon comme ça que m'arrivent la plupart des synopsis.

Jamais un studio n'aurait procédé ainsi. Tout devait être net, finalisé, parfaitement mis en pages et numérisé.

— Quand est-ce que je peux venir te voir ? demanda Andy.

L'investissement que son homologue mettait dans ce manuscrit impressionna Dash. Andy Westfield était connu pour son instinct légendaire et la sûreté de son jugement.

— Demain soir, ce serait possible pour toi ? proposa Dash.

— Impeccable.

— Simple curiosité : quel est ton rôle dans tout ça ?

— Je me contente de faire les présentations. Après, si tu aimes, ça ne dépendra que de vous deux. Je n'ai aucun intérêt dans l'affaire. Juste foi en ce que je t'apporte. Le producteur indépendant qui prend la suite, c'est toi. Pas moi.

— J'aimerais te faire changer d'avis là-dessus. Ce serait super de travailler ensemble. Et une sacrée formation pour moi ! dit Dash, qui était un grand fan d'Andy.

— Ne me surestime pas. Et n'oublie pas que je viens de me faire jeter avec un bon coup de pied au derrière.

— Ce sont des abrutis. Des salauds, typiques des grands groupes. Quand tu retrouveras le sommet, ils s'en mordront les doigts.

— N'en sois pas si sûr.

Dash détestait l'entendre parler comme ça. Ce manque d'assurance, ce moral à zéro, ce n'était pas Andy

Westfield. D'un autre côté, son ego avait subi un choc atomique. C'étaient les risques du métier, surtout dans les majors tenues par des conglomérats et des sociétés, où les décisions étaient prises par des gens qui n'y connaissaient rien. Le cinéma, Andy avait ça dans le sang.

— Où est-ce qu'on se retrouve ? demanda celui-ci.

— Au Shed. Ce n'est pas loin de chez moi. Comme ça, tu pourras me ramener à la maison si je suis trop soûl. Au fait, tu descendras où ?

— Au Claridge. J'y ai mes habitudes.

— Voyez-vous ça. Heureux d'entendre que tu n'es pas sur la paille. Au moins, ils t'ont bien dédommagé. Enfin, j'espère.

De toute façon, vu le succès rencontré par Andy durant sa longue carrière, Dash doutait qu'il ait un quelconque besoin de ces indemnités. Il n'avait sans doute même plus besoin de travailler tout court.

— Je te le confirme, ils ont craché au bassinet, répondit Andy.

Cette pluie de dollars ne compensait pas son plumage ébouriffé ni son cœur brisé, loin de là. Néanmoins, c'était toujours bon à prendre et cela faisait la joie de son conseiller financier.

— Bien ! On se voit demain à 20 heures, dit Dash. Et Andy… Merci d'avoir pensé à moi pour ce manuscrit !

Andy se sentit légèrement coupable au souvenir de sa conversation avec Dirk Howard, mais elle ne prêtait pas à conséquence. L'important, c'était d'avoir joint Dash. Il avait bien fait de l'appeler.

Quand ils raccrochèrent, Andy fila directement à la bibliothèque où Violet mettait au propre les feuillets écrits durant la nuit. Elle y avait travaillé jusqu'à tard.

— On a du pain sur la planche, annonça-t-il d'une voix directoriale.

Comme elle n'y était pas habituée, le ton la surprit un peu.

— Pour commencer, je veux que vous appeliez le Claridge à Londres afin de réserver une chambre pour demain soir. Ils savent quelles suites je préfère, ils ont une liste. Je veux qu'ils m'envoient une voiture avec chauffeur de manière à être sur place à 18 heures.

Il voulait avoir le temps de prendre une douche et de se changer avant le dîner. Ce n'était pas parce qu'il était au chômage qu'il devait ressembler à Dieu sait quoi, même si le restaurant sélectionné par Dash serait certainement sans chichis.

— Ensuite, poursuivit-il, je veux que vous vous asseyiez et que vous tapiez autant de pages que vous le pourrez jusqu'à mon départ demain. Je veux en donner un jeu au producteur que je vais voir. Vous ferez des photocopies de ce qui restera encore manuscrit, car mon contact est prêt à lire le texte sous n'importe quelle forme.

Violet écarquilla les yeux, presque terrifiée.

— Vous allez voir un producteur ? Pour moi ?

— Mais oui, confirma-t-il avec un sourire. L'un des meilleurs. Il est indépendant, ce qui offre plus de chance à votre premier film d'entrer dans la cour des grands. Nous verrons bien ce qu'il dira. Je lui fais entièrement confiance et vice versa : il sait que je ne le dérangerais pas pour quelque chose de moyen. Nous dînons ensemble demain. D'ici là, s'il vous plaît, appelez le Claridge et puis remettez-vous au clavier.

— J'ai terminé le dernier chapitre hier soir. Voulez-vous y jeter un coup d'œil et me dire ce que vous en pensez ? demanda-t-elle, inquiète de son jugement à présent qu'il était devenu soudain son conseiller et son mentor.

Elle avait néanmoins foi en lui. Il emporta les quelques pages à l'étage pour pouvoir les lire tranquillement. Quarante-cinq minutes plus tard, alors que Violet tapait comme une forcenée, il réapparut dans la bibliothèque et lui rendit les feuillets, un grand sourire aux lèvres.

— C'est parfait. Impeccable. Ne changez pas une virgule. Comment avance la frappe ? Voulez-vous une tasse de thé ?

— Volontiers, merci, répondit Violet, encore étonnée par ce qu'il faisait pour elle. Oh, et le Claridge dit que vous aurez l'une de vos suites habituelles et que la voiture sera là à 15 heures, pour parer à d'éventuels embouteillages.

— Excellent. Merci.

Cinq minutes plus tard, il déposa à côté d'elle une tasse fumante et la laissa travailler.

Violet passa une bonne partie de la nuit sur son ordinateur. Lorsque Andy monta en voiture le lendemain, tous les chapitres avaient été tapés, à l'exception des deux derniers. L'ensemble était plutôt présentable. Violet avait glissé le tout dans une enveloppe kraft qu'elle lui tendit. Il la plaça dans son attaché-case.

— Allez vous reposer, maintenant. Et oubliez ce texte, lui dit-il. Il est dorénavant entre mes mains et celles de Dash Hemming. Je le lui laisserai. Vous pouvez lui faire confiance.

— C'est en vous que j'ai confiance, répondit-elle d'une voix rauque de fatigue et de tension nerveuse. Je ne pensais pas que quelqu'un y jetterait un œil aussi vite. Il n'est peut-être pas parfait. J'aurais dû le relire encore une fois pour le lisser.

— Il est parfait. Rentrez chez vous et dormez. Rien de nouveau ne se passera avant plusieurs jours, le temps qu'il lise le manuscrit. Pour ma part, je serai de retour demain soir, je dois voir mon tailleur à Londres.

Il avait pris rendez-vous lui-même et comptait bien commander plusieurs pièces. Ça lui remontait toujours le moral, même si d'après Wendy, tous ses costumes se ressemblaient. Personnellement, il avait un faible pour les tissus foncés dans les gris et les bleus – les teintes par excellence des grands dirigeants. Peut-être achèterait-il aussi un costume d'été et un blazer pour la belle saison.

Violet suivit la voiture du regard puis elle enfourcha son vélo et fila se coucher.

La circulation fut moins dense que prévu et Andy arriva au Claridge à 17 h 30. Il se présenta à la réception, où les concierges le reconnurent immédiatement. L'un d'entre eux, parmi les nouveaux, l'escorta jusqu'à sa suite. Andy avait trouvé leur accueil moins chaleureux qu'à l'ordinaire, mais il décida de ne pas se monter la tête – l'équipe était très sollicitée. Il se rendit soudain compte qu'ils prenaient la direction opposée à celle où se trouvaient ses suites habituelles. Il ne releva pas, attendant de voir.

— Nous sommes en pleine rénovation de certaines chambres, annonça son guide au moment où il s'arrêtait devant une porte qu'Andy ne reconnut pas.

Quand le jeune homme ouvrit et lui céda le passage, Andy s'aperçut qu'il ne s'agissait pas d'une suite mais d'une simple chambre avec un lit queen size. La pièce était claire, tendue de chintz fleuri très gai, mais elle était assez petite, et il n'y avait pas de salon. Se tournant vers le concierge, il articula avec soin :

— Ceci n'est pas une suite et ne figure pas dans ma liste. Il va vous falloir changer cela immédiatement. Veuillez appeler la réception. Immédiatement, je vous prie.

Le ton de sa voix laissait clairement entendre à son interlocuteur la foule de problèmes qui l'attendaient s'il ne s'exécutait pas.

— C'est que… l'hôtel est plein, monsieur, bredouilla le jeune homme.

— Vous avez assuré à ma secrétaire que j'aurais l'une de mes suites habituelles. Si ça n'est pas possible, réservez ailleurs pour moi une suite qui répondra à mes critères, et préparez une voiture pour m'y conduire. Redescendons, voulez-vous ?

La nouvelle de son renvoi avait visiblement traversé l'Atlantique et son classement avait chuté en conséquence : il ne figurait plus sur la liste des top VIP de l'hôtel. On le reléguait dans les limbes. Ces excuses fallacieuses – erreur de réservation, hôtel complet – lui signifiaient son changement de statut. Mais Andy refusait de subir une humiliation supplémentaire après celles de L.A. C'était une question de principe.

De retour à la réception, il demanda à voir le directeur pendant que trois concierges, l'air affolé, cherchaient frénétiquement une suite sur leur ordinateur. Aucune n'était disponible.

Le directeur, obséquieux et professionnel, fit son apparition. La situation semblait bel et bien bloquée, jusqu'au moment où Andy déclara :

— Puisque vous ne pouvez pas me fournir de suite malgré ma réservation, je ne vois aucun problème à ce que vous me trouviez une suite dans un autre palace. Simplement, le Claridge ne me reverra plus.

Miraculeusement, le directeur remarqua à cet instant une annulation de dernière minute : l'une des suites demandées par Andy venait de se libérer ! Il l'y mena lui-même, y faisant livrer par la même occasion une bouteille de Cristal dans un seau à glace. Au Claridge, il était désormais clairement établi qu'à l'avenir, Mr Westfield disposerait toujours de l'une de ses suites préférées. À aucun moment le ton n'était monté. Andy était resté courtois de bout en bout. Cet incident l'alerta néanmoins sur le fait qu'il lui faudrait sans doute gérer d'autres situations dans le même genre, en particulier à L.A. où il n'était plus personne. Encore un nouveau coup porté à son ego.

Ce n'est rien, se dit-il tout en balayant du regard la suite pour laquelle il avait dû se battre. Une victoire, même petite, était toujours bonne à prendre. Mais au bout du compte, ça n'était qu'une suite, et il se demanda combien de batailles comme celle-là il devrait mener pour prouver qu'il comptait toujours et était digne de respect. À qui voulait-il le prouver, d'ailleurs ? À lui-même ? Même sans travail, il était encore mille fois plus important que les employés de cet hôtel, que les serveurs ou les maîtres d'hôtel du restaurant qui essaieraient, par mesquinerie et jeu de pouvoir, de le déclasser. On en était arrivé là. Il avait remporté la bataille, mais le jeu en valait-il la chandelle ? Tout ça le déprimait. Il alla se doucher et se changea pour rejoindre Dash. Pantalon-blazer. Pas de cravate.

Quand il sortit de l'hôtel pour monter dans sa voiture, le portier inclina la tête mais ne se précipita pas pour lui ouvrir la portière. S'il redevenait par miracle directeur d'un studio, seraient-ils tous de nouveau aux petits soins ? Leur servilité était-elle le maître-étalon à partir duquel il était censé mesurer sa propre importance en ce monde ? C'était au-delà du pathétique.

Sans rien laisser paraître de son moral en berne, il donna le nom et l'adresse du restaurant au chauffeur.

— Bien, monsieur, dit ce dernier en manœuvrant.

Andy se demanda combien de personnes savaient. Avaient-ils appris son renvoi par un tableau spécial affichant les déclassements, ou bien juste par Internet ? Il comprenait soudain ce que devaient ressentir les femmes délaissées par leur mari qui perdaient du jour au lendemain le statut dont elles avaient joui. C'était idiot, mais il ne fallait pas se voiler la face, ça comptait. Maintenant qu'il reprenait pied pour la première fois dans la vraie vie, loin de sa petite ville côtière endormie où il vivait en reclus, il devait admettre que ça lui manquait de ne pas être au sommet de l'Olympe, à la tête de mille employés. Ça lui manquait d'être roi. Ce sentiment, petit et assez minable, ne le grandissait certes pas. Néanmoins, c'était un fait : il se sentait diminué, sans tous les attributs de son poste. En apparence rien n'avait changé, mais au plus profond de lui, il était différent. Il le savait. Les autres aussi. Il n'était plus directeur de quoi que ce soit. Il n'était plus personne, à leurs yeux et aux siens.

Dès qu'il entra dans le restaurant, il repéra instantanément Dash à sa stature et à son allure de grand nounours barbu. L'Anglais l'attendait au bar, aussi débraillé que d'habitude. Cette vision arracha un sourire à Andy et lui fit oublier ce qu'il venait de subir – à l'aune de la vraie vie et de ce qui importait réellement, tous ces affronts n'étaient rien. Il tentait du moins de s'en persuader.

Les deux hommes passèrent une excellente soirée. La conversation porta sur leurs actualités respectives : les films sur lesquels travaillait Dash, ses projets, et l'alcool aidant, les différentes options qui s'offraient à Andy. Ils firent à ce sujet des plans sur la comète, certains intéressants, beaucoup irréalisables. Dash tenait toujours à l'attirer dans le giron de la production indépendante, mais Andy résistait : le métier impliquait trop de détails, de stress et d'agacement. Si Dash s'épanouissait là-dedans, lui-même se sentait trop vieux pour recommencer de zéro. Ce qu'il recherchait, c'était un poste clés en main, au sommet d'une pyramide à l'univers plus ordonné. Il voulait ce qu'il avait eu et perdu.

— Ouais, mais ça veut dire que tu es sur un siège éjectable ! Souviens-toi qu'en dix minutes à peine, tu t'es retrouvé sur le trottoir sans plus d'empire à diriger. C'est cher payé, d'être exécuté à la fin. Moi, personne ne peut me virer, sauf moi-même. Autant te dire que je préfère cette version, fit remarquer Dash, qui conclut : Se faire escorter vers la sortie par des débiles, ça arrive tous les jours. Tu n'es pas le seul.

Dash parlait d'or, Andy en était conscient.

— Peut-être suis-je trop vieux pour jouer à ce jeu-là, répondit-il. Qui sait s'il n'est pas temps de me retirer.

— Alors là, jamais ! C'est la mort assurée. Il te reste de magnifiques années devant toi, tu es encore jeune. Pourquoi tu ne tentes pas quelque chose de nouveau, au lieu de diriger le monde avec une épée de Damoclès au-dessus de la tête ? Tout ce que tu risques, c'est que ça te plaise. Alors qu'en jouant au jeu du pouvoir, tu restes en permanence dans la ligne de mire. Bonjour le danger !

— Je l'ai appris à mes dépens, dit Andy avec un sourire triste devant la grande justesse des propos de Dash.

— Le cinéma a besoin de toi, Andy. Tu es l'un des plus grands cerveaux de cette industrie, et certainement le plus intègre. Tu es un modèle. Ne laisse pas tomber, change juste de terrain. Et surtout, fais ce que tu aimes !

— J'ai aimé ce jeu de pouvoir, avoua Andy.

— Le jeu n'en vaut pas la chandelle, trancha Dash. Quand ça tourne mal, ça fait de la casse. Amuse-toi plutôt un peu. Faisons un film tous les deux.

Dash rêvait de mener un projet avec Andy depuis qu'ils s'étaient rencontrés.

— Jette déjà un œil au manuscrit que je t'ai apporté, dit Andy pour changer de sujet et ne pas avoir à décliner frontalement l'offre de Dash, qu'il appréciait beaucoup.

— Compte sur moi. Je t'appellerai dans quelques jours, une fois que je l'aurai lu. Cette semaine, je suis sous l'eau.

— Il n'y a pas d'urgence. C'est un très bon texte et une grande histoire. Avec un bon scénariste et les acteurs adéquats, ça peut faire un beau succès, film indépendant ou non.

— Le scénariste, c'est toujours ça qui coince. Il faut au bas mot six mois pour en trouver un. Quand ils ne sont pas retenus un an à l'avance ! Et ils sont lents… pire que des limaces. Chaque fois, ils me ralentissent. J'ai beau avoir une écurie de scénaristes, je dois quand même attendre un an.

— Nous en avions bien plus chez Global, et ils nous freinaient aussi, reconnut Andy. Mais avant de t'inquiéter du scénariste, vois déjà si tu aimes cette histoire.

Dash hocha la tête et tous deux se resservirent du vin. Quand ils sortirent du restaurant, chacun repartit de son côté : Dash chez lui, et Andy au Claridge. Leur conversation à bâtons rompus avait mis un point en évidence : Andy se trouvait à la croisée des chemins et ne savait toujours pas quelle direction prendre. Il cherchait des réponses sans parvenir à les trouver, comme s'il avançait à tâtons dans le noir. En bref, il était perdu. À croire que des extraterrestres lui avaient volé son identité en même temps que son travail.

De retour dans sa suite, il prit un dernier verre et sombra dans un sommeil profond.

Le lendemain matin, Andy s'apprêtait à quitter l'hôtel pour se rendre chez son tailleur de Savile Row, où il avait rendez-vous à 11 heures, quand son téléphone sonna. C'était Dash. Sans doute l'appelait-il pour le remercier de l'avoir invité la veille. En tout cas, il devait avoir la même gueule de bois…

— Il va falloir que tu te rattrapes ! l'interpella Dash dès qu'il eut décroché.

— Pour quelle raison ? Je ne t'ai pas forcé à finir cette bouteille ! plaisanta Andy.

— Je parle de ma nuit blanche. Ton manuscrit m'a tenu éveillé jusqu'à 6 heures du matin ! Tu avais raison, c'est de la bombe. L'autrice est incroyable, son histoire sonne presque vrai. J'adore ! Je la produirai, mais uniquement si tu en es. Une coproduction, en somme. Avec cette intrigue et une distribution de premier choix, on pourrait s'amuser comme des fous. Allez, Andy, faisons-le !

— Laisse-moi y réfléchir. Je suis déjà ravi que tu aies adoré toi aussi. Tu n'as pas besoin de moi.

Andy était partagé : d'un côté, il ne voulait pas mettre en péril les chances de Violet. De l'autre, il ne voulait pas s'engager à faire un film en Angleterre car il comptait bien rentrer un jour à L.A.

— Combien de temps penses-tu que ça prendrait ? reprit-il.

— Si tous les astres s'alignent bien, avec un bon casting et un bon réalisateur, ça peut aller assez vite. Les rebondissements de l'intrigue et les nuances sont complexes, mais techniquement, c'est simple… Disons trois mois. Eh oui, c'est ça, la beauté du cinéma indépendant. En plus, tu n'as aucune obligation d'être présent en pré et postproduction, qui sont des étapes de technicien. Pendant le tournage, tu pourras aller et venir comme bon te semble. Tu n'auras pas besoin d'être là en permanence.

— Si j'accepte, je sais ce que ça implique. C'est un gros engagement, dit Andy avec gravité.

— Et alors ? C'est ça qui est amusant ! Probablement plus que ce que tu as connu depuis des années.

— Tu as peut-être raison, surtout en ce qui concerne les dernières semaines, dit Andy en riant.

— Le problème, comme on l'a dit hier, ça va être le scénariste. Je connais seulement deux personnes à qui je pourrais confier le manuscrit et qui feraient ça bien, mais chaque fois que je les appelle, elles sont prises jusqu'au prochain millénaire. Il va falloir regarder qui est disponible. En tout cas, je veux le faire. Si tu coproduis, considère que c'est dans la boîte.

À ces mots, Andy protesta sur un ton amusé :

— Tu cherches à me faire culpabiliser. C'est du chantage !

— Bien sûr que c'en est. On est dans le milieu du cinéma, quand même.

Tous les deux éclatèrent de rire.

— J'y réfléchirai, finit par dire Andy. Que faut-il compter pour les droits de l'histoire originale ?

Cet aspect de la question lui tenait à cœur. Violet avait besoin d'argent et il souhaitait l'aider à décrocher un bon contrat, si possible sans se sacrifier lui-même.

— Cette autrice est très alléchante et le sera encore plus après ce film. Poses-tu la question en tant qu'agent artistique ?

— Non, je suis juste son conseiller.

Dash annonça un chiffre qui sembla raisonnable à Andy. Il correspondait à un premier manuscrit, écrit par une novice. Violet percevrait plus pour le suivant, si elle écrivait un jour un autre scénario. En attendant, le montant ferait sans doute figure de fortune pour elle.

— Violet Smith va devoir prendre un agent et voir ce qu'il en dit, mais ça m'a l'air d'être une bonne base de négociation, reprit Andy. Je lui en toucherai un mot. Ça en fait, des choses auxquelles penser !

— De mon côté, je vais voir quels sont les scénaristes disponibles. On refait un point dans quelques jours. En tout cas, c'est super de m'avoir apporté ce texte. Merci, Andy.

— Ne me donne pas de regrets en braquant une arme sur moi pour me pousser à coproduire, répondit Andy, très sérieux.

— Écoute, il s'agirait seulement de mettre nos propres billes dans un projet qu'on monterait nous-mêmes. En résumé, il nous appartiendrait et on n'aurait pas besoin de faire la danse du ventre devant des investisseurs.

Présentée comme ça, la suggestion était intéressante.

— On se reparle vite, conclut Dash.

Il raccrocha, ne voulant pas donner une chance à Andy de refuser – du moins pas aussi vite. Il voulait que l'idée fasse son chemin.

Andy quitta l'hôtel et se rendit chez son tailleur où il commanda trois costumes, des pantalons et un blazer d'été. Quand il ressortit une heure plus tard, il prit directement la direction du Sussex. Il avait beaucoup à raconter à Violet, et matière à réfléchir le concernant.

Dans quelle mesure désirait-il coproduire un film indépendant ? Difficile à dire. Son premier mouvement aurait été de refuser net, mais Dash avait su rendre l'aventure séduisante. Qui sait ? Ce pourrait être un premier pas vers un retour à la vie. Et une façon de faire taire cette partie de lui-même qui s'apitoyait encore beaucoup sur son sort. Produire apporterait un vent de fraîcheur, de la nouveauté. Pourquoi ne pas tenter le coup, pour s'amuser ? Il n'avait rien d'autre à faire et respectait Dash. Évidemment, ça ferait jaser dans les chaumières. Mais les bonnes gens n'avaient-ils pas traité son père de fou et prédit son échec quand il s'était lancé dans la réalisation de son premier film ? Ç'avait été son meilleur, et un énorme succès au box-office, lui offrant ainsi une seconde carrière.

Andy tourna et retourna l'idée dans sa tête jusqu'à finalement s'endormir. Il entendait la voix de son père lui dire quand il était jeune de saisir chaque opportunité à pleines mains et en toute conscience. Il aurait bien aimé pouvoir lui demander ce qu'il entendait par là. Après avoir été scénariste et directeur de studio, ajouterait-il à sa liste « producteur indépendant d'un petit film en Angleterre » ? Les gens allaient dire qu'il avait perdu l'esprit. Peut-être. Mais perdre l'esprit, était-ce une si mauvaise chose ?

9

Quand Andy s'éveilla, la voiture entrait dans Winchelsea Beach. Il avait dormi et se sentait assommé, mais au moins son mal de tête lié à la gueule de bois avait disparu. Les vingt-quatre dernières heures lui semblaient irréelles. Il s'était rendu à Londres avec un manuscrit dont il connaissait la qualité, mais sans aucune certitude quant à la réaction de Dash. Son enthousiasme l'avait littéralement pris de court. Il n'avait en aucune façon envisagé d'aller au-delà du rôle de messager, avait songé éventuellement à celui de négociateur bienveillant s'il fallait jeter les bases d'un contrat décent pour une femme bien, au talent incroyable, qui se trouvait dans le besoin et qui était en train de perdre pied dans un trou paumé – trou où il l'avait rencontrée par pur hasard. Le destin prenait parfois des voies bien étranges pour mettre en contact des gens qui ne se seraient sans ça jamais croisés.

La voiture s'arrêta devant la maison et, en sortant, Andy aperçut le vélo de Violet posé contre le mur. Il se retourna et remercia le chauffeur pour ce trajet agréable.

— Voulez-vous entrer boire quelque chose avant de repartir ?

— Merci beaucoup, monsieur, mais je préfère y aller tout de suite, répondit l'homme.

Il faisait déjà demi-tour lorsque Andy poussa la porte d'entrée.

Dans la bibliothèque, Violet travaillait à son bureau, les sourcils froncés tant elle était concentrée. Andy la contempla depuis le seuil de la pièce. Elle était belle ainsi, les cheveux lâchés, absorbée par sa tâche. Sentant une présence, la jeune femme leva les yeux, l'aperçut et sourit. Pour elle, il était comme un ange tombé du ciel. Elle ne comprenait toujours pas comment ni pourquoi c'était arrivé, mais lui en était reconnaissante. Son regard se fit chaleureux et Andy s'avança, heureux de la voir, et d'être de retour. Finalement, il s'était vite approprié cette maison. Il s'y sentait bien et en sécurité.

— Vous travaillez sur le manuscrit ? demanda-t-il.

— Je réponds à votre correspondance.

Elle craignait de lui demander comment s'était passé son dîner à Londres. Andy l'ayant bien prévenue que Dash Hemming n'aurait pas le temps de lire son texte tout de suite, elle n'attendait pas de réponse immédiate.

— Je suppose que vous ne voulez pas retourner à L.A. pour la première du nouveau film d'Alana Beal ? reprit-elle avec un sourire. Vous la connaissez ?

Andy hésita une seconde avant de confirmer de la tête et d'ajouter :

— Nous sortions ensemble quand j'ai été viré. Elle a disparu du paysage plus vite qu'un crachat dans le vent, comme aurait dit mon père.

Le souvenir de l'expression paternelle le fit sourire, et Andy nota au passage qu'il pouvait désormais prononcer le terme « viré » sans avoir envie de pleurer ou de vomir. Ce mot avait perdu son pouvoir nocif.

— Un comportement très élégant, commenta Violet.

— Alana ne fait pas dans les losers. Ses petits amis participent de son plan de carrière. Ce jour-là, elle a appelé pour dire qu'elle était désolée. Mais ça voulait plus ou moins dire « adieu ». De fait, ç'a été notre dernière conversation. J'ai entendu dire qu'elle sortait maintenant avec un réalisateur connu.

Andy ne croyait pas à la rumeur relayée par Dirk Howard selon laquelle Alana avait jeté son dévolu sur le nouveau directeur de Global. Jeff Latham était marié, or Alana évitait par principe tout ce qui pouvait nuire à sa réussite. Le scandale en faisait partie.

Cherchant des signes de chagrin chez Andy, Violet n'en vit aucun.

— Vous l'aimiez ? demanda-t-elle doucement.

Il secoua la tête.

— Nous passions de bons moments ensemble, mais nos jours étaient de toute façon comptés. Après trois ans de relation, nous avions en quelque sorte fait le tour. Je ne crois pas qu'il y ait jamais vraiment eu de sentiments en jeu. Sortir avec moi faisait partie de son plan de carrière et de mon côté, c'était une relation facile.

— Vous évoluez dans un univers impitoyable.

— Comme tout le monde. Cela prend juste des formes, des apparences et des profils différents. Celui d'Alana est facilement identifiable. Les plus dangereux sont ceux que l'on ne voit pas venir.

Violet détourna le regard tandis qu'il prenait place dans le fauteuil de l'autre côté du bureau.

— J'ai quelque chose à vous dire, commença-t-il, amenant aussitôt une expression inquiète sur le visage de Violet, qui avait passé les dernières heures à imaginer les pires des scénarios.

— Il refuse de lire le manuscrit et vous l'a rendu, c'est ça ?

— Non, pas du tout. Hier soir, nous avons fait un dîner bien arrosé et il est reparti avec votre texte. Vous lui avez fait passer une nuit blanche, Violet, dit-il avec un sourire. Ce matin, il m'a appelé pour me dire qu'il avait adoré. Vraiment adoré. Il veut en faire un film.

Elle le fixa, la bouche entrouverte, sans qu'aucun son en sorte. Embarrassée, elle chassa les larmes qui commençaient à poindre aux coins de ses yeux. Ce geste toucha infiniment Andy. Il y voyait la délicatesse et la fragilité de la jeune femme, si forte et vulnérable à la fois. Sans le vouloir, par sa gentillesse inattendue, il avait fait tomber ses barrières.

— Mon Dieu. Et maintenant ? finit-elle par dire.

— Dash Hemming va se mettre en quête d'un scénariste afin de transformer le roman en script. Dans l'absolu, il est difficile de trouver de bons professionnels. Ils sont généralement retenus des mois voire des années à l'avance, et la plupart écrivent lentement tant ils sont minutieux. Comme Dash trouve votre histoire géniale, il va vouloir dénicher la perle rare, donc cette phase-là peut facilement s'étirer. Mais si tout se passe bien, ça peut aussi être moins, car l'écriture ne prend pas autant de temps que la recherche du bon scénariste. J'ai commencé dans le cinéma en faisant ce métier, je sais de quoi je parle. Tout ça pour dire qu'on ne s'emballe pas : c'est un processus qui se compte en mois, si ce n'est plus. Deuxième point : je veux vous trouver un agent, qui gérera l'aspect business pour vous et négociera le contrat au mieux de vos intérêts.

Andy ne mentionna pas la condition *sine qua non* de Dash, à savoir qu'il coproduise le film. S'il persistait dans son refus, le Britannique jetterait l'éponge. Mais en attendant sa décision finale, il allait certainement redoubler d'efforts pour le convaincre, afin de ne pas perdre une pépite pareille. Andy voulait épargner à Violet toute source d'inquiétude.

— Y a-t-il quelque chose que je puisse faire ? demanda-t-elle.

— Rien, on attend des nouvelles de Dash. Ce dernier voudra peut-être mettre une option sur le manuscrit, de façon à ce que vous ne le vendiez pas à quelqu'un d'autre, surtout si nous vous trouvons un agent dont le travail consiste justement à faire monter les enchères entre les potentiels acquéreurs. Si nous lui vendons une option, ça vous rapportera un peu d'argent dès maintenant.

Il savait qu'elle en avait besoin.

— Ça a l'air irréel, dit-elle, abasourdie.

— Bienvenue dans l'industrie du film. On produit de l'irréel, mais ça peut être très excitant. Surtout quand après tant de combats, de pleurs, de négociations, d'espoirs et de craintes, et surtout de travail, votre histoire apparaît sur l'écran. C'est un moment incroyable.

Il l'avait vécu avec ses parents ainsi qu'en tant que scénariste. Ses deux premiers scripts avaient été pour son père. Il avait ensuite principalement écrit des films sérieux, et quelques comédies aussi. Wendy les avait tous vus.

— Ce n'est que le début pour vous, Violet. Ça peut mettre un peu de temps, mais ça va arriver.

Elle pouvait à peine respirer, y penser.

— Peut-être devrions-nous aller au *fish and chips* pour fêter ça ? proposa-t-il avec un sourire gourmand qui la fit rire.

Elle se détendait enfin et le regardait avec reconnaissance.

— Je ne sais pas comment vous remercier, dit-elle d'une voix émue.

— Vous m'inviterez à la première. Je viendrai.

— C'est inouï de voir à quoi tout ça tient : vous avez loué cette maison, aviez besoin d'aide pour vos mails, j'ai oublié mon dossier sur le bureau, vous l'avez lu, et voilà que nous parlons de faire un film !

— C'est souvent ainsi que ça marche dans ce milieu. Un coup de chance, un hasard, une coïncidence, une occasion qui ne se représentera pas. La plupart des opportunités que j'ai eues dans ma carrière sont arrivées de cette manière. Beaucoup de stars ont été découvertes comme ça, et de nombreux films réalisés de la même façon. On pourrait comparer ça à un jeu de hasard. On lance les dés. C'est justement ce qui est excitant. Sachez que beaucoup de grands projets ne voient jamais le jour. Vous avez déjà une longueur d'avance : Dash est sérieux et s'il dit qu'il veut le faire, il le fera. Il a une réputation solide.

Violet pressentait qu'on pouvait en dire autant de lui. Il n'était pas du genre à faire de vaines promesses.

— Comment allez-vous marquer le coup ? demanda-t-il.

— Par une promenade sur la plage. Je crois qu'un peu d'air frais me fera du bien, dit-elle en se levant.

Elle avait travaillé toute la journée et il fallait digérer cette nouvelle bouleversante.

— Vous voulez m'accompagner ?

Il acquiesça d'un signe de la tête, tout en songeant que c'était là-bas qu'il l'avait croisée pour la première fois, le lendemain de son arrivée. Elle pleurait. Son chagrin l'avait-il empêchée de remarquer sa présence, ou lui avait-il fait oublier leur rencontre ce jour-là ? Elle ne l'avait jamais mentionnée. Toujours est-il qu'il se réjouissait d'avoir été le porteur de bonnes nouvelles. Il avait accompli sa mission de bienfaiteur passager, laquelle ne lui avait coûté aucun effort. Seulement le plaisir de revoir Dash – la gueule de bois matinale ne comptait pas.

— Je vais prendre mon blouson, dit-il.

On était en avril et il faisait encore frais. Quelques minutes plus tard, il réapparut en jean, pull, baskets et coupe-vent. Elle-même portait un jean et des baskets, ainsi qu'un lourd pull marin. Elle n'avait pas pensé le croiser ce jour-là, si bien qu'elle ne s'était pas maquillée et s'était contentée d'emprisonner ses cheveux dans une grande pince.

Sur le chemin familier, elle resta silencieuse. Tout ce qu'il avait dit tournait dans sa tête. Elle se demandait combien de temps il faudrait à l'ami d'Andy pour trouver un scénariste. Elle aurait bien aimé pouvoir rédiger le script elle-même, mais elle n'y connaissait rien et écrire son roman avait déjà été un tel Everest…

Une fois sur la plage, elle ferma les yeux et laissa le vent balayer son visage. Il y avait quelque chose de tellement apaisant dans l'air marin et les embruns… C'était bon, sain, ça chassait les miasmes, mais ça ne donnait pas plus de réalité aux nouvelles d'Andy. Ils marchaient en silence, côte à côte, chacun perdu dans ses pensées. Andy voulait depuis longtemps lui poser une question, mais il n'avait jamais osé. Après ce premier succès remporté sur la longue route de ce projet, il décida de lancer le pavé dans la mare.

— Violet, sans aucune obligation de répondre, je me demandais : y a-t-il du vrai dans cette histoire ?

— C'est important ? demanda-t-elle en lui adressant un regard circonspect.

— Non. Pas d'un point de vue technique. C'est juste de la curiosité. Certains passages semblent tellement vrais. Dash aussi l'a remarqué.

Violet ne répondit rien pendant plusieurs minutes, si bien qu'il crut le sujet clos. Mais elle finit par dire :

— Beaucoup le sont. En fait, la plupart. Mais pas tous. J'ai changé certaines choses, j'en ai exclu d'autres. La fin cependant est une fiction complète.

— Elle est fantastique. Comme toute l'histoire et sa mise en forme. La tension est incroyable ! Dash n'a pas pu s'arrêter de lire, et moi pareil.

Violet ralentit. Alors qu'elle s'apprêtait à lui répondre, son regard se perdit dans le vague et un voile de tristesse assombrit son expression, serrant le cœur d'Andy. Ils s'assirent côte à côte sur les petits galets ronds et elle raconta, les yeux fixés sur l'océan :

— Il s'appelait Gabriel Foster. C'était un génie. Il avait mis au point un incroyable système d'investissement qui rapportait des milliards, au sens littéral du terme. Lui-même était devenu milliardaire en une nuit ou presque. Tout le monde en parlait dans les milieux financiers. J'étais à l'époque journaliste au *Sunday Times*. C'était mon premier job, et ils m'ont envoyée l'interviewer. À l'époque il vivait déjà ici, en reclus, et il était tel que les gens le décrivaient : un génie. Vraiment. Un esprit hors du commun, mais tordu. Et ça, au début, ça ne se voit pas. Tout ce qu'on perçoit, c'est un charisme incroyable qui vous emporte, vous aimante. Vous croyez tout ce qu'il dit. Les gens le suppliaient de prendre leur argent et de l'investir, ce qu'il faisait. J'ai fini par rester le week-end, pour mener l'interview à son terme. Les trois jours les plus incroyables, les plus magiques de ma vie. De retour à Londres, j'ai rédigé mon article. Le rédacteur en chef était emballé : je connaissais le moindre détail de la vie de Gabriel, du moins le pensais-je. Plus tard, j'ai découvert que tout ce qu'il m'avait raconté était faux. Eton, Cambridge… Il a en fait grandi dans un quartier pauvre de Liverpool, mais il était tellement convaincant que tout le monde l'a cru. Pas un mot non plus sur ses deux divorces. L'article paru, il m'a courtisée et je suis tombée follement amoureuse de lui. On aurait dit une déferlante : il me voulait et n'aurait pas accepté un refus. Mes parents étaient déjà morts, je n'avais pas de famille ni personne avec qui parler de lui. Même pas mes amies, qui le trouvaient toutes fantastique. Pensez donc : quatre douzaines de roses presque tous les jours, un bracelet en diamants, des week-ends dans le sud de la France, un voyage en Italie, un autre à New York. Seule une journaliste senior m'a mise en garde en disant que les hommes comme Gabriel étaient dangereux. Je l'ai crue folle et aigrie ; elle avait raison, bien sûr. Mais ça, il m'a fallu du temps pour m'en rendre compte. Quatre mois après l'interview, j'épousais Gabriel sur un yacht dans les Caraïbes. Finie, ma vie plutôt terne de journaliste junior toujours fauchée. Finie, la colocation. Je dis ça, mais j'avais déjà emménagé ici quelques semaines avant le mariage. Il mettait la dernière main aux finitions.

Violet tourna la tête vers Andy. Il l'écoutait, captivé. L'effrayant écheveau se défaisait progressivement et il retrouvait dans son récit l'écho de certains passages du manuscrit.

— La maison que vous louez était celle de Gabe. Nous y avons vécu huit ans. Voilà pourquoi je connaissais le panneau secret dans la bibliothèque.

Ainsi, tout s'expliquait. Sa connaissance des lieux, de Mrs MacInnes… Il hocha la tête sans faire de commentaire.

— La première année s'est déroulée à merveille. Tout était absolument parfait. J'étais amoureuse de Gabriel et il était merveilleux avec moi. L'argent rentrait à flots. Je n'avais et n'ai jamais travaillé avec lui, donc j'ignorais comment fonctionnait son système. Il ne semblait pas perdre d'argent, plutôt le multiplier à l'infini. Au point qu'il louait les services d'agents de sécurité pour tenir les gens à distance de la propriété. Il voulait un bébé, moi aussi. Je suis tombée tout de suite enceinte. Nous avons eu un fils, Liam, que nous adorions tous les deux.

L'emploi du passé fit tiquer Andy. Elle regardait dans le vague, le regard doux, perdue dans les souvenirs qu'elle revivait.

— Pendant quatre ans, tout a été idyllique. Ou du moins ça en avait l'air. En fait, Gabriel m'isolait progressivement de mes amis, disant qu'il me voulait pour lui seul. Il avait aussi investi le peu d'argent dont j'avais hérité. J'ai tout perdu, bien sûr, comme les autres. Il avait toujours une explication plausible ou une bonne excuse. Chez lui, le moindre mensonge prenait des allures de vérité. Au bout d'un certain temps, j'ai commencé à me douter qu'il avait des problèmes professionnels, mais je ne connaissais pas les détails. Il allait beaucoup à Malte, au Liechtenstein, en Suisse… Partout où les gens cachaient leur argent, du moins à cette époque. Il n'avait cependant jamais l'air inquiet. Puis j'ai surpris des conversations, et j'ai compris : toute sa structure, son schéma, était une escroquerie. Une arnaque. Gabe soutirait des milliards de livres sterling aux gens. Des personnes intelligentes et immensément riches lui confiaient leurs millions, de petites gens leurs économies de toute une vie. Riches ou pauvres, tous ont fini sur la paille. Moi y compris. Certains se sont suicidés une fois le pot aux roses découvert et leur ruine révélée. J'ai su que Gabe était un criminel avant notre cinquième anniversaire de mariage. Je le lui ai dit, et je lui ai annoncé ma décision de le quitter. Il s'est alors métamorphosé, me révélant une facette que je ne soupçonnais pas : il a menacé de me tuer ainsi que Liam si je disais la vérité à son sujet à quiconque. Je pense qu'il l'aurait fait. Il avait beau adorer notre fils, il avait trop à perdre pour me laisser le dénoncer. Liam avait 4 ans. Je ne supportais pas l'idée qu'il puisse être en danger. Alors je suis restée. Je n'avais pas le choix. Gabe a continué à escroquer les gens, toujours plus au fur et à mesure qu'il s'enfonçait. On commençait à se méfier de lui, mais pas assez, et il trouvait toujours le moyen de tourner la chose à son avantage. Je suis restée trois ans de plus. Je savais quel monstre il était, mais j'étais prise en otage pour protéger notre fils. Cette année-là, nous avons passé Noël dans le nord de l'Angleterre. Gabe avait acheté un château là-bas. Un lieu complètement déprimant que je détestais. Mais il neigeait et Liam adorait ça. Nous avons fait un bonhomme de neige ensemble, avec un chapeau haut de forme.

À ce détail, sa voix s'érailla. Instinctivement, Andy lui prit la main.

— Pour Boxing Day, le lendemain de Noël, Gabriel a emmené Liam faire du patin à glace sur un étang gelé. Il conduisait une de ses nombreuses Ferrari. Il adorait la vitesse, bien sûr. Et Liam aussi. La voiture a dérapé sur une plaque de verglas et s'est encastrée dans un arbre. Gabe n'avait pas mis sa ceinture de sécurité à Liam. Notre fils a traversé le pare-brise et a été tué sur le coup. Son père n'a rien eu.

Un sanglot la déchira et Andy la prit dans ses bras, la laissant s'abandonner à sa peine.

— Vous n'avez pas besoin de m'en dire plus.

— Si, protesta-t-elle. Je veux que vous sachiez pour Liam. C'était un petit garçon tellement beau. Je l'aimais si fort. Vous m'avez demandé si j'avais des enfants, et j'ai répondu non. Mais c'est faux. J'ai eu Liam.

Andy la tint contre lui jusqu'à ce qu'elle puisse reprendre le fil de son récit.

— Après ça, je n'avais plus rien à perdre. Liam parti, qu'est-ce que ça pouvait me faire que Gabe me tue ? J'aurais accueilli la mort avec plaisir. Rien ne me retenait plus à la vie. Alors le lendemain de l'enterrement, je suis allée voir la police et je leur ai tout dit. Ils m'ont crue, et je ne suis jamais retournée chez lui. La police m'a protégée et m'a placée en lieu sûr. Gabe est parti en cavale, mais ils l'ont très vite rattrapé. Cette histoire a fait les gros titres pendant un bout de temps. Il en a pris pour quarante ans, dont dix pour homicide involontaire. C'était il y a trois ans. Je n'avais pas remis les pieds dans la maison jusqu'à cet entretien d'embauche avec vous. Pour être très honnête, je ne voulais pas retourner là-bas. Mais j'avais besoin du salaire et vous étiez très gentil. Comme vous n'aviez pas l'air d'aller très bien, je m'étais dit que vous aviez peut-être perdu vous aussi un être cher, puis j'ai lu sur Internet ce qui vous était arrivé. Et voilà. Aujourd'hui, je ne monte simplement jamais à l'étage.

Andy réalisa que c'était exact, tout en mesurant soudain le degré de souffrance que cela devait représenter pour elle de passer ses journées entre ces murs.

— Être dans la maison n'est plus un problème. Je vais mieux. Trois années ont passé, reprit Violet. Bien sûr, la douleur demeure, mais elle devient vivable. Et puis j'ai eu la chance d'avoir Liam, même si ça n'a duré que sept ans. Au début, j'ai voulu mourir moi aussi. Mais ensuite, sans qu'on sache comment, on met un pied devant l'autre, on se réveille chaque matin, jour après jour. Les mois passent, puis les années. Vous êtes toujours vivant et quelque part, vous donnez un sens à tout cela. La période du procès a été affreuse. La police aurait pu m'inculper pour complicité car je ne l'avais pas dénoncé dès que j'avais su, mais comme j'étais sa femme et qu'il m'avait menacée, ainsi que notre fils, je n'ai pas été poursuivie. J'ai néanmoins repris mon nom de jeune fille, parce que Gabe était et demeure l'homme le plus haï d'Angleterre. Il a fait du mal à tant de monde, et moi aussi en le protégeant malgré moi. J'ai pensé un temps qu'il me ferait tuer, depuis la prison que même les meilleurs avocats du pays n'ont pas pu lui épargner. Mais ma mort lui aurait aussitôt été imputée. Je suppose qu'il ne veut pas allonger davantage sa peine d'emprisonnement. Nous ne nous sommes pas revus depuis l'enterrement de Liam, car je n'ai pas témoigné au procès. Ils se sont contentés de lire ma déposition. Ce qui était superflu, puisqu'il y en avait tant d'autres des milliers de pauvres gens escroqués. Comme eux, nous avons tout perdu. Mais nous, nous ne méritions pas cette fortune. J'ai tout donné : les bijoux, le plus gros de ma garde-robe, ce qu'il m'avait offert. Le reste de ses biens, ils l'ont saisi. L'intégralité sera vendue aux enchères cet automne. Vous connaissez maintenant la raison pour laquelle personne n'a acheté la maison : elle a été construite avec de l'argent sale et personne ne veut y être associé. J'imagine que seul un étranger serait prêt à l'acquérir. Quelqu'un comme vous.

Elle sourit et sécha ses larmes d'un revers de main.

— Sachant tout ça, je ne la voudrais pas non plus, dit Andy, songeant tout à coup aux jouets et aux meubles d'enfant au dernier étage.

C'étaient ceux de Liam, et les autres cartons contenaient leurs possessions.

Ils étaient toujours sur la plage, lovés l'un contre l'autre, le bras d'Andy autour d'elle.

— Violet, êtes-vous bien sûre de vouloir vendre cette histoire au cinéma ?

Nulle part dans le manuscrit il n'était fait mention d'un enfant – cela aurait été trop insupportable pour elle. D'autres éléments avaient aussi été mis de côté, mais les ressemblances avec sa propre histoire étaient nombreuses, d'où la puissance hypnotique du récit.

— Je crois que d'une manière ou d'une autre, j'ai besoin de la raconter. L'écrire m'a libérée. Je veux faire le film, et peut-être un livre après. On pourra dédier le film à Liam ?

Il la serra fort contre lui.

— Bien sûr. Violet, vous êtes la femme la plus courageuse que je connaisse.

Elle avait vécu des années d'enfer avec un monstre, et une peine encore plus intense depuis la perte de son fils. On ne se remettait pas de ce genre de choses. Dire qu'elle ne tiendrait plus jamais son petit garçon dans ses bras… Comment avait-elle survécu à cela ? Comment était-elle encore capable de marcher et de parler, de vivre et de respirer, de travailler et d'écrire cette histoire ? La démarche avait sans doute été cathartique, mais c'était une piètre consolation. L'énormité de la perte qu'elle avait subie écrasait Andy, qui se sentit soudain très honteux de son propre état de dévastation et d'auto-apitoiement. Lui n'avait perdu qu'un emploi, pas un enfant. Seul son ego avait été blessé. Jamais il n'avait autant respecté quelqu'un.

Ils restèrent assis encore un long moment, l'un contre l'autre, à regarder la mer, la tête de Violet sur l'épaule d'Andy. Elle méritait tout le bien de la terre, songeait-il, même si ce qu'il pouvait faire ne ramènerait jamais Liam. Elle devrait vivre à jamais avec ce vide.

Andy prenait conscience de l'existence enchantée dont il avait jusqu'à présent bénéficié. Rien de douloureux ne lui était jamais arrivé, sauf la mort de ses parents. Et encore était-ce dans l'ordre des choses. Violet, elle, avait connu les pires tourments : la trahison, la terreur, la menace, la peur pour sa vie et celle de son enfant, la coercition pendant trois ans, puis la perte de son fils. Comme il aurait voulu lui épargner tout cela ! Mais c'était impossible. Il ne pouvait que faire tout ce qui était en son pouvoir pour l'aider. C'était la moindre des choses. Sur la plage, ils avaient pénétré un nouveau territoire et tandis qu'ils cheminaient ensemble vers la maison, Andy sut qu'il aimait cette femme.

Ce soir-là, Andy raccompagna Violet en voiture jusqu'à son minuscule cottage qui menaçait de tomber en ruine. Ni l'un ni l'autre n'avait plus envie de dîner. Il la serra contre lui avant qu'elle ne regagne le seuil de sa maison. Voir la pauvreté – pour ne pas dire l'indigence – dans laquelle elle vivait, quand lui évoluait dans le luxe et le confort de son ancienne demeure, rendait l'injustice encore plus flagrante aux yeux d'Andy. Cette maison était désormais entachée des mauvais souvenirs de Violet. Il en venait à regretter de l'avoir louée. Si seulement elle pouvait enfin se vendre, que Violet puisse passer à autre chose. Heureusement, malgré les innombrables souvenirs qu'elle devait y avoir de son bébé et des premières années de son mariage, quand Gabriel Foster faisait encore illusion, la jeune femme semblait apaisée.

Dans le cottage, la lumière s'alluma. Andy n'avait pas fait part à Violet du sentiment naissant qui l'envahissait.

Après ses confidences, ça n'aurait pas été correct. Et il ne voulait surtout pas profiter d'elle. Quant à savoir si le bon moment surviendrait jamais… En attendant, il se jura qu'il ferait tout pour lui faciliter la vie.

L'histoire dramatique de Violet avait remis sa propre tristesse en perspective. Oui, il avait perdu son statut social en même temps qu'un poste qui avait été pour lui aussi exaltant que flatteur pendant dix-neuf ans. Seulement ce poste ne le reflétait pas vraiment. Il songeait à cette belle leçon d'humilité qu'il venait de recevoir tout en retournant vers la maison désormais hantée à ses yeux aussi. Hantée par un petit garçon mort à 7 ans, fauché au seuil de son existence. Hantée par un criminel de génie qui avait détruit d'innombrables vies. Et hantée par une femme d'honneur, incroyablement courageuse, capable de survivre avec une ténacité et un amour inimaginables à la perte d'un petit garçon. Une telle cruauté du destin révoltait Andy. Peut-être pourrait-il réparer les choses d'une manière ou d'une autre ? Dans l'immédiat, c'était son seul but.

10

En dépit des émotions de la veille, Violet se présenta à l'heure le lendemain matin. Andy lui trouva une petite mine, mais elle semblait désormais s'autoriser à être parfaitement naturelle avec lui. Il connaissait ses secrets, ses cicatrices. Pour lui, la beauté intérieure de Violet était un exemple éblouissant à suivre.

Lui aussi avait l'air fatigué quand il lui sourit. La nuit avait été courte, mais fructueuse : au matin, sa décision était prise. Ne manquait plus que l'accord de Violet. Ensuite, il appellerait Dash. Il avait toujours des scrupules à l'idée que la jeune femme expose une histoire si proche de la réalité, et la crainte que quelqu'un ne fasse le rapprochement, mais il respectait son choix. Elle voulait honorer Liam. Que pouvait-on opposer à ça ?

Il lui apporta une tasse de thé puis s'assit dans un des grands fauteuils de cuir, étirant ses longues jambes devant lui.

— Merci pour le thé, dit-elle avec douceur.

Il était exactement comme elle l'aimait.

Une fois encore, elle lui parut d'une grande fragilité. Mais il ne fallait pas s'y tromper : Violet était plus forte que tous ceux qu'il connaissait, et que lui-même.

— Que faisons-nous aujourd'hui ? demanda-t-elle.

— Je postule à un emploi, répondit-il avec sérieux.

— Vraiment ? Vous avez une offre ? demanda-t-elle, toute prête à s'enthousiasmer.

Cela faisait moins de cinq semaines qu'il avait été renvoyé. Intérieurement, elle saluait sa capacité à rebondir.

— Pas une offre, mais une piste sérieuse. Et je crois avoir l'expérience requise.

— En tant que directeur de studio ? s'étonna-t-elle, car il avait mentionné l'absence de postes vacants – mais peut-être avait-il reçu un appel de L.A. durant la nuit ?

— Non, mieux que ça !

Andy se redressa dans son fauteuil, l'air sûr de lui. Conquérant. Le fait qu'ils aient chacun contemplé le désespoir de l'autre lui avait redonné de la force. Grâce à elle, il se retrouvait, et même en mieux.

— Dash va passer les six prochains mois, au minimum, à chasser un scénariste pour vous. Une fois trouvé, ledit scénariste va traînasser en essayant de nous persuader que son génie est proportionnel au retard qu'il met à rendre sa copie. Et croyez-moi, passer des semaines à attendre la page ou la scène suivante rend fou. Alors je postule ! Avant de diriger un studio, j'ai été scénariste pendant plus de quinze ans et, sans fausse modestie, j'étais bon. J'ai écrit d'excellents scénarios, et je suis rapide. Pourquoi ne pas tenter le coup ? Il se trouve qu'en ce moment, je suis libre, dit-il avec un grand sourire. Autre avantage, je ne vais pas compter mes heures. Si bien qu'en un mois, ça pourrait être bouclé. Et si le résultat vous déplaît, vous pourrez toujours me renvoyer, et nous trouverons quelqu'un d'autre. Si vous n'aimez pas mon travail, je suis prêt à payer mon remplaçant de ma poche.

Médusée, elle le contempla un instant avant d'ébaucher un sourire encore incrédule. Il était prêt à faire ça ? Lui, qui lui avait déjà tant apporté en présentant son travail à Dash ?

— Vous êtes sérieux ?

— Mais oui ! C'est vous, le patron. Si vous voulez voir mon travail avant de m'embaucher, je peux demander à votre alter ego américain de se rendre dans mes archives et d'y déterrer quelques vieux scripts pour vous les envoyer. Notez par ailleurs que je suis disponible tout de suite, et que vous n'avez pas à me payer. C'est cadeau. Côté légal, je suis toujours membre de la Writers Guild, la corporation des syndicats de scénaristes, donc je suis en règle.

Il avait maintenu son adhésion par pur sentimentalisme, mais s'en félicitait aujourd'hui.

Comme Violet ne réagissait pas, il lui proposa de nouveau de voir ses anciens scripts.

— Non, je vous crois sur parole ! Mais pourquoi faites-vous tout ça ? Vous m'avez déjà tant aidée.

— Parce que vous méritez que quelque chose de merveilleux vous arrive. Saisissez donc cette chance sans trop réfléchir !

— Mais vous aussi, vous avez eu des moments difficiles.

— C'était peut-être un mal pour un bien, dit-il avec sérénité. Une sorte de bénédiction, mais cachée. Ou alors une leçon d'humilité dont j'avais le plus grand besoin. Ma tête ne passait plus les portes. L'Univers a donc décidé de me réveiller en me flanquant un bon coup sur la tête. Mais ce n'était qu'un travail, Violet. Un travail que j'adorais, certes, mais il y a plus important dans la vie. Et c'est vous qui me l'avez rappelé hier. De plus, ça me ferait vraiment plaisir de reprendre l'écriture de scénario. Ce n'est pas si difficile, j'ai du temps, et ça pourrait être amusant de travailler dessus ensemble. Alors, qu'en dites-vous ? Vous m'embauchez ?

Il lui sourit de toutes ses dents, dans l'expectative, et elle éclata de rire.

— Évidemment ! s'exclama-t-elle. En quoi puis-je être utile ?

— C'est un travail à quatre mains. Je vais vous montrer comment on fait et, qui sait, peut-être écrirez-vous seule le prochain scénario ! Plus concrètement, je vais sans doute avoir besoin de la salle à manger comme bureau. Il me faut un grand tableau, de la taille d'une porte. Monté sur un chevalet. C'est pour y accrocher les éléments et pouvoir organiser les scènes. Parce qu'il y a un fil conducteur dans un scénario. Vous verrez ça.

Andy parlait avec assurance, mais il espérait en son for intérieur ne rien avoir perdu de son savoir-faire. Cela faisait longtemps qu'il n'avait plus écrit de script. Peut-être était-ce comme la bicyclette ? Quelle honte ce serait si Violet ou Dash détestaient le résultat ! Mais il était prêt à prendre le risque.

— Vous me direz comment vous sentez certaines scènes, ce qui porte la trame et ce que nous pouvons élaguer. Il arrive que les scénaristes négligent cette phase-là, or le soutènement d'une histoire est primordial, comme pour une maison. Il y a des poutres qui soutiennent la structure, et d'autres qui sont purement décoratives. Il faut des deux pour faire un bon scénario.

Violet était tout ouïe. Ce processus d'élaboration semblait fascinant. Pendant qu'elle allait chercher le matériel nécessaire, il appela Dash. Ce dernier prit son appel d'une voix pâteuse.

— Ça ne va pas ? demanda Andy.

Même s'il se doutait bien qu'il le sortait du lit, il était inquiet de lui entendre ce timbre-là.

— Si, si. Juste quelques excès hier soir. Le patron de mon pub préféré a la main lourde et se montre toujours un peu trop généreux.

— Attention aux abus, hein ! J'ai moi-même donné là-dedans quand je m'apitoyais sur mon sort le mois dernier, dit Andy. Mais trêve de sermon, j'ai une proposition à te faire.

— Comme tu n'es pas gay et que je ne serais de toute façon pas ton type, j'imagine qu'il doit s'agir de business ? Laisse-moi m'asseoir, parce que je suis toujours au plumard… C'est bon, vas-y.

— Savais-tu qu'avant que Global Studios ne me couronne roi, j'étais scénariste ? Et figure-toi que je me débrouillais plutôt pas mal. Aussi, de retour parmi le commun des mortels, je te propose d'adapter le manuscrit de Violet Smith en scénario pour toi. Je suis rapide, je suis bon, et je te parie que j'aurai fini avant que tu n'aies réussi à dégotter quelqu'un. Si tu détestes le résultat, tu pourras toujours embaucher qui tu veux, je le paierai de ma poche. Sachant que moi, je vais travailler à l'œil.

— Dis donc, elle doit être vraiment super au lit, si tu fais ça gratuitement.

— Il ne s'est jamais rien passé de tel avec elle. C'est juste une femme incroyable, ce que tu découvriras par toi-même quand tu la verras. C'était l'épouse de Gabriel Foster. Le nom te dit quelque chose ?

— Bon sang de bonsoir ! Ce type est un vrai tordu. C'est donc pour ça que ça sonne si juste ! s'exclama Dash, presque tombé à la renverse de saisissement.

— Elle a beaucoup édulcoré, mais oui, c'est bien lui qui l'a inspirée.

— Incroyable ! Quel enfer elle a dû vivre… Je suis désolé d'apprendre ça. Il est en prison, non ?

— Oui, pour une quarantaine d'années. Encore trente-sept ans à tirer.

— Personne ne le plaindra, il a détruit tellement de vies. Certains ont perdu tout ce qu'ils avaient, et je parle de gens modestes. Oh, il ne faisait pas dans la discrimination. Il y a eu un sacré paquet de suicides.

— C'est ce que j'ai cru comprendre. Violet a aussi perdu son fils de 7 ans à cause de Foster. C'est une femme courageuse.

— J'espère bien la rencontrer bientôt. Mais… tu étais sérieux au sujet du scénario ?

Dash était maintenant bien réveillé, et intrigué par l'idée.

— Absolument. J'aimerais essayer. Si je n'ai pas perdu la main, je pense pouvoir le terminer en un mois.

— Un mois ! Ce serait du jamais-vu. Si nous avions le scénario aussi vite, on pourrait avancer à pas de géant !

Dash y réfléchit une minute, mais la réponse s'imposait d'elle-même.

— Fonce ! dit-il. Nous n'avons rien à perdre. Et si ça ne convient pas, nous pourrons toujours confier ça à un autre scénariste dans un second temps.

— Entièrement d'accord avec toi. Mais à mon avis, nous n'en aurons pas besoin. Je vais m'y mettre à fond.

La perspective d'écrire ce scénario semblait aiguillonner Andy. Il avait l'air dans les starting-blocks. Quel changement par rapport à leur dîner de l'avant-veille ! Dash s'en réjouissait, et plus il y pensait, plus l'idée lui plaisait.

— Et pour la coproduction, tu as réfléchi ? avança-t-il prudemment.

— J'en suis, répondit Andy sans hésiter.

Même si c'était le seul film indépendant de sa vie, ce serait une expérience enrichissante. Et après tout, rien ne pressait concernant la suite de sa carrière.

— Je cofinancerai aussi. Moitié-moitié.

Un sifflement admiratif se fit entendre à l'autre bout du fil.

— Nous avons donc un scénariste, et pas besoin de financements extérieurs ! Le rêve ! Je garderai juste un œil sur les scénaristes en cas de repli. Le plus urgent, c'est de commencer à sonder les agents artistiques pour savoir quels acteurs seraient disponibles. Si tu me ponds un scénario pour début juin, on pourra débuter le tournage en août ou début septembre. Ça veut dire un film terminé d'ici la fin de l'année. Trouver les lieux de tournage ne posera pas de problème. Pour le studio, on pourra utiliser le mien, en banlieue de Londres. Si par miracle on finissait plus tôt, on pourrait même être éligible pour les Golden Globes ou les Oscars. Andy, ça va faire un carton, je le sens !

J'espère, se dit Andy. D'ici là, ils avaient du pain sur la planche. Mais ça promettait d'être passionnant, et il allait faire tout son possible pour écrire le meilleur scénario de sa carrière.

Après avoir raccroché, il retourna au rez-de-chaussée où Violet se battait avec une grande planche qu'elle recouvrait de feutrine pour en faire un tableau. Mrs MacInnes était partie voir ce qui pourrait faire office de chevalet. Andy lui fit part de sa conversation avec Dash, et elle partagea son enthousiasme. L'heure était maintenant aux détails concrets.

— Si le tournage commence à la fin de l'été ou au début de l'automne, nous allons avoir besoin d'un endroit où vivre à Londres, car je rends les clés en octobre, dit Andy, soulagé à l'idée que la vente aux enchères aurait lieu dans la foulée et que cette maison serait alors de l'histoire ancienne.

Depuis les révélations de Violet, il ne percevait plus du tout les lieux de la même façon.

— Combien de temps devrons-nous rester à Londres ? demanda Violet avec une pointe d'anxiété.

— Dash pense que tout peut être terminé en trois mois, si on travaille d'arrache-pied. Les extérieurs ne seront pas difficiles à trouver et la plupart du temps, on sera dans son studio.

Il s'agissait d'un immense complexe de vieux entrepôts que l'Anglais avait acheté quelques années plus tôt et transformé en studios insonorisés.

— Waouh, donc ça se fait vraiment, dit-elle.

— Pas sans script, lui rappela-t-il. Je vais m'y mettre dès ce soir.

Il avait toujours été plus efficace durant les heures calmes de la nuit. Mais il allait essayer de travailler aussi la journée, pour faire gagner le plus de temps possible à Dash et offrir le meilleur scénario de sa vie à Violet.

La salle à manger eut vite l'aspect d'une salle de travail : le tableau avait été monté sur deux tréteaux, et Violet avait préparé un paquet de feuilles bristol et des punaises colorées. Une fois l'agencement terminé, Andy disparut dans son bureau à l'étage avec une copie du manuscrit intégralement tapé afin de le découper en différentes scènes. L'objectif était de distinguer celles qu'ils n'utiliseraient pas de celles qui semblaient essentielles à l'intrigue.

Puis il redescendit pour présenter le résultat à Violet, qui valida la plupart de ses choix. Elle fit aussi quelques modifications qu'il trouva pertinentes car elles amélioraient l'enchaînement des scènes, et pointa plusieurs éléments qui lui paraissaient secondaires dans l'histoire. Quand ils eurent fini de passer en revue ce premier jet, il lui sourit.

— C'est exactement le genre de retours dont j'ai besoin de votre part, lui dit-il.

— C'est vraiment différent de l'écriture d'un livre, fit-elle remarquer, heureuse de son compliment.

— C'est parce qu'ici, tout est visuel. On ne peut pas s'appuyer sur le narratif. Sans compter qu'une grande part de l'effet final va dépendre des acteurs et du réalisateur, de ce qu'ils vont apporter. Quelquefois, un seul regard résume une scène entière.

Violet partit peu après et Andy travailla jusqu'à tard dans la nuit pour rebalayer le manuscrit et en extraire les scènes clés. Il en punaisa certaines sur le tableau, et en réagença l'ordre. Même s'il voulait respecter le texte au maximum, des altérations seraient inévitables pour adapter le livre à l'écran.

Le lendemain matin, il était déjà à pied d'œuvre dans la salle à manger quand Violet arriva, et il ne leva pas le nez de l'ordinateur de toute la journée. Il n'était pas loin de 18 heures quand il lui fit imprimer la version du jour.

— Tenez. Vous allez me dire ce que vous en pensez, déclara-t-il en lui tendant les pages.

Elle s'assit pour les lire et les lui rendit vingt minutes plus tard, l'air impressionné.

— C'est fantastique, Andy.

Il la remercia d'un sourire.

— C'est étonnant comme tout me revient. C'est la structure qui commande l'ensemble, il faut soigner l'enchaînement des scènes pour faire monter la tension.

Il s'y remit aussitôt pendant que Violet partait chercher leur dîner. Elle revint avec des sandwichs et une salade, et le trouva face au tableau sur lequel étaient épinglés ses notes et le chemin de fer de l'intrigue.

— Ça ne marche pas, marmonna-t-il pour lui-même en déplaçant des bristols.

Il parut surpris de la voir. Il était tellement concentré sur son travail qu'il ne l'avait même pas entendue revenir. Ne voulant pas le distraire, elle posa l'assiette et s'éclipsa sur la pointe des pieds. Il ne remarqua les sandwichs que plusieurs heures plus tard et s'arrêta seulement vers 3 heures du matin, quand l'enchaînement affiché au tableau lui parut correct. Il y avait une couleur de punaise pour chaque type de scène, et sa place dans le récit : structurelle – donc stratégiquement positionnée ; bouche-trou ; hautement dramatique. Il finit son en-cas tout en contemplant l'agencement, et s'accorda une bière pour fêter ça. Écrire de nouveau, faire appel à ces techniques qui avaient toujours bien fonctionné pour lui, sentir que cela commençait à couler comme avant… C'était fantastique !

Tous les jours, week-end compris, Andy travaillait non-stop du matin au soir. Violet allait et venait, assurant les repas et veillant à son confort. Parfois, elle s'asseyait un moment avec lui pour qu'il lui explique ce qu'il faisait ou bien pour lui donner un retour sur le script. Elle ne suggérait que très rarement un changement, car tout s'enchaînait remarquablement. Andy avait un don pour les intrigues. Et comme il connaissait l'histoire originale, le script n'en prenait que plus de relief.

Le mois de mars se termina sur ce rythme effréné et le printemps arriva sans qu'Andy le remarque. Quand il bloquait sur un passage, il partait se promener sur la plage. Tantôt seul, tantôt avec Violet. Ils pouvaient aussi bien bavarder que cheminer en silence pendant qu'il réfléchissait. Violet trouvait fascinant de le voir travailler et découvrait grâce à lui tout un processus de création. Il tapait les scènes lui-même, et les avait numérotées.

Wendy appelait de temps à autre pour prendre de ses nouvelles. Elle était tombée des nues en entendant que son père s'était remis à écrire des scénarios, mais se sentait soulagée de le savoir occupé par une activité qui, selon toute vraisemblance, lui plaisait beaucoup.

Andy lui-même réalisait qu'un processus de guérison était en cours. Les confidences de Violet avaient stoppé net la spirale qui l'entraînait à s'apitoyer sur son sort, et il ne trouvait parfois même plus matière à se plaindre : cela faisait deux mois qu'il avait été renvoyé et pour la première fois, il s'en fichait. Son seul objectif était de finir le script, et qu'il soit le meilleur de sa carrière. Il en était aux transitions qui devaient faire le lien entre les scènes, et Violet l'aidait beaucoup par ses commentaires qui apportaient de la profondeur au texte. Elle pointait aussi les détails qu'elle trouvait importants. C'était un échange constant et un continuel travail de reprise. Violet pouvait désormais presque visualiser le film quand elle lisait les brouillons qu'il lui soumettait quotidiennement.

— Les acteurs peuvent demander des changements si nos mots ne leur conviennent pas, lui expliqua-t-il un soir.

Vers la fin du mois, Dash appela avec une grande nouvelle :

— On a notre tête d'affiche féminine ! Marilyn Gray ! annonça-t-il triomphalement à Andy.

C'était la star anglaise du moment. Après avoir eu un bébé, elle avait fait une longue pause qui venait de s'achever. Elle n'avait pas encore contracté d'engagement et son emploi du temps était assez souple, ce qui lui permettrait de se caler sur le leur. Le pitch lui avait énormément plu – en particulier l'héroïne, qui ne se laissait pas faire.

— Elle veut le rôle, quel que soit notre agenda ! Son projet suivant, un film historique, ne commencera qu'en janvier. Elle se réserve pour nous d'ici là.

Ils abordaient une nouvelle étape du projet et Violet constatait, impressionnée, les multiples rouages qui se mettaient en branle pour concevoir un film. Il fallait réunir les fonds, s'occuper de l'assurance, du casting, choisir le réalisateur, les caméramans, les costumiers, toute l'équipe son et lumière. C'est Dash qui gérait ces aspects-là, même si la production et le financement étaient partagés avec Andy. En revanche, ce dernier avait l'entière responsabilité du script. Lui qui avait l'habitude de donner l'ultime feu vert aux projets depuis le sommet de la pyramide se retrouvait désormais à sa base, les mains dans le cambouis. Mais de lui dépendaient le cœur et l'âme du film. Il tenait entre ses mains tous les mots et toutes les émotions de Violet, qu'il fallait restituer au plus près afin de rester fidèle à son récit. Jusque-là elle avait tout validé, secrètement étonnée par son talent.

Les deux dernières scènes furent les plus difficiles à écrire et nécessitèrent une collaboration encore plus étroite entre eux. Ils en étaient à la énième version quand enfin, à 2 heures du matin, la scène s'emboîta parfaitement avec le reste. C'était fini !

— On a réussi, Vio ! Cette dernière scène est parfaite ! s'exclama Andy d'un ton victorieux, avec un large sourire.

— Je trouve aussi, approuva-t-elle, partagée entre euphorie et soulagement.

Tous deux se laissèrent tomber sur des chaises, épuisés. Andy avait les pans de sa chemise à moitié sortis et les cheveux en bataille à force d'y passer les mains. Ceux de Violet étaient retenus sur le sommet de son crâne par une pince, et elle portait un vieux sweat. Mais peu importait. Ils avaient fini ! Cela avait pris cinq semaines. Non seulement le contrat était rempli, mais Andy estimait qu'il livrait là le meilleur script de sa carrière. Il l'avait enrichi de toute la maturité, la perspicacité et la profondeur de sentiment acquises au fil des vingt dernières années.

— Le point final est mis. Allez, arrêtons-nous là pour cette nuit. Vous pourrez taper tout ça plus tard, dit-il avant d'ajouter, soudain soucieux : Dash a intérêt à nous apporter un casting et un réalisateur de premier ordre ! Il n'est pas question de gâcher ce trésor.

Mais il savait pertinemment qu'ils avaient déjà une excellente actrice en la personne de Marilyn Gray. Malgré sa relative jeunesse – une trentaine d'années –, elle était vraiment extraordinaire et possédait une impressionnante palette de jeu, ainsi qu'une grande variété de rôles à son actif. Dash était par ailleurs en négociation avec un brillant réalisateur, Henry Mason, qui jusqu'à présent avait l'air séduit par le script. Ses prétentions salariales étaient assez élevées, mais s'il acceptait de faire le film, ils en auraient pour leur argent.

Andy se sentait presque euphorique – l'adrénaline allait mettre un petit moment à retomber. Il avait du mal à réaliser qu'il avait terminé, et avait hâte que Dash se plonge dedans.

— Merci d'avoir travaillé si dur, lui dit Violet avec gratitude. Le scénario est encore meilleur que ce que j'ai écrit.

— Mais non, il est juste différent. Nous avons ajouté les effets visuels qui subliment le texte. Reste maintenant à convaincre le réalisateur que nous avons repéré, en espérant qu'il saura obtenir des acteurs l'émotion recherchée.

Sa connaissance de l'histoire originelle avait conféré aux scènes – même les plus difficiles – un aspect aussi réel qu'intense, et Andy souhaitait vraiment les voir restituer avec justesse. Ce travail lui avait coûté plus d'efforts et d'investissement qu'aucun autre auparavant, et le résultat final comptait beaucoup à ses yeux. Mais pas autant que l'opinion de Violet. Heureusement, cette dernière avait aimé.

La jeune femme était elle aussi trop tendue pour envisager d'aller se coucher tout de suite. D'un commun accord, Andy ouvrit une bouteille de vin et ils prirent place dans la cuisine pour fêter ça. Le temps de passer une nouvelle fois en revue tout le travail accompli, ils avaient chacun bu plusieurs verres.

— Vu notre état, je ne suis pas sûr de pouvoir prendre le volant, et je me méfie de vos performances à vélo, dit-il.

Violet ne le contredit pas : le vin lui était monté à la tête. Elle se sentait à la fois euphorique et exténuée.

— Voulez-vous rester cette nuit dans l'une des chambres d'amis ?

Andy savait qu'elle risquait un désagréable sentiment de déjà-vu, mais un accident de bicyclette ne serait pas mieux. Aucun choix n'était idéal.

— J'imagine que je pourrais, finit-elle par dire courageusement après un long moment d'hésitation. C'était il y a longtemps. Je dois dépasser cela.

Dépasser cela, se dire que le pire n'était pas survenu là mais loin dans le Nord, dans le château de Gabriel – saisi comme le reste de ses biens mais qui, contrairement à la maison, s'était vendu très vite. Tous ces biens mal acquis... Ses victimes avaient pu recevoir une compensation financière, mais dérisoire. Violet prit sur elle et revint à l'instant présent.

Ils laissèrent leurs verres et la bouteille vide en plan dans la cuisine, ne rangèrent ni la salle à manger ni la bibliothèque, et montèrent à l'étage toujours portés par la joie d'en avoir fini.

— Je dormirai dans la chambre jaune, annonça-t-elle dans un bâillement.

C'était la chambre attenante à celle d'Andy. Ce dernier acquiesça et prit la direction de sa salle de bains, où il se prépara pour la nuit. Déjà torse nu, il allait se brosser les dents quand il suspendit son geste : Violet se tenait dans l'embrasure de la porte, les cheveux détachés, l'air embarrassée.

— Je peux vous emprunter un haut de pyjama ? demanda-t-elle timidement.

— Ç'aurait été avec joie, annonça-t-il en souriant, mais je n'en ai pas. Que diriez-vous d'une chemise ?

Il décrocha d'un cintre une chemise Hermès bleue parfaitement repassée et la lui tendit sans la quitter du regard. Elle avait l'air si fragile... Il ne voulait surtout pas l'effrayer ni profiter de la situation. Ce devait être étrange pour elle de se trouver à l'étage, avec lui, dans ce qui avait été autrefois sa chambre à coucher.

— Ça va aller ?

Comme elle hochait la tête, il la prit sans même s'en rendre compte dans ses bras et l'embrassa. Cela faisait un mois qu'il se savait amoureux d'elle. Il avait fait tout son possible pour ne pas le montrer et respecter son deuil, sans oublier leur différence d'âge. Mais Violet lui rendit aussitôt son baiser, ses mains délicates posées sur son torse. Leur contact envoyait des ondes à travers tout le corps d'Andy.

— Je suis désolé, Violet, dit-il d'une voix rauque quand leurs lèvres se séparèrent.

— Je t'aime, souffla-t-elle avant de reprendre leur baiser.

Résister était impossible. Il la suivit dans la chambre jaune et ferma la porte derrière eux. Un instant plus tard, tous deux étaient allongés sur le lit, leurs vêtements jetés en tas par terre. Ils avaient une faim insatiable l'un de l'autre. Peu importait qui ils étaient, où ils avaient été ou ce qu'ils avaient fait, leurs corps et leurs âmes fusionnaient. Emportés par les vagues de la passion qui enflait en eux depuis leur rencontre, ils ne formèrent bientôt plus qu'un. Il n'y avait pas d'autre dénouement possible à ces émotions irrésistibles. Andy avait la sensation de n'être venu dans cette maison de douleur que pour rencontrer Violet, et elle pour retrouver l'amour et la joie.

Le paroxysme passé, ils reprirent leurs esprits, agrippés l'un à l'autre, le souffle court.

— Ça va ? murmura-t-il.

Elle lui sourit dans la lueur diaphane de la lune qui baignait la pièce.

— Je t'aime. Qu'en penses-tu ? ajouta-t-il, soucieux de ne pas s'imposer.

Cet aveu amena un sourire encore plus éclatant sur les lèvres de Violet.

— Moi aussi, je t'aime. C'est ainsi que je voulais que l'histoire se termine, répondit-elle, lovée dans ses bras, le visage rayonnant de bonheur.

— Et moi donc ! Mais je me trouvais trop vieux pour toi. Je ne voulais pas jouer les profiteurs, murmura-t-il.

— N'aie aucun scrupule. Moi, je n'avais pas besoin d'un pyjama. Je dors toujours nue, gloussa-t-elle.

— Petite friponne ! Et en plus, tu m'as fait boire ! s'exclama-t-il, joignant son rire au sien.

Personne n'était plus ivre quand il l'attira de nouveau contre lui et qu'ils refirent l'amour. Le script était fini, le passé était derrière eux. Leur histoire pouvait commencer.

11

Le lendemain matin, lorsque Mrs MacInnes arriva, elle trouva Violet avec la chemise d'Andy. Ils avaient tous les deux une expression d'enfant pris en faute. Elle ne fit aucun commentaire, mais son petit sourire lorsqu'elle leur demanda ce qu'ils voulaient manger en disait long. Elle avait compris toute seule, sans avoir besoin de voir le désordre de la chambre jaune et le lit intact dans celle d'Andy. Pendant un quart de seconde, ce dernier s'était demandé s'il ne fallait pas chiffonner un peu ses draps avant de descendre, mais il avait finalement renoncé. Après tout, ils étaient grands et libres de faire ce qui leur chantait. Par ailleurs, Violet avait la nette impression que Mrs MacInnes se réjouissait pour eux. La gouvernante avait toujours détesté Gabriel. Elle savait mieux que quiconque l'enfer vécu par Violet dans cette maison, et avait tout de suite pressenti qu'Andy serait aux antipodes.

Après le petit déjeuner, Andy appela Dash pour lui annoncer que le script était fini.

— Waouh ! Tu étais sérieux quand tu disais travailler vite.

— C'est un peu brouillon parce que j'ai refait quelques changements à la main, mais on peut déjà te scanner le tout et te l'envoyer.

— Impeccable.

Aussitôt dit, aussitôt fait. Dash les appela deux heures plus tard, absolument stupéfait.

— Tu as assuré, Andy ! Ce satané manuscrit est le meilleur que j'aie lu depuis des années. Laisse-moi te dire que tu as perdu ton temps chez Global : ton avenir est dans le scénario. En tout cas, là, c'est bon, on tient notre film ! Je n'ai pas chômé non plus de mon côté. J'ai une liste de noms à t'envoyer pour le casting. Le réalisateur m'a donné son accord hier. Je lui envoie la liste à lui aussi pour validation. Dès que j'ai vos retours, je passe mes coups de fil. À ce rythme-là, le tournage pourra commencer fin août. Entre-temps, on aura récupéré les contrats des acteurs signés. Tous ceux qui figurent sur la liste sont disponibles.

Ils avaient réussi ! Le film de Violet allait se faire.

Après le petit déjeuner, la jeune femme retourna chez elle se changer. Elle revint, très féminine dans une jolie robe d'été bleue à fleurs. Andy ne résista pas à cette charmante vision – en plus, elle avait lâché ses cheveux, ce qu'il adorait sans jamais le lui avoir avoué. Dès qu'elle franchit le seuil, il l'embrassa. La nuit passée leur avait ouvert de nouveaux horizons.

— J'adore ta robe, lui dit-il avant de poursuivre : Il va falloir aller à Londres, tu sais.

— Mais pourquoi ? s'alarma-t-elle.

— Pour participer à l'élaboration du film, pardi ! Nous allons assister aux auditions des acteurs, aux réunions avec le réalisateur. Je veux que tu sois sur le plateau pendant le tournage. C'est notre projet et je veux qu'on le fasse ensemble, dit-il, gonflé de fierté. Et puis tu dois absolument rencontrer Dash, nous faisons affaire avec lui. Qu'est-ce qui te retient ?

Chaque fois qu'il mentionnait Londres, la réticence de Violet était palpable. Pire, elle avait l'air terrifiée.

— Ce qui me retient ? Que quelqu'un fasse le lien avec Gabriel ou me reconnaisse. Le scandale sera déterré. Ça sortira de nouveau dans la presse. Le cauchemar recommencera et ce sera gênant, pour nous deux. Je ne veux pas te faire du tort, termina-t-elle, les larmes aux yeux.

Il la prit dans ses bras. Elle tremblait comme une feuille.

— Je suis fier de toi, Violet. Tu étais mariée à un type effroyable, un criminel, qui a blessé beaucoup de monde, toi y compris. Tu n'as rien à voir avec ça. Et si les journaux en font leurs choux gras, je m'en fiche. Pense que tu n'es pas mieux lotie avec moi. On va dire que je suis dépassé, que je suis un raté, un chômeur.

— N'importe quoi, tu viens juste d'écrire un film fantastique !

— J'ai adapté TON roman, nuance. Pour ce qui est du scandale, Dash est déjà au courant. J'ai pris les devants, au cas où il en entendrait parler. Il était vraiment désolé et ça n'a rien changé à l'opinion qu'il avait de toi.

— Ç'a été un tel cauchemar avec la presse. Je ne veux pas revivre ça.

— Ce n'était pas non plus joli-joli quand j'ai été renvoyé. Les médias et les tabloïds adorent gloser sur les mauvaises nouvelles et faire monter la mayonnaise, c'est un fait, mais les gens le savent bien. Nous sommes ensemble maintenant, et nous allons faire un film remarquable. Je serai à tes côtés. Allez… Ça te fera du bien de sortir de cette ville. À quand remonte la dernière fois que tu as quitté Winchelsea Beach ?

— C'était il y a trois ans, pour le procès. Je n'ai pas témoigné mais j'étais présente, dans une pièce annexe.

— Alors il est temps de s'amuser un peu ! lui dit-il avec un sourire. Sans compter que nous n'avons pas encore signé nos contrats avec Dash.

Violet accepta du bout des lèvres et, une semaine plus tard, ils étaient dans la capitale anglaise afin de régler les questions contractuelles et d'assister à quelques auditions. Andy avait validé toute la liste des acteurs et actrices réunis par Dash, à l'exception d'un seul : un Britannique connu pour chercher la petite bête – il avait rompu son contrat avec Global du temps où Andy y était. Tous les autres, anglais ou américains, avaient excellente réputation et étaient de très bons professionnels. Il les connaissait tous, et plusieurs avaient même tourné dans des films produits par Global. La liste convenait également très bien au réalisateur. Violet fut enchantée de rencontrer les acteurs, et elle eut des préférences marquées après les avoir vus jouer.

Sur le plan juridique, Andy et Dash signèrent leurs contrats en tant que coproducteurs – un soin tout particulier fut apporté à la rédaction, de manière que la formulation, les dates et le contenu respectent la clause de non-concurrence imposée à Andy par Global. Les deux hommes passèrent aussi un accord financier stipulant le partage des coûts à parts égales. De son côté, Violet signa un contrat pour avoir apporté l'histoire originelle. Et Andy un autre en tant que scénariste. Légalement, tout était en ordre et chacun était ravi : Violet pour le montant reçu en échange des droits, et Dash car il n'en revenait toujours pas d'avoir réussi à entraîner Andy dans l'aventure.

— Maintenant que tu as commencé, tu ne pourras plus t'arrêter, prédisait-il. Tu vas me supplier pour faire le prochain et je t'aurai en permanence sur le dos ! Andy Westfield, producteur indépendant. Les majors peuvent bien aller se faire voir !

Et pourquoi pas, après tout ? Ce n'était pas demain la veille qu'un poste de directeur de studio s'ouvrirait à Hollywood. Andy doutait même que l'occasion se présente jamais. Ses options semblaient donc très simples : produire un autre film indépendant, ou prendre sa retraite. À son âge, la seconde ne le tentait guère. Quant à la première, il était un peu tôt pour dire s'il rempilerait. Il fallait d'abord voir ce que donnerait ce film-ci – pas question d'ajouter un nouvel échec à son actif. Cela dit, vu le casting en or, son scénario et Henry Mason comme réalisateur, ça ne pouvait que marcher.

Andy et Violet restèrent à Londres deux semaines, le temps que le casting soit définitivement arrêté pour que le tournage commence à la fin du mois d'août. Durant cette période, ils jouèrent aux touristes dans les musées entre les réunions et dînèrent deux fois avec Dash dans son pub préféré. Ils croisèrent aussi Henry Mason, avec qui ils construisirent rapidement une excellente relation.

Le réalisateur avait été très impressionné par l'histoire de Violet et le script d'Andy. Le déjeuner avec Marilyn Gray fut un autre grand moment pour Violet, qui la rencontrait pour la première fois. Andy avait déjà travaillé avec elle, et Dash la connaissait bien. L'enthousiasme de Violet amusa d'autant plus Andy qu'il la trouvait mille fois plus belle que l'actrice.

Tous les soirs, ils sortaient dans des restaurants où ils se délectaient de plats savoureux. Ils dormaient au Claridge, dans la suite préférée d'Andy, qu'on leur avait réservée sans problème après sa mise au point de la fois passée. Le personnel ne rampait plus devant lui, mais les choses lui convenaient très bien ainsi : c'était plus facile à supporter que leur servilité. La qualité intrinsèque du service fourni au Claridge suffisait bien à leurs besoins. Le temps d'une journée, il emmena même Violet faire du shopping à Paris. La jeune femme adora ! Elle s'accorda quelques petites dépenses avec l'argent qu'elle venait de toucher et laissa Andy lui offrir une paire de chaussures griffées Chanel ainsi qu'un petit sac Dior. Rien de plus. Elle était vraiment d'un autre bois que les femmes auxquelles il était habitué depuis son divorce…

Il avait rapidement parlé d'elle à sa fille, qui n'avait guère été surprise : son père ne restait jamais seul très longtemps. En revanche, Wendy était plus sceptique quant au profil de l'heureuse élue, qu'il disait différente des autres. Les femmes sérieuses et discrètes dotées de qualités humaines n'étaient d'habitude pas son style. Elle l'aurait mieux vu avoir une aventure avec l'une des actrices du film. Elle avait d'ailleurs été étonnée que son père s'engage ainsi dans le cinéma indépendant, même si Dash Hemming était un producteur renommé. Andy la tenait au courant de l'avancée du projet, du calendrier, et avait proposé de leur rendre visite à Greenwich avant le début du tournage. Malheureusement, leur famille avait un agenda de ministre, et les enfants seraient en camp d'été une partie des vacances. Mais Wendy était soulagée de le sentir aussi heureux. Ce séjour en Angleterre lui faisait du bien. Le film et cette nouvelle conquête y étaient certainement pour quelque chose. Andy avait aussi eu des nouvelles de Frances : elle venait d'accepter un poste auprès d'un romancier célèbre et adorait son nouveau travail.

Lorsque ces deux semaines à Londres s'achevèrent, Violet fut presque triste de repartir. Elle avait oublié combien elle adorait cette ville. Il y avait tant à y faire ! C'était stimulant. Comme leur recherche immobilière, par exemple. Andy ne voulant pas passer les trois mois (au minimum) du tournage dans le cadre impersonnel d'un hôtel, ils avaient entrepris de visiter des meublés, et en avaient trouvé un à Notting Hill. Les actuels locataires le quittaient au 1er août, et ils l'avaient retenu pour quatre mois. Tous deux aimaient bien le quartier, plus vivant que Knightsbridge ou Mayfair. Dash habitait à deux pas – ce qui promettait de nombreuses nuits à faire la tournée des pubs avec lui, puisque l'essentiel de la vie sociale du Britannique se passait dans ces lieux. En somme, tout s'annonçait très bien.

Ils reprirent donc la route de Winchelsea Beach très satisfaits de leur séjour à Londres, et impatients d'y retourner. Le début du tournage était en lui-même terriblement excitant, mais le projet de vivre ensemble sous le même toit l'était peut-être encore plus. Ça n'était plus arrivé à Andy depuis son divorce ! Il ne voulait d'ailleurs pas attendre.

— Violet, que dirais-tu de venir habiter avec moi à Winchelsea ? lui demanda-t-il pendant le trajet, sachant bien que ce ne serait pas chose facile pour elle vu tous les mauvais souvenirs associés à la maison.

— Je dirais que c'est une très bonne idée.

C'était en effet difficile pour elle, mais elle souhaitait prolonger ces deux semaines de rêve passées ensemble.

— Affaire conclue, alors ! Nous ferons ton déménagement le week-end prochain, se réjouit Andy. Tu m'as sauvé, Violet, reprit-il ensuite d'un ton sérieux. À l'heure qu'il est, je serais sans doute en cure de désintox, ou sérieusement déprimé. Je fonçais droit dans le mur quand je t'ai rencontrée.

Il frémissait encore au souvenir de ses derniers instants chez Global : Tony dans son bureau, la sécurité qui l'escortait vers la sortie. C'était une vision qu'il n'arrivait pas à se sortir de la tête. Pas plus que l'anéantissement qui en avait découlé.

— Et moi, il me restait vingt livres en poche et rien à la banque quand tu m'as embauchée. Nous nous sommes sauvés mutuellement, répondit-elle avec douceur. Le film aussi nous a sauvés. Je voudrais d'ailleurs déjà en faire un autre.

— Quelle vorace ! Le premier n'a même pas encore vraiment commencé, plaisanta-t-il. Donne-toi un peu de temps. Voyons déjà comment il marche, d'accord ?

— Ça m'est égal. Je veux en faire un autre. J'aime travailler avec toi, dit-elle comme une enfant.

— J'ai toujours besoin d'une secrétaire, tu sais, dit-il, amusé.

— Je n'avais pas l'intention d'arrêter !

— Tu serais d'accord pour les fréquentes pauses à l'étage aussi ? demanda-t-il avec un sourire canaille.

Ils convinrent de s'installer dans la chambre jaune, celle qu'ils avaient déjà occupée, car Violet n'envisageait pas de retourner dans la suite parentale.

Avant que le tournage ne commence, Andy prévoyait de l'emmener en août à Capri, Venise et Portofino. Là-bas, ils ne croiseraient personne. Le Tout-Hollywood descendait généralement à l'Hôtel du Cap-Eden-Roc, sur la Côte d'Azur, et y serait en force, comme chaque année. Il ne se sentait pas encore prêt à affronter ces gens, quelle que soit la joie que lui procurait leur petit film indépendant. Aucun d'entre eux n'était à même de comprendre sa motivation. À leurs yeux, ce serait surtout le signe qu'il était tombé bien bas. Ils n'accorderaient aucune valeur à la dimension artistique du projet, se contentant de n'y voir qu'une démarche pathétique.

Il refusait d'être un objet de pitié, d'autant que lui appréciait énormément de travailler avec Violet, et les satisfactions multiples qu'il y avait à cela. Ce rebond professionnel l'avait sorti de son marasme. Il avait mobilisé des compétences qui lui avaient autrefois apporté beaucoup de plaisir intellectuel et qui étaient restées en sommeil pendant vingt ans. Cela avait été un défi de les réveiller, mais il avait adoré et le résultat était à la hauteur de l'investissement. Travailler sur ce scénario avait déjà changé sa vie et il le devait à Dash, et à Violet. Maintenant, le meilleur restait à venir : le film.

En juillet, Violet et Andy se coulèrent dans leur routine : travail le matin et promenade sur la plage l'après-midi. La station balnéaire reprenait vie avec l'arrivée des estivants, mais à peine. L'endroit était trop oublié et passé de mode pour attirer les foules. Andy en était venu à adorer cette paix et l'absence de toute référence à Hollywood. Ici, aucun risque de tomber sur un journaliste. Le but initialement recherché avec ce séjour en Angleterre avait été atteint.

Sachant qu'ils retourneraient bientôt à Londres, où ils risquaient de perdre leur anonymat et leurs moments à deux, ils savouraient chaque instant comme le dernier. Même la maison, en dépit des souvenirs tragiques, en prenait une dimension sentimentale, car ils ne reviendraient plus à Winchelsea Beach après le tournage. La demeure serait vendue, et le cottage de Violet était bien trop petit et en trop mauvais état. Il leur faudrait alors choisir où ils souhaitaient vivre ensemble. La seule certitude était que ce ne serait pas dans la capitale, car aucun des deux ne se voyait y résider de manière permanente.

Tandis que la vie d'Andy se redessinait, son énorme et spectaculaire propriété de Bel-Air restait vide. Ses relations n'avaient aucune idée de l'endroit où il se trouvait et l'imaginaient trop déprimé pour se montrer. C'était le cas quand il était parti, mais plus vraiment aujourd'hui. La honte avait disparu. Il prenait simplement ses distances et n'avait aucun désir de rentrer aux États-Unis. Pour l'instant, il profitait du présent avec Violet, loin du maelstrom et des ragots hollywoodiens – dont il voulait la protéger également. Rien de cette vie-là ne lui manquait.

Leur voyage en Italie fut idyllique. Ils commencèrent par Capri, où ils logèrent dans un hôtel au charme désuet qu'Andy connaissait pour y être déjà venu. Malgré une affluence record, ils réussirent à éviter les hordes de touristes déversées par les paquebots de croisière et passèrent un excellent séjour. Ils explorèrent l'île, flânèrent dans les boutiques, lézardèrent au bord de la piscine. Andy loua un bateau sur lequel ils passèrent la journée. Tout cela rompait tellement avec leur quotidien qu'ils avaient l'impression d'être sur une autre planète.

Venise aussi apporta du dépaysement. À la grande surprise d'Andy, qui adorait depuis longtemps cette destination et son mystère, c'était une première pour Violet. Autant dire qu'elle ne se lassa pas un instant de la vue panoramique qu'ils avaient depuis leur suite fabuleuse de l'hôtel Cipriani, situé sur l'île de la Giudecca, face à la Sérénissime. Durant leurs quatre jours sur place, ils visitèrent un nombre incalculable d'églises, un atelier de verrier à Murano et bien sûr tous les incontournables touristiques ; dégustèrent une glace place Saint-Marc ; passèrent en gondole sous le pont des Soupirs. Il lui offrit aussi un jonc en or qu'elle adora – c'était vraiment la femme la plus facile à contenter qu'il connaisse. De fait, Violet avait peu de désirs matériels et ne s'attendait pas à ce qu'il les satisfasse. Par goût et en raison de son histoire personnelle, elle fuyait les excès consuméristes. Violet appréciait simplement d'être avec lui, et l'aimait tel qu'il était – une nouveauté pour lui !

Leur dernière étape italienne les mena à Portofino, un port charmant de la côte ligure où les yachts allaient et venaient tout l'été. Très apprécié des Italiens et des

Européens, l'endroit était connu pour son château médiéval éclairé la nuit, sa magnifique église, ses boutiques séduisantes et ses plages toutes proches, sans oublier le Splendido, un merveilleux hôtel où ils posèrent leurs valises. Ce fut une nouvelle découverte pour Violet, et un autre coup de cœur.

Ce jour-là, étroitement enlacés, ils sortaient d'une des luxueuses petites boutiques du port lorsqu'ils se trouvèrent nez à nez avec une grande blonde à la beauté sculpturale : Alana. Andy fut tellement saisi qu'il ne réagit pas tout de suite. L'actrice semblait tout aussi choquée, ainsi que gênée. Elle se trouvait en effet avec un directeur de studio, ancien concurrent d'Andy. Le couple était sûrement descendu d'un des yachts amarrés dans le port. Andy aussi avait fait cela, en son temps. Alana avait l'air au mieux de sa forme, ce qui rendait le contraste encore plus flagrant avec son cavalier, un homme sans séduction aucune, proche des 80 ans, qui avait seulement pour lui d'être l'un des hommes les plus puissants de Hollywood, surtout depuis le départ d'Andy. Ce dernier se sentit désolé pour Alana. Dans sa soif de notoriété, elle portait l'ambition à des sommets vertigineux. Mais le jeu en valait-il la chandelle ? Violet était son exact opposé.

— Bonjour, Alana. Comment vas-tu ? demanda-t-il calmement, une fois ses esprits retrouvés.

L'actrice rougit presque tant elle était mal à l'aise. Elle se tenait là, dans son jogging Chanel, avec son énorme sac à main Birkin de chez Hermès en alligator beige – sans doute un achat récent qui avait dû coûter une fortune à son nouveau protecteur. Andy avait peine à croire que cela faisait quatre mois qu'il était parti.

On aurait dit quatre siècles... Il présenta Violet, qui savait fort bien qui était Alana, aussi bien professionnellement que dans la vie d'Andy. L'actrice l'ignora superbement pendant que son compagnon, peu intéressé par cette rencontre, s'éloignait. Il n'avait pas remarqué Andy, mais ne se serait de toute façon pas attardé.

— Où étais-tu passé ? demanda Alana, comme une épouse à son mari qui aurait manqué le dîner.

— J'étais en Angleterre, je travaillais à des projets, répondit-il avec un sourire à l'intention de Violet.

Sa présence à ses côtés l'apaisait. Une chance, quand on croisait celle qui avait été l'une des premières à quitter le navire. Le souvenir de sa défection complète et immédiate dut certainement lui revenir en mémoire car elle avait l'air plus affectée de le revoir que l'inverse. Il n'avait rien à se reprocher. Elle, si.

— Tu reviens bientôt à L.A. ? demanda-t-elle, essayant sans doute de déterminer s'il entrait encore dans la catégorie des contacts utiles.

— Peut-être. Tu sais comment c'est : tout est construit sur des sables mouvants. On ne sait jamais qui va grimper, descendre, faire son entrée ou sortir. Pour l'instant, je profite de la vie et je laisse venir.

De manière surprenante, c'était la vérité : lui qui avait redouté de la revoir découvrait que ça le laissait de marbre.

— Tu travailles sur de gros projets en Angleterre ? Une série ? reprit-elle.

La question était clairement intéressée : l'actrice cherchait depuis quelque temps déjà une série pour relancer sa carrière, déclinante en raison de son âge. Andy le savait.

— Des projets intéressants. Ravi de t'avoir croisée, se contenta-t-il de répondre.

Sur ces mots, il enlaça de nouveau Violet, contourna une Alana pétrifiée et s'éloigna. L'actrice le suivit du regard, torturée par le doute. Elle s'était souvent demandé, ces derniers mois, si elle n'avait pas eu tort. Andy Westfield avait de la ressource et il était assez jeune pour rebondir. Mais elle n'aimait pas perdre son temps avec des gens inutiles. Or Andy l'était devenu à la seconde où il avait quitté Global.

— Elle est splendide, chuchota Violet une fois qu'ils furent hors de portée.

Tout en marchant, Andy remarqua l'énorme yacht entré dans le port pendant qu'ils faisaient les boutiques. Alana était sûrement arrivée à son bord.

— Ne t'y trompe pas, aucun élément n'est d'origine. Tu es cent fois plus belle et authentique, dit-il avec un large sourire. Elle est peut-être glamour, mais il n'y a pas beaucoup d'humanité dans cette coquille.

— Et son petit ami a l'air centenaire, dit Violet avec un gloussement malicieux qui le fit rire à son tour.

— J'espère que tu ne diras pas ça de moi un jour ! C'est un directeur de studio très puissant. Raison pour laquelle elle est avec lui. Ce n'est pas pour son sex-appeal, comme tu as pu le voir.

— Je trouve que tu t'en es très bien sorti, le complimenta-t-elle. Moi, je n'aurais pas su quoi dire.

— Bien sûr que si. Et tu étais à mes côtés. C'est toi qui m'as donné du courage.

Violet valait mille fois Alana. Il l'aimait et était aimé en retour. Ça n'avait pas de prix.

— Toi aussi, tu me donnes du courage, dit Violet en lui prenant le bras. J'ai l'impression que le fait que tu aies un gros projet en Angleterre l'a rendue nerveuse.

Il éclata de rire.

— C'était le but. Je n'ai pas pu résister. Je savais que l'idée d'avoir parié sur le mauvais cheval la paniquerait. Ça lui fait les pieds. En tout cas, je suis ravi que tu aies remarqué, et j'espère qu'elle aussi.

— Sûrement, elle a eu l'air affolée, confirma Violet avec un sourire.

— C'est impossible.

— Pourquoi ça ?

— Trop de botox.

Ils en riaient encore quand ils entrèrent chez le glacier. Pendant ce temps, se sentant soudain barbouillée, Alana franchissait au pas de course la passerelle menant au yacht. Elle détestait se faire des ennemis haut placés et craignait d'en avoir croisé un. À tort, car Andy ne lui accordait pas assez d'importance pour la haïr. Pire que ça. Elle lui était complètement indifférente et tandis que Violet et lui faisaient du lèche-vitrines, une glace à la main, il l'avait déjà oubliée.

12

Sa location de Winchelsea Beach courait jusqu'au 7 octobre, mais comme il ne savait pas s'il aurait le temps de revenir une fois le tournage commencé, Andy rassembla d'ores et déjà toutes ses affaires pour les emporter à Londres. La maison resterait à leur disposition s'ils pouvaient s'échapper quelques jours durant les mois à venir, mais rien n'était moins sûr. Violet, elle, prit seulement le nécessaire. Le reste l'attendrait au cottage. Andy réserva une camionnette avec chauffeur pour les conduire à Notting Hill avec leur déménagement. L'excitation montait.

Enfin, ils allaient entrer dans le vif du sujet ! À peine arrivés à destination, ils étaient censés assister à deux jours de lectures avec les acteurs. Violet aurait la responsabilité de s'assurer qu'ils ne s'écartent pas trop de l'œuvre originale et ne lui donnent pas un tour différent. Andy, lui, serait sur tous les fronts vu sa double casquette de scénariste et de coproducteur.

Au moment de leur départ, il fit des adieux amicaux à Mrs MacInnes, tout en lui glissant une généreuse enveloppe qui la ravit. Pour la première fois, elle laissa transparaître son émotion en donnant l'accolade à Violet, dont elle avait partagé la douleur au moment de la mort de Liam.

— Bonne chance à tous les deux ! Vous le méritez. Des gens bien comme vous… leur dit-elle.

Elle les salua de la main, Brigid à ses côtés, tandis que la camionnette s'éloignait. Une fois les enchères passées, Mrs MacInnes irait vivre chez sa sœur dans le Hampshire. Sa valise était déjà prête – inutile de rester plus qu'il ne le fallait dans cette maison du malheur. Pour elle, c'était une joie de savoir Violet partie pour toujours. Certes, le fait d'y revenir pour travailler avait bouleversé la vie de la jeune femme pour le meilleur, mais aux yeux de Mrs MacInnes, ça ne redorait pas le blason de la demeure pour autant.

Dans la camionnette, Andy et Violet se projetaient déjà.

— J'ai l'idée d'une nouvelle histoire, annonça-t-elle.

Andy botta en touche et changea de sujet. Mais comme elle insistait, il finit par lui dire, amusé par son enthousiasme :

— Écoute, généralement, on finit un projet avant d'en commencer un autre. C'est comme ça que ça marche.

— Pourquoi, si l'idée est bonne ?

On aurait dit une toute jeune fille. Pour lui, elle en avait d'ailleurs l'innocence, ce qui le charmait. Malgré toutes les épreuves qu'elle avait traversées, Violet avait conservé intacte sa capacité à faire confiance, voire une certaine naïveté qui le touchait infiniment. Chez elle, il n'y avait ni colère ni amertume. Elle ne cherchait pas la vengeance. Elle avait survécu au pire grâce à sa force, sa détermination et sa ténacité. C'était sa persévérance et sa sérénité qui lui avaient insufflé à lui aussi l'énergie de remonter en selle. S'il était sur le point de faire son propre film indépendant, c'était entièrement grâce à elle. Bénédiction ou malédiction, il l'ignorait encore, mais n'allait pas tarder à le savoir.

Dès leur arrivée à Notting Hill, ils déballèrent tout et prirent possession des lieux.

— Dis-moi, nos affaires se sont multipliées le temps du trajet, fit remarquer Andy.

L'appartement disposait d'une grande chambre aérée, d'une petite chambre d'amis, d'un bureau et d'un grand salon aux canapés usés et confortables, avec de vastes fauteuils accueillants et une cheminée. C'était plus modeste que Winchelsea Beach, mais il y avait bien assez d'espace.

Plus tard dans la soirée, Andy trouva Violet dans le bureau en train d'écrire frénétiquement dans un carnet à spirale, une tasse de thé à portée de main.

— Qu'est-ce que c'est ? demanda-t-il.

— Notre prochain film, répondit-elle avec un sourire coupable.

— Tu es incorrigible, s'amusa-t-il.

— Je note mes idées pour ne pas les oublier.

— Ça ne risque pas.

Violet avait vraiment vingt idées à la seconde ! Il adorait sa créativité et son esprit d'initiative. Ça le poussait à travailler plus.

— Dis, est-ce que tu écrirais de nouveau le scénario ?

— Vois avec mon agent, répliqua-t-il avant de s'asseoir sur le bras de son fauteuil et de l'embrasser. Je t'ai déjà dit que je t'aimais à la folie ?

— Peut-être bien. Mais c'est très agréable de l'entendre de nouveau, dit-elle avec un sourire.

— Viens, nous n'avons pas encore examiné la chambre, dit-il en la tirant de son siège.

— Il y a un problème ?

— C'est toi qui me le diras après l'avoir essayée.

Comprenant ce qu'il avait derrière la tête, elle éclata de rire et le précéda même sur le lit, où il se laissa tomber à ses côtés. Elle était si menue, si délicate qu'il craignait parfois de l'écraser, mais il ne fallait pas s'y tromper : Violet était plus robuste qu'il n'y paraissait.

Il lui fit l'amour avec sensualité et passion, et ils finirent tous deux à bout de souffle. L'embrassant encore une fois avec un sourire, il commenta :

— Le lit est bon.

— Toi aussi, répondit-elle. Que dirais-tu de l'essayer de nouveau, juste pour être sûrs ?

— Tu veux me tuer ! Je ne suis plus dans ma prime jeunesse, tu sais.

— Pour moi, si.

Elle l'embrassa langoureusement et il eut instantanément de nouveau envie d'elle. Décidément, Violet lui faisait du bien en tout. Auprès d'elle, il se sentait de nouveau un jeune homme. Elle l'aimait pour lui-même, pas pour le poste qu'il occupait ni pour son compte en banque. Elle l'aimait même s'il avait été licencié et anéanti quelques mois plus tôt. Son influence passée ne voulait rien dire à ses yeux. Elle s'intéressait à son cœur, son âme, sa gentillesse à son égard, son talent aussi, qu'il redécouvrait tout juste. Elle faisait de lui une meilleure personne. Violet était tout ce qu'il avait espéré chez une femme et n'avait jamais trouvé. Elle était ce que sa mère avait été pour son père. Elle était la force de vie et l'énergie qui l'animaient désormais. Il lui refit l'amour. Quand ils reprirent leurs esprits, il la tira doucement du lit, poussé par la faim.

— Si tu veux que je te fasse l'amour cent fois par jour, il vaut mieux me nourrir. J'ai repéré un *fish and chips* plus bas dans la rue. Il faut vraiment que j'avale un morceau.

Ils prirent leur douche ensemble, enfilèrent des vêtements à la hâte et allèrent se sustenter à l'adresse repérée, qu'ils trouvèrent excellente.

Cette nuit-là, Violet et Andy dormirent comme des bienheureux, lovés l'un contre l'autre. Au matin, revigorés, ils se mirent en route pour assister aux lectures du jour. Celles-ci donnaient l'occasion aux acteurs de commenter le script et de demander les changements qui leur paraissaient pertinents. Le réalisateur serait là et la présence d'Andy était elle aussi nécessaire pour valider les modifications. Quelques-unes avaient déjà été proposées, mais ridiculement peu.

— Voilà des années que je n'ai pas fait ça ! remarqua Andy.

— Ça a l'air drôle, commenta Violet.

Avec Andy, tout lui semblait intéressant et attrayant. Ça ne l'empêchait pas de penser à Liam, mais cet homme emplissait son cœur comme personne auparavant. Elle se sentait heureuse et apaisée à ses côtés. Et même si son poste de directeur de studio manquait toujours à Andy, il découvrait auprès d'elle un chemin totalement nouveau.

Lorsqu'ils arrivèrent aux studios de Dash, juste avant de pousser la porte de la salle de conférences où avaient lieu les lectures, Andy vola un baiser à Violet.

— Merci de m'avoir remis au travail, souffla-t-il.

— Merci de m'avoir rendu la vie, murmura-t-elle. Une nouvelle vie.

— Pour tous les deux.

Quand ils entrèrent, tout le monde était déjà là : le casting, le réalisateur et Dash. Celui-ci présenta les nouveaux arrivants et Violet en profita pour remercier l'assemblée.

— C'est vous qui allez donner vie à mon histoire. Merci du fond du cœur.

Une salve d'applaudissements ponctua son petit mot. Andy rayonnait.

Le tournage de leur film était sur le point de commencer. Ils l'avaient intitulé *Corde raide*. Dire qu'il était désormais officiellement coproducteur d'un film indépendant ! Si on lui avait raconté ça six mois plus tôt, il ne l'aurait jamais cru !

13

Jamais de sa vie Violet n'avait connu d'expérience aussi exaltante. L'ambiance sur le tournage était incroyable. En très peu de temps, ils étaient tous devenus une grande famille, sur le plateau comme en dehors. Un esprit bon enfant régnait et les acteurs organisaient des matchs de foot entre le casting et les techniciens. Même Andy et Violet avaient été enrôlés dans les équipes. Andy n'avait jamais rencontré pareil esprit de cohésion sur un tournage, et c'était grâce à Dash. Ce dernier gérait ses équipes en bon père de famille et, pour la première fois, Andy constatait au quotidien combien le Britannique brillait dans sa partie. Son admiration grandissait jour après jour devant la qualité du travail de Dash, sa sensibilité artistique et son sens du management.

Tout le monde voulait que le film marche, et prouver que les films indépendants pouvaient être aussi bons, voire meilleurs, qu'une production de grand studio. Ils visaient une sortie dans les salles américaines à temps pour être retenus aux Golden Globes et aux Oscars. Tenir les délais était donc primordial. Personne ne perdait de temps ni d'argent et chacun y mettait du sien, depuis les équipes techniques jusqu'aux acteurs. Ces derniers s'entraidaient avec leur texte, qu'ils connaissaient sur le bout des doigts. Ils sacrifiaient même leurs jours de repos pour garder le rythme. Lorsque Violet, émerveillée par l'intensité de leur jeu, intervenait pour quelques rares corrections, ils le prenaient très bien. Andy travaillait avec eux les changements qu'ils souhaitaient parfois, et Henry, le réalisateur, obtenait de tous le meilleur – il était brillant et savait encourager chacun pour l'amener à se dépasser. La qualité initiale de l'intrigue et du script facilitait grandement les choses. Personne n'avait besoin de vingt prises pour jouer la scène voulue. Tous étaient des professionnels disciplinés qui se donnaient entièrement, ce qui aboutissait à des performances éblouissantes. À tous égards, c'était une production de haut vol et Andy était fier d'y être associé. En plus, travailler sur un petit bijou pareil les rapprochait chaque jour davantage, Violet et lui, d'autant qu'ils connaissaient la dimension personnelle de l'intrigue.

L'identité d'Andy finit par fuiter, comme toujours sur un tournage. Ainsi que celle de Violet Smith, ex-femme de Gabriel Foster, l'escroc qui avait détourné des milliards et ruiné tant d'innocents. On sut même que Violet avait perdu son fils de 7 ans pendant cette période. Mais ces informations n'engendrèrent que compassion et sympathie. Tous, acteurs comme techniciens, étaient fiers de dédier le film au petit garçon.

Les acteurs à l'envergure plus internationale connaissaient le parcours et l'histoire d'Andy. Chacun lui exprima discrètement son regret devant la façon dont

Global l'avait traité. Andy en parla même avec Godfrey Hunt, le premier rôle masculin, qui s'était montré particulièrement gentil :

— Dans ce genre d'épreuve, on apprend beaucoup sur soi. La première leçon, c'est que j'étais devenu accro au pouvoir. Le fait d'en être dépouillé aussi brutalement et d'en subir les conséquences immédiates – les amis qui vous tournent le dos, votre petite amie qui vous quitte… –, ça m'a mis à terre. Je suis venu en Angleterre pour fuir et me cacher. Mais finalement, deuxième leçon, j'ai sorti du placard un talent que j'avais délaissé pendant vingt ans, et que pourtant j'adorais : la rédaction de scénarios. Sans Dash et son entêtement, jamais je n'aurais fait ce film. Cerise sur le gâteau, j'ai rencontré une femme qui m'a appris ce qu'étaient vraiment le courage et l'authenticité. Grâce à elle, j'ai pu me rappeler ce qui comptait réellement, et ça n'a rien à voir avec la poudre aux yeux et les satisfactions bidon de ces vingt dernières années. Je ne crois même pas avoir été si heureux que ça en tant que directeur de studio ! Je pensais l'être, mais je ratais tout ce qui avait vraiment de l'importance, comme l'adolescence de ma fille. Ma femme m'a d'ailleurs quitté. Et en bon narcissique que j'étais, je ne suis même pas sûr que ça m'ait réellement touché. Par la suite, les femmes superbes avec qui je suis sorti n'étaient avec moi que pour leur carrière. Rien n'était vrai dans ce que nous vivions, mais quels avantages nous avions ! Dans mon garage, j'ai deux Bentley et une Rolls classique ; ma maison est la plus grande de Bel-Air. Elle ne me manque pas. Aujourd'hui, je vis dans un meublé beaucoup moins spectaculaire, et je suis mille fois plus heureux. Ce n'est pas drôle, quand la chute survient. Mais d'une certaine façon, il est bon de recevoir parfois un bon coup de pied au derrière de manière à se remettre en cause, à se rappeler qui on est, et à réorganiser ses priorités. Très sincèrement, en ce qui me concerne, c'est encore en cours. Mais je recommande !

Chacun l'admira pour ces mots, dits avec beaucoup de bonhomie. Il leur donnait à tous un bel exemple de courage, de patience et de détermination face à l'adversité. Andy en connaissait un autre encore plus parlant : Violet qui, chaque soir, telle une petite souris, griffonnait dans son carnet ce qu'elle espérait être son prochain film. Il se prenait à souhaiter la même chose.

Andy songeait aussi beaucoup à Wendy et à ses petits-enfants. Il ne les avait pas vus depuis février, entre leur agenda familial très serré, sa propre fuite, sa quête de lui-même et maintenant le film… Sachant que sa fille partait pour Noël avec sa belle-famille en Amérique du Sud, il promit, lors d'une conversation téléphonique, de venir les voir pour Thanksgiving. Dans la foulée, il avertit Dash qu'il serait absent ce week-end-là et que c'était non négociable.

Andy aurait voulu que Violet se joigne à lui. Jamais il n'avait proposé cela à aucune de ses précédentes amies – la plupart auraient d'ailleurs décliné, notamment Alana puisque ça n'impliquait aucun tapis rouge. Violet n'était pas une simple conquête, c'était son âme sœur, et il voulait qu'elle rencontre sa famille. Il n'avait plus que Wendy, son mari et leurs enfants.

Mais quand il lui demanda de l'accompagner à Greenwich, la réponse fut très claire :

— Pas cette fois-ci. Thanksgiving est une fête avant tout familiale et cela fait des mois que vous ne vous êtes pas vus. Il serait malvenu de ma part de me présenter ce jour-là. Il y aura d'autres occasions.

Alors que Violet n'avait personne au monde, elle pensait avant tout aux autres, et à respecter leur intimité familiale. C'était tout elle. Andy accepta sa décision, mais n'abandonna pas pour autant l'idée d'organiser une rencontre entre Violet et Wendy. Ça lui tenait à cœur.

De fait, sa fille n'aurait pas été contre. Cette Violet l'intriguait. Son père l'avait mentionnée à plusieurs reprises, ce qui était nouveau, et sa voix changeait quand il parlait d'elle. Tout ce qu'elle savait, c'est qu'il l'avait embauchée comme secrétaire dans la petite ville où il avait échoué et que maintenant, il travaillait à un film avec elle. Elle avait deviné toute seule qu'ils vivaient ensemble. Une autre première pour lui !

— C'est du sérieux, papa ? En tout cas, on dirait bien. Tu passes beaucoup de temps avec elle, non ? lui avait-elle dit une fois.

— C'est vrai. Et pour répondre à ta question : oui, c'est du sérieux. C'est quelqu'un d'exceptionnel et j'aimerais que tu fasses sa connaissance.

Venant de lui, c'était inédit ! Wendy se demandait si Violet était vraiment différente des autres, ou juste une opportuniste de plus dans le genre d'Alana, qu'elle avait croisée une ou deux fois – son père les attirait comme le miel les mouches. Certes, il n'était plus à la tête d'un studio de production, mais il faisait un film et ça pouvait suffire à tenter n'importe quelle ambitieuse. La crainte de Wendy avait toujours été qu'il ne s'emballe pour de bon pour l'une d'elles. Jusque-là, ça n'était jamais arrivé. Mais qui sait si celle-ci n'était pas plus finaude ? Inquiète, elle s'en était ouverte à son mari.

— Entre le coup porté à son ego et l'incertitude concernant son avenir, il y a suffisamment de raisons de s'inquiéter pour ton père sans en ajouter. En plus, je suis certain qu'il n'a pas la tête à ça. Il lui faut digérer son changement de statut à Hollywood et ce n'est pas une mince affaire, vu la cruauté de ce milieu, avait répondu Peter.

Il gardait en mémoire leur dernier échange, quand il avait appelé Andy pour lui manifester toute sa sympathie après son renvoi. Son beau-père avait paru au plus bas, comme un homme brisé. Jamais il ne lui avait entendu cette voix et il s'était sérieusement inquiété, lui aussi.

Le tournage était presque fini lorsque Andy partit seul pour Thanksgiving, laissant Violet travailler sur le plateau, et écrire frénétiquement le soir. Il avait hâte de revoir les siens et de passer un peu de temps avec eux. Wendy aussi se réjouissait. Elle le trouva dans une forme éblouissante, au physique comme au moral. Il semblait bien, très enthousiaste à propos de ce film – d'après lui, une vraie pépite. Il parlait aussi avec amour et respect de Violet, ce qui aiguisa encore plus sa curiosité. Dans l'ensemble, jamais elle n'avait vu son père aussi calme et apaisé. Il avait l'air réellement heureux.

Andy profita pleinement de ces moments en famille. Il découpa la dinde, joua avec ses petits-enfants, mais c'est avec Wendy qu'il passa le plus de temps. Sa fille était très appréciée dans son travail, et adorée par son mari. Le couple avait une jolie maison et un large cercle d'amis. Cela lui rappelait les années où il avait leur âge. C'était avant Global Studios. À l'époque, il écrivait encore des scénarios et ne négligeait pas sa famille. Wendy avait l'âge de ses petits-enfants aujourd'hui, et il avait pu profiter de sa présence. Jean et lui étaient heureux en ce temps-là. C'était ensuite que les choses s'étaient gâtées – par sa faute, il l'avait toujours reconnu.

Il savoura chaque instant de ce week-end en famille, jusqu'au moment de reprendre l'avion pour Londres le dimanche. Dès l'atterrissage, il consulta ses messages. Dash lui avait envoyé un texto disant qu'ils avaient carburé, qu'ils étaient prêts à boucler le film et qu'il avait déjà programmé une avant-première spéciale en vue d'être qualifié pour les Golden Globes. Quelles nouvelles ! Il les médita pendant le trajet vers Notting Hill, pensant surtout à Violet qui l'attendait dans leur appartement. Il ouvrit la porte avec impatience.

— Comment c'était ? demanda-t-elle tout en se lovant contre lui pour l'embrasser.

Durant ces deux jours, pour ne pas empiéter sur son temps, ils ne s'étaient pas appelés mais avaient communiqué par textos. Une myriade de textos.

— Comme dans une toile de Norman Rockwell, répondit-il. Une table couverte de victuailles, du cristal et de l'argenterie, une énorme dinde rôtie, deux magnifiques enfants et un jeune couple souriant. C'était parfait. Je ne regrette pas d'y être allé. Wendy est heureuse, son mari est charmant, ils ont des boulots intéressants et des enfants adorables. Que souhaiter de plus ?

Il repensa à Wendy. Contrairement à Violet, qui avait connu tant d'épreuves – d'où sa grande maturité –, sa fille avait vécu une existence dorée et facile. Elle n'avait jamais manqué de rien, hormis de sa présence pendant sa jeunesse. Mais son mariage ne semblait pas en pâtir. Elle avait choisi son compagnon avec clairvoyance : Peter venait d'une famille bien. Il avait deux sœurs, un frère et des parents aimants qui avaient donné à leurs enfants l'exemple d'un mariage solide.

— Quoi de neuf ici ? demanda-t-il, revenant à l'instant présent.

— La banque m'a notifié que la maison avait été vendue aux enchères. Elle est partie pour une bouchée de pain. Quand je pense à l'argent que Gabe y avait investi… Mais c'est une bonne chose qu'elle soit enfin vendue.

Andy partageait son soulagement, se félicitant de n'y avoir laissé aucune affaire, et qu'ils n'aient donc plus aucune raison d'y retourner. Il avait vu juste quand il avait fait ses bagages : ils n'étaient pas repassés une seule fois là-bas depuis leur installation à Londres. Aujourd'hui, cette maison sortait définitivement de la vie de Violet, elle n'aurait plus jamais à la revoir. Une page était tournée.

— La femme de la banque m'a dit que c'est un couple saoudien avec cinq enfants qui l'a achetée comme résidence d'été et qu'ils sont très contents. Quant à moi, j'ai travaillé tout le week-end sur le nouveau film, poursuivit-elle avec un sourire. J'ai hâte que tu lises mes pages.

Il était trop tard pour ça et Andy était fatigué, mais son enthousiasme était néanmoins communicatif. Violet pensait déjà au chapitre suivant de leur vie. En attendant, ils allaient entrer en postproduction, de manière à sortir le film avant Noël. Il allait falloir travailler d'arrache-pied, à un rythme que jamais les syndicats d'une major n'auraient autorisé. C'était aussi l'avantage des studios indépendants : tant que les employés étaient d'accord et rémunérés convenablement pour les heures supplémentaires, ils pouvaient faire ce qu'ils voulaient. Sur ce point, Dash et lui étaient tout à fait prêts à mettre la main au portefeuille car il fallait absolument sortir le film à temps de façon à candidater pour les Golden Globes en janvier et les Oscars en mars. S'ils remportaient une récompense, ça amplifierait le succès commercial du film. Ça établirait également la réputation d'Andy en tant que scénariste, et celle de Violet pour l'intrigue originelle, marquant potentiellement pour elle le début d'une grande carrière. Un rêve devenu réalité.

Le dernier jour de tournage fut très émouvant pour tout le monde, casting comme techniciens. Les acteurs donnèrent le meilleur d'eux-mêmes sous la direction méticuleuse de Henry, et leurs performances furent extrêmement émouvantes. Andy versa quelques larmes pendant la dernière scène, et Dash n'en était pas loin. Au moment de quitter le plateau qui avait été leur foyer pendant des mois, il y eut des larmes, des accolades et des embrassades. Dès le lendemain, à 6 heures du matin, la postproduction commençait. Dash serait là. Andy avait promis de venir et Violet aussi, afin d'en apprendre davantage sur ces étapes-là.

Côté rédaction, elle maîtrisait toujours admirablement le sujet. Andy avait eu le temps de lire ce qu'elle écrivait avec tant d'acharnement, et il avait adoré. C'était l'histoire d'une famille unie du Midwest, et de ce qui arrivait à chacun de ses membres à l'âge adulte. Violet était fascinée par les valeurs américaines si terre à terre, qui pour elle favorisaient la vie de famille bien plus que le formalisme britannique. Son texte montrait une toute nouvelle facette de son talent. Très émouvant, il avait aussi un souffle épique. Avec les bons acteurs, le film ferait un carton aux États-Unis. Andy n'en doutait pas un instant et en avait déjà touché un mot à Dash, lequel était prêt à se lancer dans l'aventure à condition que le premier film marche. Il ne restait plus à Violet qu'à écrire le scénario, mais elle avait déjà une intrigue plus que solide, et les grandes lignes du récit.

Personne ne compta ses heures en postproduction, et l'avant-première spéciale put avoir lieu. Le film sortit en salle et figura in extremis dans la liste des nominations au meilleur film des Golden Globes. Avant même les fêtes, ils surent que le succès était assuré : le nombre d'entrées était phénoménal. C'était LE film de l'hiver que tout le monde voulait voir. Les critiques adoraient, le public aussi. Dash et Andy non seulement rentraient dans leurs frais, mais ils allaient dégager un confortable bénéfice. Quant à Violet, elle était encensée pour son histoire et le script d'Andy recevait lui aussi des éloges dithyrambiques.

— Je t'avais bien dit que tu devais faire des films indépendants ! lui rappelait Dash régulièrement.

Le trio fêta son succès au restaurant, et Andy appela également chaque membre des équipes techniques et du casting pour les remercier de leur dur labeur. Ensuite, avec Violet, ils passèrent un Noël tranquille à deux.

Pour le Nouvel An, il l'emmena au Ritz, à Paris. Il adorait la gâter. Elle ne s'y attendait jamais et se montrait très touchée chaque fois. C'était vraiment la femme la moins exigeante et la plus attentionnée au monde.

Dès leur retour à Londres, le 2 janvier, Violet se lança à corps perdu dans l'écriture de son prochain film. Elle y travaillait tous les jours et montrait ses textes le soir à Andy. Ce dernier relisait attentivement, chaque fois plus séduit par la façon dont elle développait son histoire. Ça promettait des rôles d'une grande épaisseur dramatique à une flopée de stars, car les personnages étaient poignants et l'intrigue profondément émouvante. Violet avait vraiment un don. Elle s'était déjà détachée émotionnellement du film qu'ils venaient de finir pour tomber amoureuse de sa nouvelle histoire. Pendant ce temps, lui-même suivait de près le box-office américain : leur film battait des records.

Seule ombre au tableau pour lui : la cérémonie des Golden Globes approchait et cette perspective le rendait nerveux. Le bon sens aurait voulu qu'ils s'envolent tous les trois pour L.A. et s'arrêtent à Bel-Air, chez lui. Mais cela signifiait retourner là-bas. Son stress était tel qu'il suggéra aux deux autres d'y aller sans lui.

— Tu n'y penses pas ! s'exclama Dash. On est nominés. Bien sûr que tu viens. Imagine qu'on remporte le Golden Globe !

— Pour un petit film indépendant, c'est peu probable. Et puis Violet et toi pouvez très bien recevoir le prix à ma place.

— Andy, tu dois y être, insista Dash.

Violet ne se montra pas aussi directe dans son approche car elle savait combien Andy avait peur d'affronter son ancien monde, mais elle aussi tenta de le convaincre.

— Bon sang, j'ai été viré il y a moins d'un an ! Je dirigeais un studio, et maintenant je me pointe en tant que scénariste d'un film indépendant. Je serai la risée de toute la salle ! Tu ne les connais pas, lui répondit-il. Si nous ne gagnons rien, j'aurai l'air d'un parfait crétin. Je n'y vais pas. Point final.

Au début, il ne céda pas d'un pouce. Mais elle était aussi têtue que lui et Dash ne lâchait rien non plus. Au point que le ton monta entre les deux hommes. Violet, qui s'était éloignée, entendit les éclats de voix – ça en disait long sur le degré de stress d'Andy. Ce dernier débticoula dans la pièce où elle se trouvait et alla se servir un verre au mini-bar.

— Tu n'en as pas besoin, lui dit-elle avec douceur.

— Si ! Dash me pousse à aller à L.A. Je vais me ridiculiser ! La dernière fois que j'ai assisté aux Golden Globes, j'étais directeur de Global. Ils vont se dire : « À quoi en est-il réduit, le pauvre… » Non, je n'irai pas à cette cérémonie. Toi, par contre, tu y seras. Ne crois pas que je te lâche, mais tu n'auras pas besoin de moi là-bas. Je vais rester et commencer à travailler sur le scénario que tu as déjà bâti.

— Cela fait presque un an, dit-elle. Entre-temps, tu as écrit un scénario fantastique pour un film brillant, qui mérite de gagner. Et même si ça n'est pas le cas, il faudra bien que tu retournes un jour à L.A. La céré-monie des Golden est le prétexte tout trouvé. D'autant qu'il ne s'agit pas de toi, mais de tous ceux qui ont

travaillé sur ce film, lui rappela-t-elle. Il est sensationnel, et notre scénario aussi.

— J'aurai l'air d'avoir fait ça par désespoir, juste
pour avoir un boulot.

— Tu l'as fait parce que tu es un auteur de talent.
Voilà pourquoi tu es nominé. Tu dois y retourner.
Quelle meilleure façon de le faire que celle-là : nominé
pour une récompense prestigieuse ?

Andy grogna et reposa son verre.

— Violet, je ne peux pas, avoua-t-il, l'air déses-
péré et accablé de chagrin, comme à son arrivée en
Angleterre.

— Si, tu le peux. Je serai avec toi.

Il s'assit, les yeux perdus dans le vague. Il ne voulait vraiment pas y aller. Ce serait humiliant, devant
tous les gens qui l'avaient admiré autrefois, et surtout
envié. Désormais, il n'était plus qu'un auteur, un raté.
Il avait été viré.

Il vida son verre et la suivit au lit. Sa nuit fut agitée.
Dans ses cauchemars, il était sur scène pour recevoir
son Golden Globe et les gens le tournaient en ridicule.
Au petit déjeuner, il faisait peine à voir. Dash appela
une demi-heure plus tard, car ils étaient censés s'envoler
pour L.A. le lendemain.

— Je n'ai pas changé d'avis, lui dit Andy.

— Moi non plus, répliqua Dash.

Il raccrocha et contacta peu après Violet sur son
portable.

— Vio, tu dois le convaincre.

— Je ne peux pas le faire monter de force dans
l'avion. Cela fait neuf mois qu'il ne s'est pas montré
là-bas et il est persuadé que ce sera humiliant.

— Il ne peut quand même pas se cacher pour toujours. Il devra bien leur faire face un jour ou l'autre.

— Il soutient qu'il n'est pas prêt.

— Plus il attendra, plus ce sera difficile. Parle-lui. Tu es la seule qui puisse le faire revenir sur sa décision.

— J'essaierai, mais je ne te promets rien.

Elle aussi estimait qu'il devait y aller, mais elle respectait son refus.

Cet après-midi-là, quand elle réaborda le sujet, Andy en eut presque les larmes aux yeux.

— Violet, c'est la pire chose qui me soit arrivée dans ma carrière. Je ne peux pas affronter ces gens pour l'instant.

— Tu as été nominé. C'est un immense honneur. Tu ne peux pas tourner le dos à ça. Nous pouvons repartir dès le lendemain, si tu veux. Mais je crois que tu devrais faire face et tourner enfin la page. C'est à toi-même plus qu'aux autres qu'il faut prouver que tu peux le faire, et ce ne sera pas aussi terrible que tu le penses. Je serai à tes côtés à chaque minute.

Il lui sourit. Elle était si patiente et douce avec lui, toujours si courageuse. Il ne voulait pas passer pour un lâche à ses yeux. Il prit son visage entre ses mains et l'embrassa.

— Je le ferai pour toi, dit-il à voix basse. Mais je repars dès que c'est fini, peut-être même dans la nuit.

— Entrer et ressortir : c'est tout ce que tu auras à faire, et ensuite, tu n'auras plus jamais peur de revenir. Sans compter que je veux voir ta maison, moi.

— Elle est sympa, tu verras, lui dit-il avec un sourire. Ce serait le rêve d'y être avec toi, si ce n'était pas à L.A.

Il la suivit alors dans la chambre et prit sa valise, puis sortit son smoking du placard. Il ne l'avait pas porté depuis les Oscars. C'était juste avant son renvoi. Violet fit sa valise pour lui tout en réfléchissant à sa propre tenue. Comme elle n'aurait pas le temps d'acheter une robe, elle ressortit la seule et unique robe longue noire qui lui restait, qu'elle n'avait jamais portée. La coupe n'avait rien de glamour mais elle ferait l'affaire. Elle boucla à son tour son bagage, le posa dans l'entrée à côté de celui d'Andy puis alla se coucher. Andy, anxieux, ne dormait pas. Elle le prit dans ses bras et lui caressa doucement le visage jusqu'à ce qu'il se détende enfin. Pourvu que tout se passe bien à L.A. ! Violet ne voulait pas qu'il soit blessé davantage. Sa réticence à partir indiquait combien la blessure était encore à vif. Elle n'avait visiblement pas guéri, et peut-être ne guérirait-elle jamais.

14

Le lendemain matin, leur vol décollait de Heathrow à 10 heures. Tous les trois voyageaient en première classe aux frais de la production, c'est-à-dire de Dash et d'Andy. Les stars, Marilyn Gray et Godfrey Hunt, les avaient précédés de quelques jours et les retrouveraient directement à L.A. pour résider avec eux à Bel-Air. Quand il prit place dans l'avion, Andy était calme. Violet prit le siège voisin. Aux aurores, elle avait envoyé un texto à Timothy, le majordome d'Andy, pour lui annoncer qu'ils arriveraient à cinq. De son côté, Andy avait prévenu Wendy qu'il se rendait à la cérémonie et l'invitait à l'y rejoindre. Il y avait un dîner avant la remise des prix et, en tant que nominés, ils disposaient d'une table. Violet avait déjà vu cela à la télé, sans jamais y assister. C'était un événement de taille pour elle, comme pour eux tous. Elle était fière de leur film, et fière d'Andy. Mieux que quiconque, elle savait ce que ça lui coûtait de venir.

Andy dormit pendant toute la première moitié du vol. Violet ne le dérangea pas et le couvrit d'une couverture. Une fois réveillé, il déjeuna sans adresser la parole à personne puis regarda un film. L'inquiétude le rongeait littéralement, il en était même nauséeux. Une heure avant l'atterrissage, toujours mutique, il se mit à contempler le paysage par le hublot. Soudain, il se tourna vers Violet et lui sourit.

— Désolé d'être si pénible. Mais pour moi, c'est comme revivre tout ce qui s'est passé il y a un an.

À l'époque, il n'avait pas su faire front. Il s'était terré chez lui puis s'était envolé vers l'Angleterre. Aujourd'hui, il devait revenir et les affronter tous : les jaloux et les défaitistes, les gens qui avaient prédit que sa carrière était finie, qu'il ne retrouverait jamais de poste comparable et qu'il était trop vieux. Son scénario, qui démontrait l'ampleur de son talent, avait cloué le bec à certains. Mais il ne revenait pas triomphalement, en tant que directeur de studio. Il revenait pour un film indépendant, ce qui était loin d'avoir la même valeur aux yeux de Hollywood. Il n'occuperait plus jamais le sommet de la pyramide : les postes étaient trop peu nombreux et quand on les obtenait, on s'y accrochait – jusqu'à la mort, ou au renvoi.

Lorsque l'avion atterrit, Andy se tendit instantanément. À la porte de l'appareil, du personnel dédié aux VIP les accueillit et leur fit passer rapidement la douane. Violet connaissait déjà L.A. ainsi que New York pour y être allée avec Gabriel mais là, c'était différent. Elle abordait l'ancien royaume d'Andy. Celui dont il se considérait comme le roi destitué.

Tandis qu'ils traversaient l'aéroport, le personnel saluait Andy et lui souhaitait un bon retour aux États-Unis. Il s'était passé la même chose à la douane : l'officier de la sécurité intérieure lui avait même serré la main. À voir comment les gens s'adressaient à lui et le naturel avec lequel il leur répondait, Violet prenait la pleine mesure de son importance ici. Celle qu'il avait eue, et qu'apparemment il avait toujours. On aurait dit un dignitaire ou un ex-président en visite. On ne l'avait pas oublié. Loin de là !

— Peut-être qu'ils ne sont pas au courant de mon renvoi, souffla Andy à Violet quand ils montèrent dans la Bentley – son majordome avait réservé un chauffeur pour venir les chercher.

— Peut-être pensent-ils toujours que tu es important, parce que c'est le cas, répliqua-t-elle sur le même ton.

Andy ne répondit rien. Cet accueil le prenait de court, mais il avait tout de même surpris quelques regards interloqués quand il était descendu de son vol commercial, lui qui disposait auparavant d'un des plus grands jets privés garés à LAX, mobilisable à tout instant sur un simple coup de téléphone.

Il leur fallut une heure pour arriver à Bel-Air. Ce qui restait de personnel à Andy s'était disposé en rang dans l'allée pour l'accueillir. Marilyn et Godfrey les attendaient aussi. De l'entrée, on apercevait la piscine et Dash émit un sifflement admiratif tandis que les deux acteurs venaient à leur rencontre. La réaction du Britannique arracha un sourire à Andy, qui écoutait son majordome exposer la suite du programme.

— Bienvenue, monsieur. Un repas léger est à votre disposition dans la salle à manger. Les bagages de vos invités vont être montés dans leur chambre. Je précise que des coiffeurs, maquilleurs et manucures ont été retenus pour ces dames, si elles le souhaitent, avant le dîner de gala de demain soir.

Il avait à peine terminé de parler que les femmes de chambre se saisirent des valises et disparurent avec.

— Voilà qui est fait tout en douceur et en élégance. Tu es à la tête d'un palace, dis-moi, complimenta Dash.

Il portait un costume tout froissé, le seul en sa possession, et comme toujours un tee-shirt et des baskets. Ses cheveux formaient une tignasse de boucles brunes emmêlées et sa barbe avait bien cinq jours. Andy était habitué à sa dégaine, qui ne dépareillait pas dans le Hollywood d'aujourd'hui. À côté, Godfrey Hunt avait l'air impeccable en blazer, jean blanc et mocassins en alligator – une vraie star de cinéma. Très glamour, Marilyn faisait son pendant en pantalon blanc et pull rose, un sac Hermès à la main. Elle devait veiller à ce que sa tenue soit parfaite en toute circonstance pour les photos. Violet, elle, avait voyagé en jean et blouson de cuir noir, les cheveux tirés en arrière.

— Je ne savais pas que ta maison était aussi belle, murmura-t-elle à Andy, l'air gêné, tout en s'attaquant à l'un des club-sandwichs présentés sur des plateaux d'argent. Je n'ai rien de correct à me mettre.

La jeune femme commençait à se demander si Andy ne serait pas embarrassé d'aller à la cérémonie avec elle. Elle était la seule à porter une tenue quelconque. Marilyn avait emprunté une robe chez Dior à Londres. Même Dash avait investi dans un smoking de chez Saint-Laurent, dans la gamme prêt-à-porter. Godfrey avait le sien, fait sur mesure à Rome, et Andy aussi mais fait à Londres, par le tailleur de Savile Row qui lui confectionnait tous ses vêtements.

Une fois sustentés, les invités s'éparpillèrent un peu partout pour admirer les œuvres d'art. Godfrey s'arrêta devant les affiches de films des parents d'Andy.

— Je suis fan, dit-il avec révérence en parlant de John Westfield. Toi aussi ?

— C'était mon père, répondit Andy en souriant, autant de la question que du plaisir à revoir ces affiches familières qui lui avaient manqué.

N'ayant pas fait le lien, Godfrey se sentit idiot. Il fixa Andy.

— Mon Dieu, c'était l'un des plus grands. J'ai vu tous ses films, reprit-il.

— Moi aussi, dit Dash, déjà au courant de la filiation.

Violet observait les affiches avec soin, prenant conscience qu'Andy non seulement avait occupé un poste très important, mais qu'il faisait aussi partie de l'aristocratie hollywoodienne. Et ça, personne ne pouvait le lui reprendre. Être ici lui donnait un aperçu de ce qu'avait été la vie d'Andy avant son départ : c'était le pouvoir. En Angleterre, il pouvait toujours espérer se fondre dans la foule mais à L.A., c'était impossible. Elle comprenait maintenant sa réticence à revenir, mais n'en était pas moins contente qu'il l'ait fait. Il avait besoin qu'on lui rappelle qui il était bien longtemps avant d'être nommé à la tête de Global Studios.

Comme ils avaient décidé de ne pas sortir ce soir-là, le repas avait été commandé dans le restaurant mexicain préféré d'Andy. Timothy annonça que le dîner serait servi à 20 heures. La piscine était à leur disposition dans l'intervalle.

En entrant dans la chambre d'Andy, Violet constata qu'elle était immense, pleine d'œuvres d'art, d'antiquités et de souvenirs encadrés. Elle s'assit sur le lit. Avec le décalage horaire, il était tard pour eux.

— Comparée à la tienne, mon ancienne maison fait figure de cahute, dit-elle. Ta fille a grandi ici ?

— Non, répondit-il, amusé. J'ai laissé la maison de son enfance à sa mère. Celle-ci date d'après le divorce. C'est un peu ma garçonnière. J'ai beaucoup reçu ici, avant de ne plus avoir le temps de rien.

— C'est un endroit incroyable. Tu es sûr que tu ne préférerais pas te rendre à la cérémonie au bras d'une star de cinéma ? Tu peux toujours dire que Marilyn est ta petite amie. J'irai avec Dash, proposa-t-elle avec sérieux.

Sa timidité crevait les yeux. Elle ne se sentait pas à la hauteur de son style de vie et jugeait sa garde-robe inappropriée. Andy le comprit et la rassura aussitôt :

— Dash ressemble à un as de pique, comme aurait dit ma mère. Tu es ici avec moi et je suis fier d'aller à cette cérémonie à ton bras. Je marcherai sur le tapis rouge avec toi, Violet, pas avec une autre. C'est toi, ma star.

Il avait grandi sous les feux des projecteurs, c'était une seconde nature pour lui. Diriger un studio était dans la droite ligne de cet héritage et de cette éducation, mais ne constituait pas son socle. Violet le percevait désormais très nettement. Quand il était arrivé en Angleterre, Andy avait simplement perdu de vue ses racines et l'homme qu'il avait été avant Global. Mais personne ne pouvait lui retirer ses origines. Il était star de plein droit. Elle le lui rappela pendant qu'ils se douchaient et s'habillaient pour le dîner.

— Je l'oublie parfois, admit-il en prenant le temps d'y réfléchir. J'aime être en Europe parce que je peux disparaître. Chose impossible ici.

— Tu n'en as pas besoin. Tu peux être toi, que tu diriges un studio ou que tu écrives un scénario. Fais ce dont tu as envie. De toute façon, il y aura toujours des gens qui t'envieront en raison de ta personnalité, de tes parents, de ton mode vie, de ta voiture… Tu n'as plus besoin de te cacher, Andy. Tu peux être qui tu veux et faire ce que tu veux, lui dit-elle tandis qu'il boutonnait sa chemise d'un blanc immaculé, enfilait un jean et des chaussures en daim marron.

Elle-même opta pour un jean, un pull rouge et des ballerines assorties. Andy la regardait se préparer tout en se félicitant de sa présence. Il se réjouissait aussi d'être chez lui. Il avait oublié combien il aimait cette maison.

Quand ils furent prêts, ils descendirent l'escalier main dans la main et sortirent dans le patio où les autres les attendaient en sirotant des margaritas préparées par Timothy. Dash était le seul à faire des longueurs. Sur la recommandation unanime du groupe, Andy et Violet prirent une margarita et les rejoignirent au bord de la piscine. Le sol renvoyait la chaleur de l'après-midi. Il faisait bon. C'était agréable d'être dehors à cette heure-là.

— Si j'avais une maison comme celle-ci, jamais je ne quitterais L.A., annonça Dash qui était sorti de l'eau et se séchait à la va-vite.

On aurait dit un labrador prêt à s'ébrouer en éclaboussant tout le monde.

Timothy surgit alors avec un peignoir qu'il tendit au Britannique. Dash accepta volontiers, prit à son tour une margarita et s'allongea avec délice dans un transat. Le temps était comme suspendu.

Andy repensa à la réponse de Wendy, reçue à l'atterrissage : les enfants et la nounou étaient malades, elle ne pourrait pas les rejoindre à L.A. et regarderait la cérémonie à la télé. Comme il l'avait dit à Violet après avoir lu le message, ce n'était que justice. Il n'avait assisté à aucune de ses cérémonies quand elle était jeune. De toute façon, il était peu probable qu'ils remportent quoi que ce soit. Il n'avait pas partagé avec Violet une déception plus secrète : Wendy et elle ne feraient pas connaissance tout de suite. Mais il n'abandonnait pas l'idée. Violet et lui iraient à New York, voilà tout.

Ils se pressèrent bientôt autour du buffet mexicain dressé dans la salle à manger. Chacun, son assiette à la main, prit ensuite place autour d'une table magnifique, agrémentée en son centre de fleurs rouges. Tous étaient impressionnés par le raffinement dans lequel vivait Andy. Ce dernier eut une pensée pour Frances : il était étrange d'être là sans elle pour diriger la maison, mais Timothy se débrouillait très bien. Aux dernières nouvelles, son ancienne assistante appréciait beaucoup son nouveau travail et se trouvait à Aspen pour l'hiver avec son nouveau patron. Sa mère vivait désormais dans un établissement de Palm Springs, mais se portait relativement bien.

Pendant le dîner, Godfrey demanda à Andy combien de personnes travaillaient sur place. Andy ne sut quoi répondre et finit par en rire, avouant :

— Aucune idée ! Ça fait presque un an que je suis parti.

— Quel meilleur signe de richesse que de ne pas savoir combien d'employés on a ! Moi, j'ai une femme de ménage qui passe deux fois par semaine.

— Et moi, je reconnais que j'en ai sans doute trop, fit Andy. Je suis pourri gâté.

— Sans aucun doute ! Quand je serai grand, je veux être toi, intervint Dash, ce qui fit rire toute la tablée.

Violet se détendait, et rien ne pouvait faire plus plaisir à Andy. Pour rien au monde il ne voulait que cette maison splendide et impressionnante, pleine d'œuvres d'art et d'objets de prix, crée une distance entre eux. Il était toujours le même homme, celui qu'elle aimait et avec qui elle avait partagé un meublé à Londres. Il n'y avait rien d'arrogant ni de prétentieux en lui. Il vivait juste très bien parce qu'il pouvait se le permettre. Mais ça lui allait tout aussi bien de vivre simplement avec Violet. Pouvoir faire les deux lui plaisait.

Ce soir-là, tous allèrent se coucher tôt. Le vol avait été long. Le lendemain, au petit déjeuner, personne ne manquait à l'appel. Andy appréciait d'être là, avec ses amis autour de lui, dans sa luxueuse demeure. Au fil de la journée, la tension monta toutefois d'un cran. À 17 heures, quand sonna l'heure du départ pour le Hilton où auraient lieu le dîner et la cérémonie des Golden Globes, le stress d'Andy était à son paroxysme. Il redoutait cette soirée, les questions déplacées que les journalistes ne manqueraient pas de poser, les commentaires que les gens feraient pour le rabaisser et lui rappeler qu'il avait été viré. On aurait dit qu'il partait à l'abattoir tandis qu'il montait avec Violet dans la Bentley, conduite par un chauffeur engagé pour la nuit. Un autre conduisait la Range Rover dans laquelle Dash et les deux acteurs avaient grimpé.

Violet était magnifique dans sa robe noire toute simple. La maquilleuse avait eu la main légère : juste un peu d'ombre à paupières et du blush. Elle avait respecté la beauté naturelle de Violet, tout comme le coiffeur qui s'était contenté de bien brosser sa chevelure ébène brillante avant de la laisser lâchée sur les épaules.

— Tu es sublime, murmura-t-il.

De son côté, Marilyn portait une robe moulante argentée. Ces messieurs étaient tous en smoking.

À peine eurent-ils posé le pied sur le tapis rouge du Hilton que les photographes hurlèrent les noms de Marilyn et de Godfrey. Un autre groupe s'approcha et interpella Andy. Ils le supplièrent de poser avec Violet. Andy était plus beau, élégant et charismatique que jamais. Rien n'avait changé durant l'année écoulée, sauf son travail. Il était toujours lui-même.

— Ça fait plaisir de vous revoir ! lancèrent certains journalistes à l'intention d'Andy.

— Vous avez fait un film indépendant ! cria l'un d'eux.

— Vous êtes nominé pour *Corde raide*. Votre père serait fier de vous. Il a fait de la réalisation, lui aussi. Vous allez produire d'autres films indépendants ? demanda un autre.

— J'espère, répondit Andy avec un sourire à Violet, belle et naturelle à côté de lui.

Son retour au bercail se déroulait mieux qu'il ne l'avait pensé. Personne n'avait mentionné Global Studios ou son renvoi. On aurait dit qu'ils avaient oublié. Ce qui les intéressait, c'était sa nouvelle carrière en tant que producteur de films indépendants, tout comme son père était passé d'acteur à réalisateur. Alors que leur groupe se dirigeait vers la table qui leur était réservée, il eut la sensation d'être de retour chez lui. Il était toujours un héros à L.A., sa ville natale. Une vague de soulagement le submergea tandis qu'il se penchait et embrassait Violet. Elle était rayonnante et fière de lui, tout comme lui était fier d'être avec elle.

Peu après, il aperçut Alana de loin, en compagnie du même directeur de studio qu'à Portofino. Ce dernier avait l'air encore plus âgé en smoking. L'actrice scannait la salle du regard, en quête de gens importants à qui parler. Elle fit mine de ne pas le remarquer mais il était certain du contraire. Elle était juste trop embarrassée pour le saluer en public, et attendait sans doute de voir dans quel sens allait tourner le vent pour lui.

Leur petit groupe passa un très agréable dîner. La tension ne remonta qu'une fois la cérémonie commencée. La litanie des catégories et des nominés puis la remise des Golden était interminable. Mais enfin, les vainqueurs pour la catégorie du meilleur film furent annoncés. Andy et Dash échangèrent un regard stupéfait tandis que ce dernier se levait à moitié de sa chaise. Violet poussa un petit cri.

— On a gagné ! hurla Marilyn d'une voix stridente.

Andy perçut tout cela comme dans un brouillard avant de monter avec Dash recevoir leur récompense. Chacun dit quelques mots puis ils retournèrent à leur table, sidérés. Dash brandit haut son trophée. Andy le posa devant Violet.

— Félicitations, dit-elle en l'embrassant.

Il lui sourit. Elle avait eu raison sur toute la ligne. Il était content d'être venu, et il avait le sentiment que son père aurait été fier.

— Merci pour la super histoire, chuchota-t-il à Violet alors que tout le monde le félicitait.

C'était une soirée idyllique. Après ça, ils se rendirent à une petite fête avant de rentrer chez Andy, où ils sabrèrent le champagne au bord de la piscine. Violet se figea quand elle entendit les vibrations de son portable. Elle regarda le message et demanda à Andy :

— Une certaine Helen Berg, de chez Webber Communications, me demande de la rappeler. De quoi s'agit-il ? Tu la connais ?

— Elle dirige des chaînes télé. C'est quelqu'un d'important ici. Tu devrais la rappeler demain matin.

Déconcertée par cette prise de contact, Violet s'assit néanmoins avec les autres et profita avec eux du champagne et de cette soirée. Une heure plus tard, tous deux montaient se coucher. Andy posa son trophée sur la commode et le contempla avec un large sourire, commençant enfin à savourer la victoire.

— Ça rend plutôt bien sur ce meuble, qu'en penses-tu ?

Voilà qu'il faisait de l'humour… C'était bon de gagner. Il sourit à Violet.

— La prochaine fois, c'est toi qui rafleras la mise. Merci de m'avoir fait rentrer chez moi.

Il se sentait de nouveau à l'aise à L.A. Les mauvais démons avaient capitulé. Andy Westfield n'était plus le directeur de studio qui s'était fait virer, il était désormais le producteur de films indépendants qui avait été primé. Le vent avait tourné pendant qu'il était loin, en train de se construire une nouvelle vie.

15

Le lendemain des Golden Globes, suivant le conseil d'Andy, Violet appela Helen Berg de chez Webber Communications. Elle n'avait toujours aucune idée de ce que cette femme lui voulait ni de comment elle avait obtenu ses coordonnées, mais étant donné ce que lui disait Andy, ce pouvait être un contact intéressant à avoir. Webber plaçait des créations originales de toute première importance à la télé, et Helen Berg en était une des têtes dirigeantes.

À peine Violet eut-elle décliné son identité que l'assistante annonça :

— Je vous mets en relation.

Visiblement, on attendait son appel. Cela se confirma quand Helen Berg décrocha immédiatement, l'air ravi.

— Tout d'abord, laissez-moi vous féliciter pour le Golden Globe d'hier soir ! J'ai vu le film, il est sensationnel : vous m'avez tenue en haleine pendant toute la projection, et ça ne m'arrive pas très souvent !

— Merci. Le casting était de premier ordre, ainsi que le réalisateur. Sans parler du scénario.

— Je ne savais pas qu'Andy Westfield avait commencé sa carrière comme scénariste. Il a un vrai talent. J'espère que nous aurons la chance d'en voir plus très bientôt.

— Moi aussi. Il se trouve que nous commençons un autre projet.

— Avant que vous ne l'approfondissiez, j'aimerais beaucoup discuter de quelques idées avec vous. Cela pourrait nous servir à l'une comme à l'autre. Mais d'abord une question : avez-vous écrit certaines parties du script vous-même ?

— Je me suis fait la main sur certaines scènes. J'apprends d'Andy, mais je n'ai ni son talent ni son expérience.

— Le talent, je suis sûre que vous l'avez, et l'expérience viendra avec le temps. Il doit être un excellent professeur.

— En effet.

— Je sais que vous repartez bientôt pour l'Angleterre. C'est votre agent qui me l'a dit hier, en me donnant votre numéro, poursuivit Helen Berg.

Bien sûr, comment n'y avait-elle pas pensé plus tôt ! se dit Violet. Elle avait pris un agent à la demande répétée d'Andy, et n'avait pas encore l'habitude de cet intermédiaire.

— Écoutez, j'aimerais vraiment que nous passions quelques instants ensemble avant votre départ. C'est pourquoi je me suis permis de vous appeler en urgence hier soir, et j'en suis désolée. Vous deviez être en train de fêter les Golden Globes… Vous savez certainement que les Oscars suivent souvent leur sélection d'assez près. Jusqu'à quand êtes-vous là ?

— Je ne sais pas avec certitude. Nous avions prévu de repartir aujourd'hui, mais nous voulons tous prolonger un peu notre séjour. Nous adorons L.A.

Ce qui était vrai. À l'origine, Andy avait pris des billets de retour pour le jour même. Mais puisque tout se passait si bien, il avait accepté de rester plus longtemps et comptait les changer dans la journée.

— Vous habitez à Londres ?

— Je viens d'y retourner après avoir vécu onze ans dans une petite station balnéaire endormie. Comme les studios de notre producteur sont juste en dehors de Londres, je compte m'y établir. C'est fantastique d'être de retour.

— Auriez-vous le temps de passer me voir aujourd'hui ? Je ne vous retiendrai pas trop longtemps, mais comme je vous l'ai dit, j'ai quelques idées qui pourraient vous intéresser. Et puis j'adorerais vous rencontrer. Dans l'après-midi, ça vous irait ? Vers 16 heures, par exemple ?

À ce stade de la conversation, Violet ne savait toujours pas pourquoi Helen voulait lui parler. Elle ne connaissait pas non plus les plans exacts d'Andy, hormis le fait qu'il souhaitait rencontrer à un moment ou un autre son avocat et son conseiller financier.

— Je pourrai m'arranger, répondit-elle. Ces fameuses idées m'intriguent.

— Nous en parlerons cet après-midi.

Helen lui donna son adresse, et raccrocha.

Violet alla aussitôt retrouver Andy, qui s'habillait dans son dressing.

— « Elle aimerait beaucoup discuter de quelques idées », annonça-t-elle en citant Helen Berg. Que veut-elle dire par là ?

— Mystère. Mais c'est une femme intelligente, et une grosse pointure chez Webber. Tu dois absolument la voir.

— Elle a adoré notre film.

— Nous allons recevoir beaucoup d'appels comme le sien. La majorité des propositions ne seront que du vent, d'autres émaneront de personnes cherchant à travailler pour nous. Mais celui d'Helen Berg vaut la peine d'être pris au sérieux.

— Tu veux venir ? proposa-t-elle avec espoir.

— C'est toi qu'elle veut voir, pas moi. Elle ne va pas te manger. Vas-y et rencontre-la, répondit-il avec un sourire encourageant.

— Nous avons rendez-vous à 16 heures.

— C'est parfait. J'allais justement te dire d'aller faire les boutiques cet après-midi car j'ai une foule de réunions ennuyeuses.

— Je les ferai avant d'y aller.

Sur ces mots, elle alla s'habiller à son tour. Elle n'avait pris que très peu de vêtements avec elle, ce qu'il fallait pour deux jours. Mais sa garde-robe était de toute façon très sommaire depuis l'arrestation de Gabriel. Désormais, les choses allaient changer. Il lui fallait de nouvelles tenues pour leur vie à Londres, et la bonne nouvelle, c'est qu'elle pouvait se les offrir grâce aux revenus du film ! Ainsi, elle ne dépendait pas d'Andy – elle refusait de tirer avantage de lui.

Elle avait apporté un tailleur-pantalon bleu marine pour le vol de retour, et décida de le mettre pour son rendez-vous de l'après-midi. L'une des femmes de chambre le lui repassa. Elle compléta la tenue par une paire de hauts talons noirs et des boucles d'oreilles en or.

C'était simple et léger – il faisait bien plus doux à L.A. qu'à Londres – et cela conviendrait aussi pour le déjeuner au Beverly Hills Hotel.

Avec ce qui n'était plus qu'une légère appréhension comparée à celle ressentie à Londres, Andy avait en effet réservé une table au Polo Lounge. Il avait expliqué à Violet que c'était un des hauts lieux de rencontres et de rendez-vous du cinéma. Ils y allèrent dans sa Bentley de sport, suivis par Timothy dans la berline, afin que ce dernier puisse conduire Violet où elle voudrait après le repas, quand Andy se rendrait à ses rendez-vous.

Lorsque tous deux firent leur entrée dans la salle de restaurant, les têtes se tournèrent. Andy salua certains brièvement, mais ne s'arrêta pour parler avec personne. Contrairement à ses habitudes, il n'avait pas demandé de table dans le jardin, car il faisait trop frais à son goût. On les conduisit à une table tranquille. Le maître d'hôtel et tous les serveurs connaissaient Andy, si bien qu'après avoir entendu « Félicitations » toute la matinée, Violet et Andy eurent droit au Polo Lounge à des phrases telles que : « C'est bon de vous revoir, Mr Westfield… Quel plaisir de vous revoir… Vous nous avez manqué… » Certaines personnes qui avaient fini leur repas s'arrêtèrent à leur table, sincèrement contents de trouver Andy là. Celui-ci était soulagé de constater que son exil volontaire avait permis d'enterrer l'affaire de son licenciement. C'était de l'histoire ancienne et son prix de la veille constituait un sujet bien plus intéressant. Finalement, il était revenu en vainqueur et le Golden Globe lui avait gagné un respect nouveau.

À voir le nombre de personnes qui passaient saluer Andy, leur admiration évidente et l'attention diligente de tous les employés à son égard, Violet mesura de nouveau l'importance qu'il avait sur la scène hollywoodienne. Ainsi que la chance qu'elle avait qu'il l'ait prise sous son aile et ait adapté son manuscrit ! À L.A., Andy Westfield était *quelqu'un*. Mieux, c'était une figure incontournable. Elle percevait désormais plus clairement tout ce qu'il avait abandonné en venant en Angleterre : le confort d'une situation et d'un statut, le luxe, sans parler de sa magnifique propriété de Bel-Air.

— Tout ça doit te manquer, dit-elle au cours du déjeuner tout en se régalant de la salade McCarthy qu'il avait commandée pour elle.

— Parfois. C'est vrai que c'est familier et réconfortant, admit-il. Mais l'Angleterre a d'autres avantages. Toi, par exemple.

— Peut-être que nous pourrions revenir en visite de temps en temps, avança-t-elle prudemment, ne voulant pas le brusquer.

— Dans les mois qui viennent, nous allons travailler sur ton prochain film, répondit-il.

Il ne courait pas encore après de trop fréquents séjours, mais appréciait à l'évidence d'être à L.A. : il avait l'air bien plus détendu. Plus à l'aise et confiant.

Ce déjeuner était une réussite. Personne n'avait fait de commentaire déplaisant, un paparazzi les avait photographiés, mais en leur souriant… Lorsqu'ils quittèrent le restaurant, Andy se sentait parfaitement bien. Il demanda sa voiture et partit guilleret pour ses rendez-vous, laissant le soin à Timothy de faire découvrir à Violet les merveilles de Rodeo Drive. Cet après-midi-là, chacun vaquait à ses occupations : Godfrey retrouvait des amis, Dash avait calé des rendez-vous avec des agents et Marilyn faisait aussi les boutiques. Elles auraient presque pu se croiser sur Rodeo Drive, mais ce ne fut pas le cas : l'actrice arpentait un autre quartier.

À 15 h 30, Violet partit à son propre rendez-vous dans Downtown. Pour ne pas manquer le gratte-ciel, dans cette forêt de constructions identiques, elle suivit les indications de Helen Berg à la lettre.

Les bureaux de Webber Communications se trouvaient au 30e étage. Lorsque Violet se présenta à l'accueil, une assistante vint immédiatement la chercher pour l'introduire dans le bureau d'Helen Berg. La pièce jouissait d'une vue panoramique sur la ville ainsi que d'un coin salon. Helen Berg se leva pour accueillir chaleureusement sa visiteuse. On proposa à Violet du thé, qu'elle accepta volontiers, et elles prirent place dans de vastes et confortables fauteuils de cuir beige, disposés autour d'une table basse. Helen Berg était mince, habillée avec style, proche des 50 ans, avec des cheveux courts poivre et sel très bien coupés. Un point notable : c'était la première femme que Violet rencontrait jusqu'à présent à L.A. qui ne donnait pas l'impression d'avoir recouru à un lifting. Elle avait l'air authentique. Mais c'était aussi une femme d'affaires, comme le montra la mystérieuse raison de ce rendez-vous.

— Nous travaillons sur un certain nombre de séries télé, et puisque vous avez rédigé l'histoire originale de *Corde raide*, je me demandais si vous seriez intéressée par l'idée d'écrire le texte de référence de l'une de nos créations. Quelque chose dans la veine de votre film. Un thriller avec une héroïne. Nous aimerions que vous vous occupiez aussi du scénario, mais nous pouvons toujours trouver quelqu'un d'autre si vous ne voulez pas. Le seul hic, c'est que nous travaillons pour la saison qui arrive, donc il faut s'y mettre très vite.

C'était une proposition pour laquelle n'importe quel auteur à Hollywood aurait vendu son âme, mais quand Violet entendit le délai, elle sut qu'elle ne pourrait pas accepter. Elle ne voulait pas rater la possibilité de travailler sur un autre film avec Andy.

— Cela semble être une opportunité incroyable, dit-elle avec sincérité, mais j'ai déjà commencé à travailler sur un autre projet avec les mêmes producteurs. Si une offre identique se présentait à l'avenir, je serais très intéressée, en espérant être à ce moment-là prête à m'attaquer au script. Je ne le suis pas encore aujourd'hui. Mon texte original était sous forme de roman. Andy Westfield a écrit le scénario de *Corde raide* sur la base de mon manuscrit.

— C'est ce que j'avais cru comprendre, d'où la raison de mon appel. Nous aimerions beaucoup que vous rejoigniez notre écurie d'auteurs. Andy et vous écrivez à quatre mains, c'est ça ? Est-ce que nous devrions lui en parler aussi ? Je supposais que le film était un épiphénomène pour lui, en attendant de rediriger un jour un studio. Vous pensez que ça pourrait l'intéresser, de travailler avec vous sur une série ? Il pourrait certainement écrire les scripts si vous êtes plus à l'aise ainsi, dit Helen, soucieuse de séduire Violet et de l'amener à signer avec eux.

— Je ne connais pas ses plans à long terme. Il donne pour l'instant l'impression de vouloir choisir en toute liberté ses projets d'écriture. Mais pour ma part, j'ai adoré travailler avec lui. Il m'a beaucoup appris.

— Avec des résultats spectaculaires, ajouterais-je, sourit Helen. Je suis désolée que vous ne soyez pas libre dans l'immédiat, Violet. Ça aurait été fantastique de vous avoir avec nous pour notre série phare de l'automne, avec toute la médiatisation qui va avec. Nous pourrions la programmer plus tard dans la saison, en janvier ou février. Ou alors repousser d'un an, car une nouvelle série a toujours plus d'impact si elle est lancée à la rentrée. Nous voudrions vraiment collaborer avec vous. Le comité qui valide nos projets l'a voté à l'unanimité, c'est vous dire !

— Je suis vraiment honorée, dit Violet, submergée par le flot d'informations, mais très attentive.

Elle voulait se souvenir de tous les détails de leur conversation pour les rapporter à Andy dès qu'elle le verrait.

Toutes deux continuèrent à papoter quelques instants puis Helen la remercia d'avoir pris le temps de ce rendez-vous.

— Merci beaucoup pour cette offre si flatteuse, dit Violet en retour.

— Ne vous contentez pas d'être honorée. Venez travailler pour nous, rétorqua Helen avec un sourire. Je suis sûre que vous recevrez beaucoup d'offres, mais souvenez-vous que nous aimerions vraiment lancer une de vos créations, dès que vous sentirez que vous pouvez le faire dans le respect de vos autres engagements.

— J'aimerais beaucoup moi aussi. J'en parlerai à Andy. Je crois qu'il hésite encore pour l'instant entre un poste de direction et l'écriture.

— À sa place, je sais ce que je choisirais, dit Helen. L'écriture, ça se renouvelle tous les jours, on peut contrôler sa propre destinée et établir ses propres conditions de travail. Pour moi, l'enfer, ce serait de diriger un studio ou une chaîne. C'est remarquable qu'il ait survécu à la tête de Global pendant dix-neuf ans. La plupart ne tiennent pas deux ans. C'est un métier sans reconnaissance, et à haut risque. Si les propriétaires vendent, vous vous retrouvez au chômage, comme dans son cas. Ça arrive tout le temps dans ce milieu. Composer avec ce genre d'insécurité est violent : d'une minute à l'autre, vous pouvez passer du sommet à la rue, en quête d'un nouveau job. Certaines personnes parmi les meilleures que je connaisse ont perdu leur travail ainsi, quand la maison mère a vendu. Je trouve qu'Andy a géré ça avec beaucoup de classe. Il a eu l'intelligence de quitter la ville et de faire autre chose. Transmettez-lui mon meilleur souvenir. Nous avons travaillé ensemble sur un projet il y a des années de ça, il ne se souvient sans doute même pas de moi.

— Oh, si. Très bien. Il tenait beaucoup à ce que je vienne à ce rendez-vous et ne tarissait pas d'éloges sur vous.

— Je suis ravie de l'entendre. La prochaine fois, il sera le bienvenu s'il le souhaite.

Helen raccompagna Violet à l'accueil de son étage. La jeune femme prit l'ascenseur dans un état euphorique. Elle avait hâte de parler de tout ça à Andy et avait beaucoup apprécié Helen. Celle-ci semblait être suprêmement compétente, et quelqu'un de direct.

Sur le chemin du retour, Timothy l'arrêta devant quelques boutiques. Mais le cœur n'y était pas : elle repensait à son entretien avec Helen Berg. Lorsque

Andy rentra à 18 heures, il la trouva au bord de la piscine, en train de l'attendre avec impatience, un verre de vin à la main. Il l'embrassa et s'assit dans la chaise longue voisine.

— Alors ? Ce rendez-vous ? lui demanda-t-il.

— Bien, fit-elle, et elle lui répéta mot pour mot ce que Helen lui avait dit.

— Bien ?! Mais, Violet, c'est fantastique ! Des gens ici tueraient pour avoir une proposition comme celle-là. Et tu as décliné ? Incroyable.

— Je veux travailler sur notre nouveau film avec toi. Je pourrai toujours en reparler avec elle après.

— S'ils sont toujours intéressés. Les choses changent vite, dans ce milieu. Tu ne devrais pas laisser passer une occasion pareille.

— Je préfère travailler avec toi sur un autre film, répéta-t-elle, ce qui le fit sourire.

— Qu'est-ce que j'ai fait pour avoir autant de chance ? Dire qu'il y a des gens qui tueraient père et mère pour une offre de chez Webber et toi, tu refuses de faire ta propre série chez eux pour un film indépendant. Elle a dû être surprise.

— Je ne sais pas. Elle a dit que tu pouvais écrire les scripts de la nouvelle série si nous tenions à travailler ensemble. Elle a d'ailleurs demandé si nous écrivions à quatre mains. Je n'ai pas su quoi répondre.

— Oui, nous écrivons à quatre mains. Je dois admettre qu'une grande série, ce serait excitant. Tu imagines : collaborer pour la télé. Avec un film indépendant une fois par an, ce serait la combinaison idéale.

— Je trouve aussi, mais je voulais avoir ton avis.

— Mon avis, c'est que tu es folle d'avoir décliné, mais qu'avec de la chance, tu auras une seconde offre. Je sais aussi que je t'aime. Voilà ce que je pense de ton rendez-vous. Maintenant, si tu veux qu'on continue d'écrire ensemble, ce qu'elle propose pourrait tout à fait nous convenir. Merci en tout cas d'avoir tenu bon pour notre film, ajouta-t-il avec gratitude.

— Pour rien au monde je ne laisserais tomber, dit-elle au moment où Dash, de retour de ses rendez-vous, les interpellait.

— Je veux déménager à L.A. ! J'adore la météo, la bouffe et les gens.

Andy se tourna vers lui avec un grand sourire.

— Violet vient de refuser de faire une série pour Webber, annonça-t-il avec fierté.

Dash écarquilla les yeux de surprise.

— Tu me charries ?

— Pas du tout. Elle tient absolument à faire un autre film avec nous.

— Bon sang, mais moi je t'aurais vendu dans la minute. Je suis sérieux ! C'était quoi, comme série ?

— Violet avait carte blanche.

— Ça m'achève ! gémit Dash qui se tourna vers la jeune femme : La prochaine que tu as une offre pareille, appelle-moi avant de refuser ! On doit vraiment te protéger…

Tous trois discutèrent encore un peu, jusqu'à ce que Dash les quitte pour aller dîner avec des amis.

Le reste de leur séjour à L.A. se déroula sur un rythme plus tranquille. Andy emmena Violet dans certains de ses lieux préférés : boutiques, restaurants et même un vieux café. Ils passèrent du temps au bord ou dans la piscine. Au bout de quatre jours, tout le groupe retourna à Londres où il faisait un temps épouvantable – L.A. leur manqua instantanément.

Le voyage avait été une réussite. Andy avait rapporté son Golden Globe, qu'il déposa sur le manteau de la cheminée du salon. Leur meublé leur paraissait tout petit et encore moins charmant après la maison de Bel-Air.

— Si on doit passer six mois de plus en Angleterre pour notre nouveau film, il va nous falloir un autre appartement. Celui-là disparaît sous nos affaires, déclara Andy.

Violet ne pouvait lui donner tort, surtout maintenant qu'elle connaissait sa demeure américaine et son niveau de vie habituel. Durant ces quatre jours, elle l'avait observé dans son habitat naturel et avait constaté l'influence qu'il possédait encore à L.A. Il avait laissé beaucoup de choses derrière lui pour trouver l'anonymat en Angleterre. De bonnes choses comme des mauvaises. Pendant le vol du retour, ils avaient reparlé de l'offre de Webber. Andy était moins intéressé qu'elle par une série, il préférait faire du cinéma car le medium lui était plus familier. Il restait très touché qu'elle l'ait choisi lui plutôt que Webber.

À peine rentrés, ils se replongèrent dans le nouveau film. Il lui en apprit davantage sur la construction d'un scénario, et elle écrivit certaines scènes elle-même pour les associer aux siennes. Ils étaient en totale symbiose quant à ce qu'il fallait conserver ou non de ses écrits, et ce qui faisait l'essence même de l'histoire. Elle se distinguait dans l'élaboration des personnages, et lui dans la construction d'une tension dramatique qui retiendrait l'attention du spectateur. Leurs talents se complétaient de manière très harmonieuse, pour un résultat plus puissant que le premier film. Plus profond, plus dérangeant et très émouvant, avec une chute surprenante. Après trois semaines de travail, quand Andy montra à Dash leur ébauche, ce dernier fut de nouveau ébahi.

— Bon sang, vous êtes étonnants tous les deux ! Totalement synchro. Une équipe de choc ! Tu vas continuer à travailler avec elle après celui-là ? Parce que là, vous tenez le ticket gagnant.

— Violet est un cadeau tombé du ciel.

— Toi aussi. Vous vous complétez à merveille. L'écriture de chacun renforce celle de l'autre. Quand quelque chose fonctionne aussi bien, il ne faut rien changer.

— Ce n'est pas mon intention, répondit Andy.

Violet et lui n'avaient parfois pas la même vision des choses, mais les compromis auxquels ils aboutissaient rendaient leur travail encore meilleur. Non, il ne comptait pas changer quoi que ce soit.

Dans la semaine suivant leur retour à Londres, la nouvelle de leur nomination aux Oscars était tombée. Ravis, ils n'en avaient travaillé qu'avec plus d'ardeur. À la fin du mois de février, ils mirent la dernière main à un script assez satisfaisant pour le présenter à Dash, qui fut conquis. Tout cela à quelques semaines de la remise des Oscars.

La question se posa de nouveau d'y assister ou non. Violet considérait qu'ils devaient être présents à la cérémonie, mais pas Andy. Ce dernier ne craignait plus de se rendre à L.A. Il avait affronté ses peurs et les avait vaincues. Cette fois, son refus ne concernait que le travail qu'ils étaient en train d'accomplir pour leur prochain film : une distraction était malvenue. Et il le dit sans détour.

— On ne gagnera pas, Vi. Pas cette fois. La compétition est trop rude. Certains des autres films nominés sont vraiment bons, meilleurs que le nôtre. Je ne veux pas interrompre notre travail ici juste pour parader sur le tapis rouge. Nous n'en avons pas besoin.

Violet se rangea à son avis, d'autant qu'elle non plus ne voulait pas casser leur rythme de travail. Andy avait trouvé son tempo, ses contributions à elle apportaient de la puissance au texte, le résultat ressemblait à un ballet tant c'était fluide. Dash adorait, tout comme les acteurs à qui il soumettait le script – car le Britannique était déjà en train de constituer un casting de rêve pour le prochain tournage, cela en un temps record. Il faut dire que les comédiens disponibles sautaient tous sur l'occasion de tourner avec eux. La majorité d'entre eux étaient américains et quelques-uns anglais, capables de prendre un accent yankee convaincant. C'était un film facile à vendre, avec très probablement une autre récompense à la clé. Mais il ne fallait pas pour autant relâcher les efforts.

Pour toutes ces raisons, il fut donc décidé que Henry Mason, qui avait accepté de tourner de nouveau pour eux, les représenterait avec Godfrey aux Oscars. Ils logeraient à Bel-Air, chez Andy.

Le script final à peine livré à Dash, Andy se mit en quête d'une maison pour Violet et lui. Il en trouva une à Knightsbridge, dans une charmante allée d'anciennes écuries appelées « *mews* ». Elle appartenait à un célèbre acteur britannique trop âgé et infirme pour l'occuper, et qui avait préféré s'installer à la campagne sans pour autant la vendre. Dès qu'elle la visita, Violet fut conquise. Andy la loua donc pour un an et deux semaines plus tard, ils emménageaient. Tous deux étaient aux anges car être ensemble et travailler de conserve leur semblait aussi naturel que respirer. Si Andy ne savait pas encore de manière certaine où il vivrait à terme, l'Angleterre ou L.A., deux choses étaient pour lui limpides : il aimait Violet, et ils adoraient leur nouvelle maison.

Cette location avait intrigué Dash, qui aborda un jour le sujet lorsque Andy vint le voir à son bureau un après-midi.

— Tu prévois de rester ici ? lui demanda-t-il.

— Honnêtement, aucune idée. Je n'ai encore rien décidé pour l'instant, répondit Andy.

Depuis un an, tout son monde avait changé. Son travail, sa vie. Cela lui convenait-il mieux ? S'il était honnête, il devait admettre qu'un autre poste à responsabilité aurait indéniablement flatté son ego, mais qu'en son âme et conscience, il était heureux ainsi.

— Je pose la question parce que si tu voulais que je reste chez toi à L.A. pendant un an... Tu sais, histoire de garder un œil sur tes œuvres d'art, s'assurer que le personnel fait bien son boulot... Ce serait une faveur que je t'accorderais, bien sûr. Je ne ferais pas ça pour tout le monde.

Amusé, Andy lui fit une réponse classique à Hollywood :

— Je te rappellerai.

Sur ce, il rejoignit Violet dans leur adorable petite maison. Elle l'attendait pour polir le script pendant que le casting s'affinait. Une année après avoir perdu ce qu'il pensait être le meilleur job au monde, sa vie était sereine. Il ignorait s'il souhaitait que ça dure éternellement mais dans l'immédiat, c'était parfait.

.

16

Andy avait eu raison à propos des Oscars : ils ne remportèrent aucun prix. Si ce fut une déception, elle n'eut rien de dévastateur. Il avait anticipé cette issue et la nomination en elle-même était déjà une victoire, une plume supplémentaire à ajouter à leur coiffe. Au moment de la cérémonie de remise, eux-mêmes étaient en plein casting. La moitié de la distribution était déjà choisie, et les dernières auditions se faisaient avec le script dont Violet avait rédigé un bon tiers. Elle n'aurait pas pu l'écrire toute seule, mais elle apprenait beaucoup d'Andy, et rapidement. Sa contribution était importante et très précieuse. Quant au talent d'Andy, il éclatait à chaque page.

Chaque jour, tous deux prenaient place dans la salle des auditions, où leur voix pesait fortement dans la sélection. Ils avaient des idées bien précises en tête, notamment Violet qui connaissait bien entendu l'histoire comme sa poche. Les personnages avaient pris pour elle de plus en plus de consistance au fur et à mesure de son écriture. Parfois, elle ressentait viscéralement qu'un choix d'acteur ne correspondait pas, ce que respectaient Andy et Dash car elle possédait un sixième sens pour identifier le bon interprète, celui qui apporterait le plus de vie au film.

Dash comptait boucler et verrouiller le casting avant le 1er avril, contrats signés. Il prévoyait de commencer le tournage le 1er août afin de leur donner un mois de plus que la dernière fois. La préproduction se ferait donc en juillet. Ils visaient de nouveau une sortie pour Noël, peut-être légèrement plus tôt que la précédente si tout allait bien. Malgré son attitude très bon enfant et ses goûts vestimentaires contestables, Dash était la rigueur même. La dernière fois, il avait respecté toutes les échéances annoncées et Andy ne doutait pas un instant que ce serait de nouveau le cas. Le Britannique emploierait la cajolerie, la menace, n'importe quoi, pour que le film sorte dans les délais. Tous deux avaient signé un contrat de coproduction sur les mêmes bases que le précédent, et ils cofinançaient aussi de nouveau le projet. Ils n'auraient donc pas de problèmes avec d'éventuels investisseurs. Désormais, leur système était rodé et ils savaient quels écueils éviter – encore que le précédent film se soit fait sans trop d'anicroches. Tout ça fonctionnait comme une machine bien huilée.

Andy avait prévu de prendre un week-end pour lui après les Oscars. Les enfants de Wendy étaient en vacances, et il l'avait convaincue de venir passer cinq jours à Londres. Peter ne pourrait malheureusement pas les accompagner, car il travaillait. Avec Violet, Andy essayait de déterminer ce qui intéresserait des enfants de 6 et 8 ans, au-delà de la relève de la garde à Buckingham Palace (dont Andy lui-même ne se lassait pas). Ils avaient sélectionné la tour de Londres, le musée de cire de Madame Tussaud et un musée ludique repéré par Violet. Elle en savait bien plus que lui sur les enfants, même si c'était un sujet délicat : Jamie avait le même âge que Liam quand il était mort. Violet n'y faisait jamais allusion et semblait quand même se réjouir de cette visite au goût doux-amer.

Pour Wendy, ce voyage était enfin l'occasion de rencontrer Violet. Cela faisait déjà un an que cette femme était entrée dans le paysage et elle estimait qu'il était grand temps, surtout si elle jouait un rôle aussi vital dans le nouveau travail de son père. Elle avait confié ses appréhensions à son mari et ce dernier, pour dissiper ses craintes, lui avait rappelé combien Andy s'opposait violemment au mariage : s'il trouvait ça très bien pour les autres, il n'avait aucune intention de répéter ses erreurs. Pour Peter, il était donc très peu probable qu'à près de 60 ans, son beau-père ait revu sa copie sur le sujet. Il avait certainement déjà prévenu Violet quant à sa position sur la question, comme il le faisait chaque fois.

— Oui, mais cette Violet est plus jeune que les habituelles conquêtes de papa. Avant elle, il n'avait jamais donné dans les jeunes femmes. Elle a 39 ans, imagine qu'elle veuille des enfants !

— Si c'était le cas, il ne sortirait pas avec elle. Il voit ses petits-enfants deux ou trois fois par an. Il te voyait à peine quand toi-même tu étais petite. Et elle a l'air accro au boulot, tout comme lui. Je te le garantis, les bébés ne font pas partie de la photo. Pas plus qu'un grand mariage. Ton père a subi l'an dernier un choc tellurique qui lui a rappelé la fragilité des postes à hautes responsabilités dans cette industrie. Je pense qu'il en est ressorti avec l'envie de passer de bons moments et d'apprécier son travail au quotidien. Tu sais, se faire virer comme ça, ça met à nu jusqu'à l'os et ça oblige à se demander ce qui est vraiment important. D'une certaine façon, on est mis face à sa propre mortalité, professionnellement parlant. Nul n'est irremplaçable. Ce qui n'est jamais très agréable.

Cette conversation avec Peter avait apaisé Wendy, comme toujours. Leur mariage était très heureux, sans doute parce que ses parents lui avaient montré ce qu'il ne fallait pas faire. Même s'il fallait reconnaître que le second mariage de sa mère, avec un homme davantage tourné vers la famille, fonctionnait très bien.

Wendy fut tout de suite agréablement surprise par Violet. Celle-ci ne ressemblait en rien à ce qu'elle attendait. À cause de son âge, elle l'avait imaginée plus sexy, et sans doute plus effrontée. Wendy se méfiait toujours des ambitieuses qui tournaient autour de son père : ce dernier était généreux, sa richesse manifeste, et les femmes dans le cinéma le percevaient comme une voie d'accès rapide au statut de star. Violet était aux antipodes de cela, toute en discrétion, voire en timidité. Il n'y avait rien d'ambitieux ni d'extravagant chez elle. Elle était passionnée par son travail, mais semblait vouloir faire son chemin grâce à ses propres mérites et non profiter d'Andy. Tout en ayant l'air jeune, elle s'habillait de manière classique, dans le style de son père. Elle savait comment parler aux enfants et avait un contact amical et chaleureux avec eux. On pouvait même dire qu'elle avait un don avec les petits garçons. Jamie était littéralement tombé sous son charme, et Lizzie la trouvait très jolie. De fait, elle était très belle, d'une beauté totalement naturelle.

Entre les deux femmes, le courant passa très bien. Elles se sentirent tout de suite à l'aise et détendues ensemble. Alors qu'elles étaient seules, Violet confia à Wendy combien son père était fier d'elle et l'aimait, même s'il était souvent occupé et ne semblait pas toujours faire attention à elle. Elle lui révéla qu'il parlait sans cesse d'elle et de ses enfants. Telle une fleur sous la pluie, ou une enfant négligée par un père trop absent, Wendy rayonna en entendant ces mots. Les manquements d'Andy l'avaient amenée à choisir un époux plus attentionné. Elle avait trouvé en Peter un homme pour qui la première des priorités était sa famille, en accord avec son éducation et le foyer dans lequel il avait grandi.

Comme la réserve de Violet s'estompait progressivement, le jour où elles allèrent au zoo sans Andy (qui avait une réunion avec Dash et leurs assureurs), Wendy lui demanda sans ambages si elle voulait des enfants. À cette question, Violet sembla se figer, comme sous l'effet d'une forte douleur.

— Je ne pense pas. Ça ne marcherait pas, répondit-elle sans développer.

En fait, l'idée de perdre un autre enfant était tellement insupportable qu'elle ne pouvait même pas envisager de prendre de nouveau ce risque. Liam avait été son seul et unique grand amour. Il était irremplaçable et elle ne voulait même pas essayer d'en avoir un autre. Elle changea aussitôt de sujet et Wendy n'insista pas, rassurée par sa réponse.

La jeune femme rapporta leur échange à son père au détour d'une conversation, alors qu'ils allaient tous deux chercher de quoi dîner pendant que Violet gardait les enfants. Ces derniers avaient voulu passer la soirée chez leur grand-père avant de rentrer au Claridge, où ils étaient descendus puisque la maison des *mews* était malheureusement trop petite pour tous les accueillir.

— J'aime beaucoup Violet. Elle est sincère, et tellement douce avec les petits, commença Wendy. Et puis au moins, elle n'en veut pas. Ça doit être un soulagement pour toi, avec une femme de cet âge-là.

Vu leur grand écart d'âge, il n'y avait rien de saugrenu à évoquer le sujet. D'autant que Violet n'avait pas d'enfants. Wendy avait toujours été perturbée par l'idée que son père puisse accorder à d'autres enfants l'attention qu'il ne lui avait pas donnée. Le simple fait d'y penser la rendait jalouse. La réponse de Violet l'avait tranquillisée.

— Comment sais-tu qu'elle ne veut pas d'enfant ? s'étonna Andy alors qu'ils faisaient la queue pour récupérer les pizzas commandées par Jamie et Lizzy.

En raison du décès de Liam, il n'avait jamais osé aborder la question avec Violet.

— Parce que je lui ai demandé. Tu sais, les filles, ça cause, répondit Wendy avec insouciance. Elle a presque mon âge, et elle t'aime. La question n'était pas incongrue.

Violet avait six ans de plus que Wendy, mais semblait infiniment plus sage et plus mature aux yeux d'Andy. Il faut dire qu'elles n'avaient pas eu la même vie.

— Elle a eu un petit garçon et l'a perdu voilà quatre ans dans un terrible accident, dit-il posément. Il était à peine plus jeune que Jamie aujourd'hui, et il est mort à cause de l'inconscience de son père. Ce dernier roulait beaucoup trop vite sur une route verglacée et il ne lui avait pas mis sa ceinture de sécurité.

Entendant ces mots, Wendy devint pâle comme un linge. Elle était horrifiée.

— Mon Dieu ! La pauvre. Mais papa, comment a-t-elle survécu à ça ? J'en mourrais.

— Je crois que ça l'a presque tuée. Mais elle a de la ressource. Il y a bien plus en elle que ce que l'on perçoit au premier abord. C'est elle qui m'a relevé et remis à l'écriture l'an dernier. Tu connais la suite. Je ne lui ai jamais parlé d'enfants, mais je n'ai pas l'impression qu'elle en veuille d'autres. Je pense que ç'a été trop douloureux de perdre son fils.

Il ressentait un pincement au cœur à l'idée que sa fille ait abordé sans prendre de gants ce sujet sensible. De son côté, Wendy comprenait mieux pourquoi Violet était si à l'aise et naturelle avec Jamie : elle avait l'expérience des petits garçons de cet âge.

Lorsque tous deux reprirent le chemin de la maison avec leurs pizzas, Wendy était songeuse.

— Je suis désolée d'avoir soulevé la question. J'apprécie beaucoup Violet et je comprends pourquoi tu l'aimes. Ce n'est pas une croqueuse de diamants qui joue avec toi. Elle n'a rien à voir avec Alana et toutes les autres avant elle, pour qui sortir avec toi faisait partie du job.

La description le fit rire, ce qui détendit l'atmosphère. Andy en rajouta.

— Tu devrais voir avec qui sort Alana maintenant : le plus vieux directeur de studio de Hollywood !

Grincheux comme pas possible. Marié quatre fois à des filles dans la vingtaine. Autant te dire qu'Alana ne sera pas la prochaine.

Cette petite pique les mit en joie et Andy se dit qu'Alana pouvait bien épouser qui elle voulait, ça le laisserait de marbre. Les blessures de l'année écoulée avaient cicatrisé. Il était bien dans sa peau. Wendy l'avait remarqué, et si c'était grâce à Violet, celle-ci avait droit à toute sa reconnaissance.

Pour leur dernier jour à Londres, ils firent une promenade en bateau sur la Tamise, allèrent au musée interactif pour enfants repéré par Violet, et pour finir dans une usine de peluches où les petits purent confectionner leur propre ours. Andy participa à l'essentiel des activités, se rendant libre au maximum et comme jamais auparavant. Wendy ne pouvait pas s'empêcher de remarquer la différence. Violet avait rendu son père plus humain. Il restait toujours aussi passionné par son travail mais cette fois c'était du réel, et ça le mettait vraiment au défi. Il ne dirigeait plus, il collaborait. Le prestige et les paillettes ne semblaient plus l'attirer. Lui qui était toujours resté quelqu'un d'authentique malgré son poste élevé semblait plus ancré. Et de toute évidence, ça lui réussissait.

Avant, il courait toujours. Mais vers quoi ? Aujourd'hui, il avait de vrais objectifs, et aller jusqu'au bout du processus avec les films qu'il faisait lui apportait beaucoup de satisfaction. Il disait lui-même qu'il n'était pas sûr de ce qu'il ferait à l'avenir, mais que pour l'instant, il se sentait exactement au bon endroit. Là où il devait être. Il lui avait confirmé garder sa maison de Bel-Air au cas où il reviendrait à L.A., et lui avait proposé d'y aller en famille quand elle le voulait. Avec Peter et les enfants, ils y avaient déjà séjourné le temps d'un long week-end lorsqu'ils étaient allés à Disneyland, car la maison et sa grande piscine s'avéraient bien plus attrayantes que n'importe quel hôtel. Andy était très désireux de partager le luxe dont il bénéficiait avec sa fille unique et ses petits-enfants.

Andy les conduisit lui-même à l'aéroport pour leur vol de retour. Une première ! Violet les accompagna aussi car ils devaient ensuite filer aux studios pour la suite des auditions. Même si Andy et Violet n'avaient pas manqué beaucoup de jours, Dash avait sélectionné deux acteurs de plus durant cet intermède.

Wendy et les enfants repartaient enchantés de ce séjour. Qui sait s'ils ne prendraient pas Andy au mot ? Ce dernier avait en effet proposé à sa fille de revenir en juillet, avant le début du tournage, si les enfants n'avaient pas de camps d'été. Dans la voiture, Jamie et Lizzie serraient fort leurs ours contre eux. Celui de Jamie s'appelait Andy et celui de sa sœur Violet. Lorsque sa mère lui avait expliqué ce que voulait dire ce mot, la fillette avait accroché un ruban lavande au cou de sa peluche. Cette visite était une vraie réussite. Le message envoyé par Wendy après l'enregistrement ne disait d'ailleurs pas autre chose : elle les remerciait pour ce moment merveilleux passé tous ensemble. Andy eut les larmes aux yeux en le lisant et le montra aussitôt à Violet, qui fut elle aussi très touchée. Une relation d'amitié sincère s'était nouée entre Wendy et elle.

Après le départ de la petite famille, le couple se replongea dans le travail. Dès la semaine suivante, le casting fut bouclé, les contrats rédigés, négociés et corrigés. Fin mars, ils avaient même de l'avance sur le planning. S'ils respectaient l'agenda prévu, avec la préproduction en juillet, ils commenceraient à tourner le 1er août. Tout allait bien et s'agençait à merveille.

Un lundi soir, Andy et Violet rentraient chez eux en discutant d'un point de préproduction lorsqu'ils furent interrompus par la sonnerie du téléphone d'Andy. C'était Barry Weiss, son avocat. Il était 18 heures à Londres, 10 heures du matin à L.A. L'homme de loi était grave, comme d'habitude. Ce n'était pas un joyeux drille mais il était très compétent, surtout pour les contrats compliqués.

— Vous avez lu les journaux du jour ? demanda-t-il.

— Non. Il y a eu un krach ? Je dois m'affoler ?

Andy essayait toujours d'alléger l'atmosphère avec lui, généralement sans succès.

— Que se passe-t-il ? C'est grave ? reprit-il plus sérieusement.

— Un jet privé s'est écrasé ce week-end. Harvey Seligman était dedans. Tout le monde est mort. Seligman, sa femme… Vous savez qu'il était à la tête de Planet Z, bien entendu.

Soit le deuxième plus grand studio après Global, les deux majors étant au coude à coude dernièrement, surtout depuis que Global perdait du terrain avec son nouveau directeur.

— Je viens d'avoir un appel du président de la maison mère de Planet Z. Pour aller droit au but, ils vous veulent, Andy. Désespérément. Ils paieront presque n'importe quoi tant ils ont besoin de vous : les gros contrats s'empilent déjà et il n'y a pas de pilote dans l'avion. Il faudrait commencer immédiatement.

— Le roi est mort, vive le roi, dit doucement Andy, qui digérait la nouvelle.

— Cette proposition est l'occasion idéale de faire votre grand retour, de reprendre votre place. Et cela dans un studio fantastique qui vous donnera carte blanche. N'est-ce pas ce que vous attendiez ? C'est une deuxième chance. L'opportunité ne se représentera pas. Les places sont chères. Vous n'allez quand même pas vous contenter de faire joujou avec de petits films indépendants jusqu'à l'âge de la retraite. Ce poste vous appelle, Andy.

Barry lui annonça ensuite la somme que Planet Z avait proposée comme point de départ pour la négociation salariale : elle était astronomique. Plus importante encore que son précédent salaire, qui atteignait déjà des records.

— Vous êtes le seul qu'ils veulent pour le poste. Et votre clause de non-concurrence a expiré il y a cinq jours. Le timing est parfait. Ils veulent que vous reveniez à L.A. le plus vite possible. Ils vous enverront un jet.

Barry était en train de lui délivrer un message coup de poing. Andy garda le silence pendant une longue minute.

— Mourir dans un accident d'avion cinq jours après la fin de ma clause de non-concurrence, quel geste plein de considération de la part de Harvey, finit-il par dire avec une ironie cynique.

Il y avait là quelque chose de tellement triste et sordide. Andy connaissait cet homme et son épouse. Ils n'étaient pas amis, plutôt concurrents, mais ils se respectaient. Harvey avait des enfants et des petits-enfants qui l'adoraient sans doute. L'équipage et les autres passagers étaient morts aussi, et Barry parlait déjà du salaire que Planet Z était prêt à lui verser... Les affaires primaient sur tout. Son avocat avait néanmoins raison sur un point : s'il voulait rediriger un studio, c'était maintenant ou jamais. Il ne trouverait pas mieux que ça. Il avait juste fallu la mort d'un homme.

— Vous pouvez être là dans combien de temps ? demanda Barry.

— Je ne sais pas.

Andy se sentait complètement retourné et était stupéfié par la nouvelle, triste pour Harvey et les autres victimes de l'accident. Il avait désespérément appelé cette opportunité de ses vœux, mais il n'était plus sûr de ses sentiments à l'heure de trancher. Il était sous le choc et comme paralysé. S'il acceptait, c'en était fini de la rigolade : il redeviendrait roi, à un poste même meilleur que le précédent, et avec plus d'argent. Sans compter que Planet Z était admirablement géré comparé à l'état actuel de Global dont les derniers résultats laissaient à désirer. Andy n'en tirait aucune gloire : il ne cherchait pas la revanche, il détestait simplement voir flancher une société qu'il avait aimée et dans laquelle il s'était tellement investi.

— Je vous rappelle plus tard, dit-il à Barry avant de raccrocher.

Il était encore tôt sur la côte ouest des États-Unis, il avait donc le temps de reprendre son souffle.

— Quelque chose ne va pas ? demanda Violet devant son air bouleversé.

Il lui résuma l'affaire, qui la plongea dans un silence choqué. Pour elle, il n'y avait même pas de place pour la discussion.

— Tu dois accepter, Andy. C'est ce que tu attendais. Ça ne se représentera pas.

— Bon sang, Violet, j'ai l'impression qu'on marche sur des cadavres, qu'on fait les poches de Harvey et qu'on lui pique son poste ! De vrais vautours. Le pauvre est encore tiède qu'ils veulent déjà m'engager. Ils ne perdent pas de temps.

Mais il s'agissait d'un groupe multimilliardaire, et il leur fallait un président-directeur général immédiatement.

— Pour quand te veulent-ils ?

— Maintenant, dit-il d'une voix lugubre.

— Il était jeune ?

— Pas vraiment, sans être un dinosaure non plus. Je dirais 72 ou 73 ans, ce qui n'est pas vieux dans ce métier. Il était fort, plein d'énergie et pas du tout prêt à raccrocher : il dirigeait la société comme un automate, c'était quelqu'un de dur. Je ne m'attendais pas à ce que ça arrive. Ça fait des mois que j'ai abandonné l'idée de décrocher un autre poste aussi prestigieux. Et voilà qu'on m'en offre un sur un plateau, encore mieux que le précédent, et je suis censé me précipiter là-bas, enfiler un costume et roule ma poule. Nous faisons un film, je te rappelle. Je ne peux simplement pas partir comme ça et tout quitter. Te quitter toi. Je ne le veux pas. Tu as refusé l'opportunité d'une série télé pour qu'on fasse ce film ensemble, et moi je lâcherais tout pour retourner à L.A. ? Ce serait comme dans le film *Un jour sans fin* : un éternel recommencement, comme si je n'étais jamais parti. Et je ne sais même pas si je souhaite encore ce genre de poste.

C'était là le cœur du problème : Andy avait changé, juste assez pour ne plus rentrer tout à fait dans le moule de sa vie précédente. Or l'industrie du film, elle, était restée la même, impitoyable. Et impitoyable, il ne voulait plus l'être. Mais que faire ? Barry avait-il raison quand il le prévenait qu'il se lasserait vite d'écrire des scénarios pour des films indépendants ? Pourtant, il aimait ce qu'il faisait avec Violet.

— Et toi, dans tout ça ? Tu restes et tu tournes le film pendant que moi, je m'en vais ?

— On trouvera une solution. On fera en sorte que ça marche, dit-elle gentiment.

Ce qui importait, c'était le bonheur d'Andy avant tout.

— Je ne sais pas. Peut-être que j'en ai fini avec ce type de poste. Je suis déjà passé par là. J'ai sacrifié un mariage et une fille pour ça, sans parler du reste. Je ne sais pas si je suis prêt à le refaire. Et si j'acceptais ce boulot, ça voudrait aussi dire que je n'ai rien retenu de l'année écoulée. Que je me suis amusé avec un film indépendant, que j'ai reçu un prix, et que je retourne à la case départ pour refaire la même chose qu'avant, en pire.

Sa situation illustrait à merveille l'adage « Attention à ce que vous souhaitez ». Violet ne voulait pas l'influencer ni le retenir : Andy devait faire ce qui était le mieux pour lui.

Il sortit se promener et revint une heure plus tard, l'air aussi malheureux et tourmenté. Il appela Dash pendant que Violet se faisait discrète dans son petit bureau tout en buvant une tasse de thé. Dash fut aussi abasourdi qu'Andy à l'annonce de la nouvelle.

— Bon sang de bonsoir ! On peut dire que ces types vont droit au but, hein ?

— En effet. Ils n'ont pas pris de gants non plus avec moi l'année dernière.

— J'imagine que tu n'as pas le choix, dit Dash avec tristesse. Tu le regretteras jusqu'à la fin de tes jours si tu laisses filer cette chance. Le train ne repassera pas deux fois, Andy. Les films indépendants ne te rapporteront jamais autant, et surtout ils ne te donneront jamais ce type de pouvoir. Or, le pouvoir, c'est ton truc. Quand tu fais un film indépendant, tu es ancré dans la vraie vie avec des gens comme moi. On ne porte pas de costumes, on ne se rase pas, on ne se coiffe pas… Tu as vécu au sommet de l'Olympe pendant vingt ans aux côtés des déesses et des faiseurs de rois. C'est dur de lâcher ça. Et voilà qu'ils te donnent une chance de revenir d'entre les morts. Si tu la refuses, je pense que tu seras malheureux comme les pierres. Tu devrais y aller. Ils te veulent pour quand ?

— Pour hier. Ça serait avec effet immédiat. Je peux négocier quelques semaines, mais ils ont besoin de quelqu'un pour tenir les rênes au plus vite. C'est une entité énorme, aussi importante que Global. Et Harvey faisait du bon boulot.

— Pauvre gars… Tu vois, on est davantage en sécurité dans un bon vieux vol commercial.

Sa remarque arracha un sourire à Andy.

— Qu'en dit Vio ? reprit Dash.

— Que je dois faire ce qui est le mieux pour moi.

— Elle t'aime. Et moi aussi. Je ne vais pas dire que je t'aime autant qu'elle, mais je veux le meilleur pour toi. Je peux assurer la production du film tout seul, ne t'inquiète pas. Tu as déjà écrit le script, Vio est parfaitement capable de gérer les modifications et les corrections, au besoin elle en discutera avec toi. Que ça ne t'arrête pas, surtout. Dieu sait que je déteste te voir retourner dans cette course infernale où les rats s'entre-dévorent. Je ne voudrais pas de cette vie pour moi-même, mais tu es un homme d'influence. Un leader-né. Fais ce que tu dois faire. La vie est trop courte pour la perdre dans un job qu'on déteste, et trop longue pour laisser passer un job qu'on adorerait probablement. Tu vas terriblement me manquer, mais tu as ma bénédiction dans les deux cas.

Andy fut infiniment touché par ces mots.

— Ils veulent me voir pour discuter, dit-il d'une voix éteinte.

— Tu vas sans doute devoir t'y plier, à moins d'être prêt à décliner tout net. Ce qui serait insensé, vu le salaire mirobolant qu'ils t'offrent. Tu dois aller sentir le vent et prendre le pouls, voir ce que tu penses de tout ça.

Dash se montrait très juste vis-à-vis d'Andy, alors même qu'il avait beaucoup à perdre dans son départ.

— Je crois que ça a plus à voir avec moi qu'avec eux. J'ai bientôt 60 ans. Qu'est-ce que je veux vraiment faire des années et des décennies qui me restent ? Si je vis jusque-là, je veux dire.

— Je ne suis pas sûr que la question se pose ainsi, répondit Dash. Harvey aurait aussi bien pu avoir seulement 40 ans, il n'en est pas moins mort. On ne peut pas prévoir ce genre de choses. La question, c'est ton envie maintenant. Qui es-tu ? Que veux-tu ?

— Si tu as la réponse, appelle-moi, dit Andy, abattu. Je pense que je vais y aller et en finir une bonne fois pour toutes. Avec le décalage horaire, je peux les rencontrer demain et régler ça vite.

Dash hésita une seconde avant de dire :

— Andy, un dernier conseil : fais ce que *toi* tu veux. Ne refuse pas, si c'est vraiment ce que tu souhaites. Je te connais. Tu as ça dans le sang. Tu n'es pas un gars du cambouis comme moi.

— Pourquoi ? Parce que je me coiffe et que je porte une chemise ?

— Non, parce que c'est comme ça. Tu es un meneur, Andy. Pas un fantassin. Ta place est là-haut avec les dieux de l'industrie. Mais n'oublie pas de leur glisser un mot en ma faveur quand tu y seras, hein ! Bon voyage. *Que la Force soit avec toi.*

Dash était vraiment un type formidable. Ça lui manquerait de ne plus travailler avec lui. Dans le même temps, Planet Z était un bon studio, qu'il respectait. Ce serait une fierté de le diriger. Plus que d'un nouveau travail, il s'agissait d'un déplacement décisif sur l'échiquier de Hollywood.

Andy rappela Barry dans la foulée.

— Dites-leur que j'accepte. Si leur jet part maintenant, il sera à Londres demain matin. Je serai prêt. On pourra se rencontrer en début d'après-midi à L.A. Je veux régler ça au plus vite.

Il souhaitait prendre une décision rapidement : accepter ce poste à L.A., ou continuer sa vie à Londres.

— Vous n'avez pas l'air ravi, dit Barry avec surprise.

— Je ne sais pas ce que je suis. Tout le problème est là.

— Je vous ferai savoir à quelle heure le jet doit arriver à Londres. Voulez-vous que je vous accompagne ?

— Peut-être. Je vous dirai ça plus tard.

Quelques minutes après, Andy recevait un message lui indiquant que l'avion serait prêt à décoller à 10 heures du matin le lendemain, dans la zone de Heathrow réservée aux avions privés – Andy la connaissait bien.

Il ne ferma pas l'œil de la nuit. Dire que le matin même, la vie était si simple : il faisait un film, il travaillait avec la femme qu'il aimait. Maintenant, tout s'était compliqué. Il avait un choix à faire, et un choix difficile. Il pouvait retourner dans un univers qu'il comprenait, où il avait un statut, du pouvoir et où il était payé une fortune. Reprendre un travail qui laisserait peu de place pour sa vie personnelle. C'était un monde dans lequel on pouvait vous jeter comme un déchet d'une seconde à l'autre – ils l'avaient déjà fait et recommenceraient si cela servait leurs intérêts. Sauf qu'il n'en serait pas surpris, car il avait compris le mécanisme. L'ingrédient aussi essentiel qu'éphémère qui rendait ces postes si addictifs, c'était le pouvoir, pas l'argent. Il avait adoré le pouvoir. Il ne pouvait le nier. Et ça lui manquait toujours.

D'un autre côté, il adorait sa nouvelle vie, entre un travail qu'il aimait et qui l'équilibrait, et une femme incroyable à ses côtés. Il savait que Violet ne le quitterait pas s'il optait pour le poste de pouvoir, mais ils seraient séparés la plupart du temps. Ça revenait à déterminer s'il voulait vivre parmi les mortels, comme une vraie personne, ou retourner sur l'Olympe et vivre avec les dieux, en sachant qu'ils pouvaient le précipiter d'une falaise à n'importe quel moment. La décision aurait dû être facile, mais ne l'était pas. C'était un choix cornélien qui le renvoyait à ses projections d'enfant, quand il s'amusait à dire ce qu'il serait. Il avait grandi, le jeu était presque fini pour lui. Mais comment voulait-il que l'histoire se termine ?

Andy passa une nuit d'insomnie, à tenir Violet dans ses bras. Il se leva à 6 heures et prit une douche. Il était déjà habillé quand elle entra dans la cuisine, dans sa chemise de nuit de satin rose.

— Si tu descends comme ça, comment veux-tu que je parte ? lui dit-il.

Elle sourit et s'attabla face à lui, lui prenant la main.

— Tu as dormi ? demanda-t-elle, inquiète car elle savait combien la décision était difficile.

Son air tourmenté parlait pour lui.

— Pas beaucoup. Quand Global m'a viré, j'ai perdu tout respect pour moi-même. Mais en retournant là-bas, je perdrai ce respect que j'ai chèrement retrouvé. Je ne sais pas si je veux redevenir la personne que j'étais. Je préfère celle que je suis aujourd'hui.

— Les deux me vont, je les aime à parts égales. Le plus important, c'est de faire ce que, toi, tu veux. Trouve la réponse à cette question et tout le monde s'adaptera, moi la première.

C'étaient les mots exacts qu'Andy avait besoin d'entendre et il lui fut reconnaissant de les avoir énoncés. Comment arrivait-elle à toujours dire et faire ce qu'il fallait ?

Sur le seuil de la maison, il la serra une dernière fois contre lui.

— J'aurais aimé que tu viennes avec moi, dit-il, se sentant soudain comme un petit garçon perdu.

— Tu peux le faire, Andy. Et tu prendras la bonne décision. Je crois en toi.

Son père n'aurait pas mieux dit en pareille circonstance, et il lui avait d'ailleurs souvent parlé en ces termes quand il était encore de ce monde.

— Je t'aime. Je serai de retour demain.

Mais serait-ce vraiment le cas ? Les heures à venir en décideraient.

Andy se dépêcha de rejoindre la voiture qui allait le conduire à l'aéroport : une Rolls avec chauffeur, envoyée par Planet Z. Ils faisaient tout pour le tenter. Et à la fin, on croit que c'est ça, la vraie vie, se dit-il. Mais il n'était plus dupe, ces illusions ne duraient pas. Aujourd'hui, il se sentait de nouveau entier. D'un autre côté, le pouvoir était un appât puissant auquel il était difficile de résister. Quelle valse-hésitation !

Il ne se retourna pas pour contempler Violet une dernière fois, car elle aurait vu les larmes dans ses yeux. Il avait la sensation qu'on lui demandait d'abandonner tout ce qu'il avait construit depuis douze mois : cette part de lui-même encore inconnue, celui qu'il était sans le pouvoir et le statut. Celui qu'il était vraiment, en tant qu'homme. S'il retournait là-bas, il lui faudrait l'abandonner. En revanche, il comblerait cet appel qu'il ressentait au plus profond de lui et dont il avait honte tant il était fort : l'appel du pouvoir. Il pouvait déjà en sentir le goût. Une petite voix lui disait de le fuir. Résultat, il ne savait pas s'il devait courir au-devant de lui ou rebrousser chemin. Un combat à mort se livrait en lui entre les deux mondes, l'ancien et le nouveau. Aucune cohabitation n'était possible, car tout choix impliquerait un renoncement définitif. Cette situation le torturait.

17

Ce matin-là, Violet se présenta au studio à l'heure habituelle, l'air grave. Peu après son arrivée, Dash vint la trouver dans son bureau.

— Il est parti ?

— Il est déjà dans l'avion, répondit-elle, triste mais résignée.

— Que penses-tu qu'il va faire ?

— Aucune idée. Je crois qu'il devrait accepter l'offre et retourner là-bas. Il est fait pour ce monde-là. Ça lui a tellement coûté quand ils l'ont écarté. Comme si on lui avait arraché le cœur.

— Absolument, dit Dash en hochant la tête. Et ils le referont s'il leur en prend l'envie. On n'est jamais à l'abri, dans ce monde-là.

— Je sais bien, mais je ne veux pas qu'il ait des regrets. Même au risque de tout perdre une nouvelle fois, et de ne jamais s'en remettre. S'il refuse, c'est un autre risque qui le guette : celui de mourir à petit feu, dit-elle avec sagesse – elle le connaissait bien.

— J'ai beau détester ce microcosme-là, moi aussi, je crois qu'il devrait y retourner, dit Dash, en dépit de son opinion très tranchée sur la vacuité du pouvoir.

Il retourna dans son bureau, et chacun de son côté essaya de se concentrer sur son travail. Sans grand succès. Violet savait qu'elle n'aurait pas de nouvelles avant plusieurs heures : Andy était censé atterrir en soirée, heure de Londres, soit l'équivalent de midi à L.A. Leur réunion était programmée pour 14 heures, c'est-à-dire 22 heures en Angleterre, et était fortement susceptible de s'éterniser. Le destin d'Andy ne se déciderait donc pas avant le lendemain, heure anglaise. Les prochaines vingt-quatre heures allaient être longues... Quel homme allait revenir vers elle – s'il revenait ? Peut-être lui demanderaient-ils de rester là-bas pour commencer aussitôt ? Qui reverrait-elle ? L'homme qu'elle connaissait et aimait ? Ou bien celui qu'il avait été avant, et qu'elle n'avait jamais rencontré ?

L'avion de Planet Z atterrit à Los Angeles à 12 h 15. Pendant le vol, Andy avait repensé à Harvey et à cet accident survenu à la suite d'une collision avec des oiseaux. C'était fou de penser qu'un si petit animal pouvait provoquer la chute d'un jet, et tuer une demi-douzaine de personnes ! Que lui aurait conseillé l'ancien PDG, lui qui connaissait par cœur la société et le poste, ainsi que l'état dans lequel se trouvait la major ? Pour autant qu'il le sache, tout allait bien chez Planet Z. Mais il y avait toujours des vices cachés, des problèmes que le comité ne mentionnerait pas. Andy y réfléchit pendant tout le voyage.

À 13 heures, il avait passé les douanes et l'immi-gration. Il avait pu prendre une douche et se changer dans l'avion, et il portait désormais un costume sombre, une chemise blanche et une cravate. Son uniforme d'avant. Une limousine avec chauffeur l'attendait pour le conduire directement chez Planet Z. La vue du pay-sage familier de L.A. lui réchauffa le cœur : il se sentait de retour chez lui. Ce soir, il dormirait dans son propre lit, à Bel-Air !

Arrivé à destination, il constata qu'une équipe entière l'attendait dans le lobby de Planet Z. Le décor était spectaculaire. Dans un hall tout de granite noir orné en son centre d'un gigantesque Z en bronze, des planètes et des satellites pendaient du plafond haut de dix mètres. L'aréopage l'escorta jusqu'à l'étage de la direction où le top management l'attendait. L'ancien bureau de Harvey se trouvait aussi à ce niveau – ses affaires avaient été débarrassées le matin même. Ils avaient agi avec dili-gence et il n'y avait aucune trace de la tragédie quand Andy se présenta. La réunion portait sur l'avenir de Planet Z, pas sur le passé… Un buffet bien garni avait été dressé dans la salle de conférences.

Toute l'équipe juridique était là. Ils avaient déjà rédigé les contrats, modifiables à tout instant. Barry en avait reçu un exemplaire numérique et il attendait la version finale à son cabinet. Le président et le PDG de la maison mère étaient présents pour conclure le marché, ainsi que les directeurs des branches les plus importantes qu'Andy managerait et voudrait certaine-ment rencontrer. Tous étaient prêts à le courtiser et le package d'entrée qu'ils lui proposaient était éblouissant, avec une liste d'avantages longue de dix pages ! C'était un contrat auquel personne dans l'industrie du cinéma ne pouvait résister. Il n'y avait aucune aspérité.

Lorsque Andy sortit de l'ascenseur, son escorte disparut comme par enchantement. Le président de la maison mère et le PDG – une femme – s'avancèrent pour l'accueillir et lui demander si son vol s'était bien passé. Ils désignèrent le buffet, mais il déclina. Il avait déjà mangé dans l'avion. Il repensa soudain à une phrase que son père lui avait dite, au tout début de sa carrière : « Fiston, souviens-toi juste d'une chose : peu importe l'allure du cheval, le crottin sent pareil. » C'était tellement vrai ! Andy faillit sourire à ce souvenir mais se contint. Planet Z avait quelques très beaux spécimens de chevaux. Mais l'odeur restait la même…

Le président et la PDG firent une présentation impressionnante, lui disant tout de Planet Z, de son état actuel et des plans pour l'avenir. Les directeurs des différentes branches furent tout aussi convaincants dans leurs exposés. Chacun parla quelques minutes, le temps pour Andy de voir s'il serait intéressant de travailler avec eux. Il s'agissait de gens extrêmement brillants. À aucun moment il ne fut fait allusion à Harvey Seligman, bien qu'il ait occupé le poste de PDG pendant quatorze ans. N'avaient-ils pas été un peu ébranlés par sa disparition brutale ? On tendit à Andy une enveloppe scellée contenant leur offre financière, qui incluait tout : salaire et avantages divers. Ils avaient fait absolument tout ce qui était en leur pouvoir pour rendre le poste aussi attractif que possible.

Dans la liste des avantages associés au contrat, dans un mémo détaillé, Andy lut qu'il aurait à sa disposition et à toute heure un Boeing 777.

Le président, assis à côté de lui, se racla la gorge.

— Nous sommes à court d'avions pour l'instant, dit-il. Mais il sera remplacé d'ici la fin de la semaine.

À l'évidence, c'était l'appareil qui avait entraîné Harvey dans la mort quelques jours plus tôt. Même à ça, on remédiait rapidement sans mention aucune du précédent PDG.

— Aimeriez-vous voir votre bureau ? demanda la PDG d'une voix douce.

Pour y jeter un œil, ils s'agglutinèrent dans un vestibule fermé, gardé par un agent de sécurité. Sans nul doute le même qui l'escorterait dehors s'il était un jour viré. Andy ne pouvait se sortir ce souvenir de la tête…

De retour dans la salle de conférences, le principal conseiller lui offrit un stylo pour signer. Andy le prit et balaya l'assistance du regard. Il était fatigué du voyage, et leur présentation avait duré trois heures.

— Je suis sûr que vous savez tous qui était mon père, John Westfield. Il venait du Montana, un vrai cow-boy. Eh bien, là-bas, on dit qu'il ne faut jamais signer un contrat sans dormir dessus. C'est un sage conseil et je m'y suis tenu toute ma vie. Ce contrat est absolument mirifique. Vous avez été généreux à l'extrême et je suis honoré d'être ici, honoré de ce que vous m'offrez. Mais je souhaiterais en discuter avec mon avocat et laisser passer la nuit avant d'apposer ma signature. J'aimerais ainsi honorer mon père et vous tous en le signant reposé, en pleine possession de mes moyens et après y avoir bien réfléchi. Pour être franc, je pensais que mes jours à la tête d'un studio de production étaient finis. Ces postes-là jaillissent uniquement les soirs de lune bleue, et encore. Je suis désolé de ce qui est arrivé à Harvey

Seligman et à sa femme, et que ce soit cette tragédie qui m'amène ici. Mais je vous suis aussi reconnaissant de m'offrir l'occasion de revenir, et j'espère que vous serez satisfaits de mes services si j'accepte. Vous aurez ma réponse demain matin à 9 heures.

Sur ces mots, il se leva et serra la main des onze personnes présentes dans la pièce. Le président et la PDG de la société mère le raccompagnèrent à l'ascenseur et son escorte se matérialisa comme par enchantement pour le ramener au rez-de-chaussée. Il avait bien remarqué leur expression inquiète quand il les avait quittés, mais il lui fallait la nuit et du temps seul pour tenir conseil avec lui-même.

Il n'y avait pas un seul point noir dans ce contrat. Était-il fou de se poser autant de questions ? Mais il ne voulait pas sauter dans leurs bras sans être absolument certain qu'il voulait le poste et tout ce qui allait avec. Il traversa l'impressionnant hall de granite noir et leva les yeux vers le Z de bronze, se demandant si ce serait là sa nouvelle demeure pour le reste de sa carrière – et combien de temps elle durerait. Serait-ce du long ou du court terme ? C'était la première fois qu'il se posait la question.

La Rolls de Planet Z l'amena à Bel-Air, où Timothy l'accueillit. Il était 2 heures du matin à Londres, beaucoup trop tard pour appeler Violet ou qui que ce soit. Il demanda un martini à son majordome et se détendit enfin. Tout ce qu'il voulait, c'était un sandwich basique, une douche et un lit. Il n'avait pas l'énergie de repenser au contrat ni de s'interroger sur ce qu'il en pensait. Il était trop fatigué pour ça. Il avait demandé à Timothy de le réveiller à 7 heures le lendemain. Cela lui laisserait deux heures de réflexion avant de donner sa réponse. Dans l'immédiat, il était trop épuisé pour avoir les idées claires. La seule chose qui s'imposait, incontestable, était qu'on lui avait proposé le contrat du siècle. Moins d'une heure plus tard, il dormait.

Avec le décalage horaire, il se réveilla à 6 heures et son premier geste fut de consulter ses mails. Barry, son avocat, avait approuvé le contrat, en soulignant qu'il n'en avait jamais vu de meilleur. Le document comprenait un package avec deux ans d'indemnités et une clause de deux années de non-concurrence en cas de départ, ce que l'avocat jugeait recevable étant donné le salaire proposé. Il n'y avait pas un seul point litigieux dans ce document.

Andy fit quelques longueurs dans sa piscine pour se vider la tête. À cette heure-là, personne n'était levé. Il nagea nu et s'enveloppa d'une serviette avant de s'installer dans un transat pour réfléchir. C'était celui dans lequel il avait sombré, ivre mort, tous les soirs après son renvoi, lorsque son monde et son ego avaient volé en éclats. Aujourd'hui, il avait les idées claires. Il avait dans sa vie une femme qu'il aimait, et réciproquement. C'était beaucoup. Plus que suffisant. Et il s'était aussi trouvé lui-même sur le chemin, ce qui était capital. Ça lui avait pris une année, entre chagrin et désespoir, mais il n'avait plus honte du passé désormais ni peur de l'avenir.

Sur le chemin de sa chambre, il passa devant les affiches de son père et le salua :

— Salut, papa.

Il se rasa, prit une douche, s'habilla et écrivit le mail le plus important de sa vie. Il remerciait Planet Z pour leur offre magnifique, disait qu'il ne se sentait pas de revenir dans un poste qu'il avait quitté depuis un an maintenant, dans des circonstances douloureuses. Un poste qui par ailleurs ne s'adaptait pas à ses plans actuels de carrière. Avec gratitude et reconnaissance pour leur considération, il déclinait donc : il n'était pas la personne adéquate.

Andy s'assit et contempla son texte un long moment en silence. Il le relut plusieurs fois et appuya sur « envoi ». Il était sûr de lui : c'était la bonne décision. Le prix à payer était trop élevé. Il n'en voulait pas autant, ou n'en avait juste plus besoin. Ce qui l'attirait le plus désormais, c'était de faire des films et d'écrire des scénarios. Pas de diriger le monde depuis le sommet d'une montagne en exerçant une domination sans limites. Il voulait être un homme, pas un dieu.

Il transféra le mail à Barry en lui demandant de garder cela confidentiel, puis appela le numéro qu'on lui avait donné pour confirmer l'heure de son avion de retour. Ils devaient décoller à 10 heures. Arrivée prévue à Londres à 20 heures, heure de L.A., 5 heures du matin à Londres.

Andy serra la main de Timothy en partant.

— J'espère vous revoir bientôt, monsieur.

— Un jour ou l'autre, certainement, répondit Andy.

Un chauffeur engagé pour l'occasion le conduisit dans l'une de ses voitures jusqu'à l'aéroport. Ils arrivèrent à l'heure pour rejoindre l'avion de Planet Z. Juste avant le décollage, le président appela Andy pour essayer de le faire changer d'avis.

— Il y a un an, j'aurais sauté sur l'occasion sans même réfléchir, répondit Andy. J'ai prié pour qu'une offre comme la vôtre se présente. Mais les choses changent, en douze mois. Moi-même, j'ai changé. Ce n'est plus le bon endroit ni le bon poste pour moi. J'aurais aimé qu'il en soit autrement.

L'espace d'un instant, il le pensa vraiment. Il souhaita être encore cet homme-là. Mais cette page était tournée. Le pouvoir ne compenserait jamais tout ce qu'il lui faudrait abandonner, y compris son âme.

Il remercia de nouveau le président pour cette offre et l'usage de leur avion pour son aller-retour. Quelques minutes plus tard, ils décollaient. Cette fois, il dormit pendant presque tout le vol. Il était en paix. Aussi fou que cela paraisse, il savait qu'il avait pris la bonne décision. L'argent et les avantages auraient été fabuleux, mais il aurait payé de son âme et de sa vie. Cela n'en valait désormais plus la peine à ses yeux.

L'avion atterrit à Londres avec une demi-heure d'avance. Andy remercia le pilote, le copilote et l'équipage pour ce vol agréable et prit un taxi pour rentrer chez lui, à Knightsbridge. Il était désormais un simple mortel, non un dieu. Les douze coups de minuit avaient retenti et le cocher et le laquais étaient redevenus des souris blanches. Le chauffeur de taxi, d'origine indienne, lui raconta tout sur sa famille restée à Bombay. Il laissa Andy à l'entrée des *mews* à 5 h 30. Andy se glissa sans bruit dans la maison. Il n'avait pas parlé à Violet depuis son départ. Elle dormait sûrement. Il monta l'escalier sur la pointe des pieds, se déshabilla et se glissa à côté d'elle dans le lit, sentant la soie de sa peau contre la sienne.

Elle s'étira paresseusement et ouvrit à demi un œil.

— Tu es de retour, murmura-t-elle d'une voix douce avec un sourire.

Il la prit dans ses bras.

— J'ai décliné, chuchota-t-il à son oreille avant de l'embrasser.

Elle ouvrit grand les yeux à cette nouvelle.

— Vraiment ? Tu es sûr que c'est ce que tu veux ?

— Absolument, dit-il d'une voix assurée. Mais on en parlera plus tard.

Et il lui fit l'amour, heureux d'être juste un homme et non un dieu.

18

Le tournage du deuxième film d'Andy et de Violet commença exactement comme prévu, le 1er août, dans les studios de Dash, en banlieue de Londres. Les premières scènes étaient souvent les plus difficiles, mais là, elles s'enchaînaient plutôt bien sous les yeux de Violet et d'Andy, tous deux assis dans des fauteuils de réalisateur, des copies du script en main afin de s'assurer que les acteurs ne changeaient rien, n'improvisaient pas ou ne s'éloignaient pas du sens initial du texte. Dehors, le soleil brillait. Mais sur le plateau, tout était plongé dans l'obscurité. Andy contempla Violet qui lui sourit en retour. Ils se prirent la main l'espace d'un instant.

En dix-sept mois, Andy avait été renvoyé de chez Global Studios et il avait décliné l'offre exorbitante de Planet Z, qui l'aurait rétabli dans son statut de potentat de Hollywood. Au lieu de ça, il écrivait des scénarios et faisait des films avec la femme qu'il aimait. Le seul pouvoir qu'il détenait désormais était contenu dans son stylo. La seule personne qui avait le pouvoir de le renvoyer était Violet, en tant que partenaire d'écriture. Il était heureux. Comme jamais. Et elle aussi. Ils créaient, construisaient quelque chose qui durerait, des films qui parleraient aux gens et dont ces derniers se souviendraient, comme ceux de son père, devenus des classiques que le public continuait d'adorer.

Le pouvoir qu'il avait exercé pendant tant d'années s'était révélé éphémère. Vide de sens. Un miroir aux alouettes. Désormais, sa vie s'ancrait dans le réel, ainsi que son travail. Quand il songeait à l'avenir, il se voyait très bien faire des films avec Violet sur le long terme, des films indépendants, voire un jour avec un studio. Qui sait ? À moins qu'ils ne travaillent ensemble sur une série télé à L.A., une fois ce film-là sorti.

Pendant un temps, il avait tout perdu, surtout lui-même. Il lui avait fallu se retrouver et il en était ressorti transformé et grandi, avec plus de profondeur. Aujourd'hui, il menait une vie authentique, auprès d'une personne qui ne l'était pas moins. Marquée comme lui par les épreuves, et renforcée par elles. Tous deux avaient beaucoup appris des pertes qu'ils avaient vécues, notamment d'accepter avec gratitude ce que la vie offrait.

Le pouvoir n'avait été qu'une illusion, un rêve. Il avait à présent les yeux bien ouverts et le monde se révélait plus vaste et plus beau que ce qu'il avait imaginé. Il avait tout ce qu'il pouvait désirer, tout ce dont il avait besoin. Cette seconde vie le comblait de joie au quotidien. Et ça n'avait pas de prix. Pour rien au monde il ne serait revenu dessus.

Andy se pencha et embrassa sur la joue Violet, tout absorbée par le script. Leur script. Il y en aurait d'autres. Elle lui jeta un regard radieux. Eux qui avaient tout perdu s'étaient trouvés. Ils possédaient ce qui importait le plus au monde.

Découvrez dès maintenant
le premier chapitre de

Liaison
le nouveau roman de
DANIELLE STEEL

aux Éditions
Presses de la Cité

LIAISON

DANIELLE STEEL

LIAISON

Traduit de l'anglais (États-Unis)
par Caroline Bouet

Les Presses de la Cité

L'édition originale de cet ouvrage a paru en 2021 sous le titre *THE AFFAIR* chez Delacorte Press, Random House, Penguin Random House Company, New York.

Les Presses de la Cité, un département Place des Éditeurs
92, avenue de France – 75013 Paris
© Danielle Steel, 2025, tous droits réservés
© Les Presses de la Cité, 2025, pour la traduction française
ISBN : 978-2-258-20352-5
Dépôt légal : mars 2025

À mes enfants que j'aime tant,
Trevor, Todd, Beatie, Nick,
Samantha, Victoria, Vanessa,
Maxx et Zara

Puissiez-vous avoir des vies emplies de joie
et de moments heureux,
Du courage dans les épreuves,
Et puissiez-vous tous
connaître le happy end dont vous rêvez
Et que je souhaite à chacun d'entre vous.

Avec tout mon amour et
Mes prières pour votre bonheur,

Maman/D S

1

Quand Rose McCarthy entrait dans une pièce, toutes les têtes se tournaient immanquablement vers elle. De haute taille, elle se tenait toujours parfaitement droite, bien campée sur ses longues jambes gracieuses. La mise impeccable, elle affichait un style irréprochable. Ses cheveux blancs comme neige lui arrivaient au menton et venaient encadrer des yeux bleus perçants auxquels rien n'échappait. S'il lui suffisait de prononcer quelques mots bien sentis de sa voix douce pour terroriser n'importe qui, elle savait également réconforter et motiver les jeunes recrues par ses éloges. Elle était, depuis vingt-cinq ans, la rédactrice en chef de *Mode*, et sa façon de diriger le magazine d'une main de fer sans jamais se départir de sa douceur et de sa courtoisie naturelles était devenue légendaire. Son excellent jugement, ses décisions avisées, son dévouement à son métier ainsi que sa passion pour la mode étaient de notoriété publique.

Rose portait toujours une touche de couleur ou un accessoire singulier qui attiraient le regard – une bague dénichée dans quelque bijouterie vénitienne antique et poussiéreuse, un bracelet trouvé dans un souk marocain, une écharpe, une broche ou une autre pièce originale. Elle avait l'élégance dans le sang. Si sa couleur de prédilection était le noir, il lui arrivait de surprendre en arborant des vêtements aux tonalités plus affirmées. Toute tentative pour lui ressembler était vouée à l'échec. À 9 heures du matin, comme à chaque instant d'ailleurs, son allure était inimitable. Dès l'instant où elle franchissait le seuil de son bureau, elle était parfaitement réveillée et alerte, prête à entamer une journée qui ne lui offrirait pas le moindre instant de répit. Et si elle demandait beaucoup à son équipe, elle était encore plus exigeante envers elle-même.

Ses origines étaient fascinantes. Son père était un historien britannique respecté qui avait beaucoup publié, et enseigné à Oxford. Sa mère, quant à elle, était issue d'une grande famille aristocratique italienne à qui Rose aimait rendre visite à Rome. La chaleur maternelle de cette éminente spécialiste de la peinture italienne de la Renaissance avait contrebalancé le flegme très britannique de son époux. Pour plaisanter, les filles de Rose lui disaient souvent qu'elle était italienne à la maison et britannique au travail, ce qui était assez juste. Rose tenait en tout cas beaucoup de ses deux parents. En plus de prodiguer amour et soutien à leur fille unique, ils lui avaient offert un environnement stimulant et épanouissant. Rose parlait couramment italien et anglais, mais aussi français. Pour faire plaisir à son père, à 18 ans, Rose avait quitté Londres pour étudier deux ans à Oxford, mais son expérience dans la vénérable université n'avait pas été très concluante. Elle avait largement préféré son année à la Sorbonne, où elle s'était bien plus sentie dans son élément. C'était d'ailleurs à Paris que sa passion et son goût instinctif pour la mode s'étaient révélés. Après cette parenthèse française, Rose avait dû retourner à Londres. Elle y avait fait un stage pour un célèbre magazine. Quelques mois plus tard, elle était tombée amoureuse d'un banquier américain, Wallace McCarthy. Sur un coup de tête, elle était partie s'installer à New York à seulement 21 ans. Elle avait décroché un poste tout en bas de l'échelle chez *Vogue*, et s'était démenée pour gravir les échelons de cette institution. À seulement 30 ans, elle avait été nommée rédactrice adjointe du prestigieux magazine. À 41 ans, on lui avait proposé de devenir rédactrice en chef de *Mode*, qui lui devait son immense succès actuel. Elle était l'âme de ce magazine, pour lequel elle avait toujours nourri de très grandes ambitions. En vingt-cinq ans, elle en avait fait une référence incontournable. Wallace, qui éprouvait une immense fierté à l'égard de sa femme, l'avait toujours inlassablement soutenue. Malgré des carrières exigeantes, tous deux plaçaient leur couple au-dessus de tout. Véritable machine de guerre au bureau, Rose était la plus attentionnée des épouses à la maison.

Fidèle à son éducation britannique, elle n'évoquait jamais la sphère privée au travail. Elle n'avait pour ainsi dire jamais mentionné Wallace, qui était pourtant au cœur de sa vie. Au cours de son ascension régulière vers les sommets de la célébrité en tant que rédactrice de mode, elle avait donné naissance à quatre filles qui étaient sa plus grande source de joie, comme elle le confiait en privé – et uniquement en privé. Mue par un professionnalisme hors norme, elle avait toujours pris un congé maternité minimal après chaque naissance.

Quand elle reprenait le travail, elle semblait encore plus mince et élégante qu'auparavant, pas un seul de ses cheveux ne dépassait, et elle était fin prête à se consacrer de nouveau au magazine.

Ses quarante années de vie commune avec son mari s'étaient écoulées paisiblement, jusqu'à la mort de Wallace quatre ans auparavant.

Seule Jen Morgan, sa fidèle assistante depuis son passage à la rédaction de *Vogue,* connaissait certains aspects de sa vie privée et savait que la mort brutale de Wallace au terme d'une maladie foudroyante avait dévasté sa patronne. Après la tragédie, Rose s'était rapprochée un peu plus encore de ses filles, avec qui elle s'entretenait régulièrement, sans pour autant jamais déroger à une règle : quand elle était au bureau, elle se consacrait pleinement et exclusivement à *Mode.* Si sa carrière avait toujours été sa passion, elle était devenue son refuge depuis la disparition de Wallace. Ses deux vies ne se croisaient jamais. Rose avait façonné le formidable succès d'un magazine et était à l'origine d'une famille de quatre filles qui, bien que complètement différentes les unes des autres, étaient très soudées entre elles et proches de leur mère. Rose était fière des femmes qu'elles étaient devenues.

Elle avait toujours trouvé le temps pour son mari et ses enfants, mais maintenant qu'elle était veuve et que les filles étaient adultes, elle se consacrait encore plus à son travail. Elle avait parfois l'impression de ne jamais quitter le bureau. De nature matinale, elle aimait bien avoir une longueur d'avance, et arrivait souvent avant tout le monde. Et sa journée de travail se terminait généralement tard. Pendant des années, Rose avait cloisonné son temps entre son mari, ses enfants et la rédaction. À présent, le magazine avait toute son attention et se taillait la part du lion dans son planning. Elle adorait ses filles, mais celles-ci étaient accaparées par leur propre vie, ce qui était évidemment dans l'ordre des choses. Elle n'interférait pas dans leur existence, pas plus qu'elle ne leur réclamait du temps. Son activité pour *Mode* remplissait ses jours et ses nuits. Elle vivait et respirait pour le magazine, et se concentrait sur chaque détail, sur chaque nouveau numéro. Rien n'échappait à sa vigilance.

En ce matin de mai, Rose souriait sereinement en promenant son regard autour de la table de réunion. Les rédacteurs importants et les plus aguerris étaient présents, tout comme l'ensemble de l'équipe artistique. Rose écoutait ce qu'ils avaient à dire, mais le dernier mot lui revenait toujours. Si on leur avait demandé de décrire Rose, tous auraient répondu que c'était quelqu'un de juste. Elle ne leur imposait pas ses opinions : généralement, lorsqu'elle leur expliquait son cheminement mental, ils reconnaissaient que ses intuitions étaient bonnes. Elle aimait ce magazine presque comme un enfant, un être vivant qui respirait. D'ailleurs, elle le considérait comme tel. Elle ne devinait pas. Elle *savait* ce dont *Mode* avait besoin. Et en vingt-cinq ans de carrière, ses erreurs se comptaient sur les doigts d'une main.

Ce matin-là, ils s'étaient réunis pour concevoir un premier planning pour le numéro de septembre, qui représentait chaque année leur plus gros enjeu. Tous les grands magazines de mode faisaient la même chose, mais le numéro de septembre de *Mode* était le plus convoité. Chacune de ses éditions devenait un objet de collection, une icône au même titre que Rose, qui était une véritable légende de la mode. Tout le monde voulait connaître les tendances pour la saison hivernale à venir. Des femmes redéfinissaient complètement leur look et leur garde-robe en fonction de l'opinion du magazine sur le maquillage, les cheveux et les tenues. *Mode* ne leur dictait rien : les lecteurs buvaient avidement et de leur plein gré les paroles du magazine.

En règle générale, chaque numéro était travaillé trois mois à l'avance. Mais pour le numéro de septembre, il fallait s'y mettre encore plus tôt. Il y avait tant de sujets à envisager et dont il fallait débattre, à commencer par la personnalité qu'ils choisiraient pour la une du magazine. Sans oublier la ligne directrice, les éditos, les articles et la disposition des publicités de leurs annonceurs, qui déboursaient des fortunes pour être mis en lumière.

Ils avaient déjà trois possibilités pour la couverture, mais aucune n'emballait Rose, qui les jugeait éculées et trop faciles. Elle cherchait quelqu'un susceptible d'empoigner l'imagination des lecteurs tout en créant la sensation. L'un des rédacteurs confirmés avait suggéré une célèbre rock star. Mais celle-ci avait déjà fait la une à plusieurs reprises, et elle avait beau être une femme à l'allure fabuleuse, il ne s'était rien passé de neuf ou de différent dans sa vie depuis. Ils avaient également envisagé une actrice oscarisée, mais Rose souhaitait quelqu'un de plus jeune. La responsable de la rubrique Beauté voulait voir la première dame en couverture. Elle avait conquis le cœur des Américains grâce à ses bonnes œuvres et son esprit affûté. Avocate, elle avait défendu la cause des femmes depuis l'entrée de son mari à la Maison-Blanche. Cette idée était louable, mais la femme du Président arborait un style un peu collet monté et conservateur, et s'ils la plaçaient en couverture, il leur serait difficile de mettre la mode au cœur du numéro.

— Elle a mon âge, souligna Rose d'un air insatisfait. On ne peut pas faire ça pour l'édition de septembre. Gardons-la pour plus tard.

Charity Bennett, leur styliste confirmée la plus incisive, avait une autre suggestion qu'elle ne tarda pas à exprimer. Rose se prenait régulièrement le bec avec elle, mais respectait son style et sa vivacité d'esprit. De plus, comme elle ne ménageait pas ses efforts, Charity leur permettait souvent d'être véritablement à l'avant-garde. Elle était jeune et audacieuse, et ne craignait jamais d'affronter la rédactrice en chef. Raison pour laquelle Rose l'admirait et écoutait ce qu'elle avait à dire. Même si, d'un point de vue personnel, elle ne l'appréciait pas outre mesure, la touche de piment qu'elle apportait à leurs éditoriaux était un électrochoc salutaire grâce auquel ils restaient à la pointe des nouvelles tendances. Rose s'efforçait tout de même toujours de la canaliser afin de l'empêcher de les emmener trop loin.

— Que pensez-vous de Pascale Solon ? suggéra soudain Charity. Elle a 22 ans, est belle à se damner et vient de remporter une palme à Cannes pour son dernier film adapté d'un roman de Nicolas Bateau, avec qui elle vit une passion torride. Lui a 42 ans, près de deux fois son âge, et pendant le festival, tout le monde ne parlait que d'eux. Il faut dire qu'il n'a rien fait pour cacher leur liaison. Pourtant, il est marié. Et en France, c'est l'auteur qui se vend le mieux. Tout le monde pense qu'elle va décrocher un Golden Globe, et l'Oscar devrait suivre. Elle est jeune, c'est un nouveau visage, et elle a un physique vraiment exceptionnel. Alors, qu'en pensez-vous ?

Charity regardait Rose droit dans les yeux. Pendant quelques instants, la rédactrice en chef resta parfaitement immobile et impassible. Le temps de décider si elle souhaitait partager ses réflexions, elle préférait rester insondable.

— C'est une possibilité, concéda-t-elle finalement, laconique.

Lorsqu'une idée lui déplaisait pour une raison ou une autre, elle se muait en véritable sphinx. Pour ceux qui la connaissaient bien, il était évident qu'elle n'était pas convaincue par cette proposition. Et si elle n'était pas partante, cela signifiait que l'idée ne verrait jamais le jour. Rose avait besoin de croire en ses décisions.

— Si on ne la met pas en une, *Vogue* s'en chargera, affirma Charity, qui savait que cet argument pouvait porter.

Rose ne laissait jamais *Mode* se rapprocher même de loin du sensationnalisme de la presse à scandale, mais il arrivait que le magazine effleure un aspect croustillant de la vie privée d'une personnalité, toujours avec retenue cependant. Rose posait des limites qu'elle souhaitait que ses rédacteurs respectent. Elle ne donnait son feu vert pour la publication d'un article que s'il s'appuyait sur des faits avérés, et ne tolérait pas les éditoriaux douteux. Même si Charity Bennett tentait régulièrement de pousser sa rédactrice en chef à franchir cette ligne, elle détestait bien trop la vulgarité et les cancans stériles pour le faire. Le magazine s'intéressait à la mode, pas aux mœurs parfois dissolues des célébrités. Les gens connus avaient souvent de vilains secrets, mais le magazine se concentrait sur la direction prise par leur carrière ou leur existence. Une liaison avec un homme marié, aussi illustre soit-il, ne convaincrait en aucune façon Rose de mettre Pascale en couverture. Rose s'abstint de tout commentaire et se contenta de faire une moue que tous surent interpréter : Charity pouvait remballer son idée.

— Notre intérêt pour elle ne saurait être fondé sur sa liaison avec un écrivain célèbre, finit par répondre Rose. De toute façon, le temps que le numéro de septembre soit mis sous presse, qui nous dit que leur aventure sera toujours d'actualité ? Le film vient à peine de sortir. Dans quatre mois, elle aura peut-être changé d'amant, et avec notre train de retard, nous aurons l'air bien malins.

Rose avait peut-être raison, mais du jour au lendemain, Pascale Solon était devenue une actrice incontournable grâce au rôle difficile qu'elle avait incarné avec brio. Et Nicolas Bateau, qui avait coproduit et dirigé le film, l'avait semblait-il aidée à se préparer. Il était parvenu à obtenir d'elle une performance époustouflante. Avant que Charity ne l'évoque, Rose ignorait tout de cette histoire. Sa jeune recrue raffolait de ce genre de ragots. D'ailleurs, avant de rejoindre leur équipe, elle avait travaillé pour un magazine de mode français qui flirtait dangereusement avec les tabloïds. Mais Rose voulait une couverture de mode, pas un grand déballage.

— Leur liaison n'est peut-être pas qu'un feu de paille. À en croire la rumeur, elle est enceinte, et on ne serait donc pas tant à côté de la plaque que ça avec notre une en septembre, lança Charity, non sans une certaine jubilation.

En l'entendant fanfaronner, un rédacteur leva les yeux au ciel.

— Ah non, pitié, pas encore une star toute nue avec un ventre rond en couverture ! Je préférerais voir la première dame avec l'un de ces tailleurs bleu marine et de ces chemisiers blancs qu'elle affectionne tant… Une nouvelle une avec une star enceinte est hors de question, s'emporta Rose, visiblement excédée.

— Ça ne se verra pas si on prend les photos maintenant, répondit Charity en adressant un regard pacificateur à Rose.

Celle-ci passa alors en revue la liste de suggestions fournie par un autre de ses collaborateurs sans trouver son bonheur.

— Et Michaela Lim ? proposa Rose d'un air inquiet.

Il s'agissait d'une autre jeune étoile montante du cinéma, dont la dernière prestation en avait ébloui plus d'un.

— L'année prochaine, répliqua Charity. Pour l'instant, personne ne la connaît. Elle n'arrive pas à la cheville de Pascale en matière de glamour. Et elle est vraiment trop jeune. Elle vient de fêter ses 19 ans. Il faut qu'elle prenne un peu de bouteille avant de mériter sa place sur la couverture de septembre.

Rose hocha la tête. Charity n'avait pas tort.

— Avouons-le : Nicolas Bateau est sacrément sexy, et s'il quitte sa femme pour Pascale Solon, la nouvelle fera les gros titres du monde entier ! poursuivit Charity, sentant la victoire proche. Et notre numéro de septembre sera le plus demandé en kiosque. On ne va pas laisser une occasion pareille nous passer sous le nez !

Certes, Pascale serait indubitablement sublime en couverture. L'actrice paraissait la candidate idéale, et pourtant, Rose se montrait réticente.

— Nous donnerions l'impression de cautionner l'adultère. Nous sommes en Amérique, Charity. Et ici, on n'aime pas les hommes qui trompent leur femme.

Sans afficher la moindre émotion, Rose posa son regard bleu électrique sur la jeune femme aux cheveux de jais et au pâle visage ciselé.

— *Mode* n'est ni un tabloïd ni un magazine de cinéma, lui rappela-t-elle d'un ton sévère et glacial. Des tas d'autres journaux peuvent couvrir ce sujet. Ne perdons pas de vue notre identité.

Charity semblait déçue, mais ils devaient passer à d'autres détails du numéro qu'il faudrait régler dans les semaines à venir.

— Je crois qu'il l'a déjà trompée, lança Charity à la fin de la réunion. Je ne sais plus qui est sa femme. Une fille jolie mais ordinaire. Je crois qu'elle est écrivaine ou journaliste. Quelque chose comme ça.

— C'est une décoratrice d'intérieur de renom, la corrigea Rose. Et ils ont des enfants en bas âge. Cette histoire ne me plaît pas.

Sur ce, elle se leva, mettant un terme à la discussion. C'était sa façon de signaler que l'heure était venue pour chacun de rejoindre son poste. La réunion avait duré deux heures et l'équipe avait considérablement avancé sur de nombreux sujets, même si au bout du compte ce serait Rose qui prendrait les décisions capitales. Tous savaient que quelles que soient ses opinions personnelles, elle choisissait toujours ce qu'il y avait de mieux pour *Mode*, et sans jamais se tromper. Ils la respectaient tous énormément pour cela.

Après la réunion, Rose s'empressa de rejoindre son bureau, où une montagne d'e-mails et de messages l'attendait. Son assistante s'efforçait de répondre à un maximum de demandes, mais l'intervention de Rose était souvent requise car c'était sa responsabilité qui était engagée dans la plupart des décisions. Rose ne s'en plaignait jamais, et même ses rivaux s'accordaient à dire qu'elle était l'une des meilleures rédactrices en chef du milieu, et que ses prises de position étaient courageuses. Elle défendait ardemment les droits des femmes et considérait l'intégrité et l'honnêteté comme des valeurs cardinales qu'elle plaçait au cœur de chaque interview et éditorial de son magazine.

Pressant contre sa poitrine une épaisse liasse de documents, elle passa devant le bureau de Jen Morgan à la hâte, sans presque lui adresser un regard. Toute la journée, les rendez-vous allaient s'enchaîner, et elle était pressée.

— On la tient, cette une ? lui demanda Jen avec un sourire.

— Pas encore. Je dois passer un coup de fil d'ordre privé. J'en ai probablement pour quinze ou vingt minutes. Mettez mes appels en attente pendant ce temps, voulez-vous ?

— Une sacrée pile de messages vous attend déjà sur votre bureau, l'avertit Jen. Dans vingt minutes, vous serez ensevelie sous les messages.

— Eh bien, tant pis. Je dois passer cet appel. Un orage se prépare.

Elle n'offrit cependant aucune explication quant à la nature de l'orage en question.

Son assistante haussa un sourcil mais ne chercha pas à en apprendre davantage. Elle savait qu'il valait mieux ne pas poser de question et que de toute façon sa patronne ne lui aurait rien révélé de plus. Rose se confiait rarement au travail, même à elle.

— Je retiendrai les hordes d'envahisseurs, promit-elle.

Jen était une excellente assistante. Rose appréciait tout particulièrement qu'elle soit capable de gérer avec une telle efficacité des milliers de détails minuscules mais capitaux.

Une fois dans son bureau, Rose ferma la porte avant de s'installer dans son fauteuil. Son assistante n'avait pas exagéré. Il y avait sur son bureau une grosse pile de messages et d'e-mails imprimés. Elle s'efforça de ne pas les regarder en composant le numéro familier.

Athena, sa fille aînée, n'était jamais la première personne vers qui Rose se tournait en cas de problème. Elle avait une approche de l'existence très californienne – détendue, philosophique, ultra-positive – et assurait toujours que les choses finiraient par s'arranger, même lorsque tout tendait à prouver le contraire. Elle abordait la vie à sa manière et avait fait des choix très différents de sa mère et de ses sœurs. Âgée de 43 ans, Athena habitait à Los Angeles depuis quinze ans. Elle était cheffe dans une émission culinaire et, en plus d'être à la tête de plusieurs établissements véganes, elle avait écrit des livres de cuisine considérés comme des références. Athena vivait depuis treize ans avec Joe Tyler, de cinq ans son cadet, qui était également chef et possédait un restaurant très coté à Los Angeles. Ils n'étaient pas mariés et ne souhaitaient pas l'être. Ils avaient tout un troupeau de chiens qu'Athena appelait ses « bébés » et, de son propre aveu, elle n'en voulait pas d'autres qu'eux. Athena considérait le mariage comme une invention humaine qui, la plupart du temps, était vouée à l'échec. Et pour ce qui était des enfants, ce n'était pas pour elle. Elle était très à l'aise avec eux, mais jouer avec les bambins des autres quand elle en avait l'occasion lui suffisait amplement. Joe était sur la même longueur d'onde.

À cette heure-ci, Olivia serait injoignable. À 39 ans, la troisième fille de Rose venait d'être nommée juge à la cour supérieure. Elle était sans doute en train de siéger au tribunal, ou occupée à gérer une procédure en référé avec des avocats. Olivia avait à présent d'immenses responsabilités professionnelles. Elle était mariée à Harley Foster, un homme de vingt ans son aîné, juge à la cour fédérale, qui avait été son professeur de droit à l'université. Ils avaient un fils de 14 ans prénommé Will. Tous trois formaient une famille assez classique.

Rose appela sa deuxième fille, Venetia. À 41 ans, c'était une créatrice de mode à la carrière florissante, qui avait monté son affaire quatorze ans auparavant en s'appuyant sur les conseillers avisés de son mari, Ben Wade, spécialiste du capital-risque. Venetia avait toujours été d'une inventivité remarquable. Elle menait son entreprise avec audace, et ses collections faisaient systématiquement sensation. Aussi loufoques et surprenantes qu'elle, ses créations reprenaient les codes vestimentaires de la rue mais remixés à la sauce glamour de Paris et de Las Vegas – sous stéroïdes. La première fois que Rose avait vu son travail, elle s'était demandé qui allait bien pouvoir acheter ce genre de tenues hormis des gens aussi singuliers et excentriques que sa fille. Et pourtant, la marque plaisait à un très large éventail de femmes. Elle proposait des sequins, des imprimés léopard dans de luxueuses étoffes italiennes, des petites vestes sérieuses de style Chanel en denim et vison blanc à porter avec un jean. Venetia avait fait le choix de se placer dans une gamme de prix élevée afin de se positionner sur le marché du luxe et, à la stupéfaction de Rose, la marque avait décollé et connaissait aujourd'hui un immense succès. Un an après son lancement, le magazine *Mode* lui avait consacré un article, tout comme le *Wall Street Journal*. Venetia était aussi grande que sa mère, et son mari, un brun aux yeux verts à la beauté hollywoodienne, l'était encore davantage. La jeune femme avait une silhouette de rêve qu'elle devait à son assiduité au club de gym, où elle se rendait tous les matins à 5 heures. Elle combinait discipline et créativité, la clé de son succès. En raison de sa crinière de longs cheveux roux bouclés et de sa propension à transformer en or tout ce qu'elle touchait, la presse la surnommait la Lionne d'or.

Venetia avait étudié la mode à la célèbre Parsons School of Design, et avait également un diplôme de commerce de l'université de Columbia. Ben et elle avaient trois adorables enfants aussi magnifiques qu'intelligents, quoique un peu sauvages. Deux garçons, Jack et Seth, et une fille, India, la benjamine, qui avait hérité de l'imagination de sa mère et rêvait de créer un jour des baskets à paillettes. Venetia voulait d'autres enfants, mais elle n'avait pas encore réussi à convaincre Ben. Allez savoir comment elle parvenait à tout concilier : travail, couple, maternité. Exactement comme sa mère. Cependant, contrairement à celle de Rose, la maison de Venetia semblait avoir été frappée par une bombe. Malgré son planning de ministre, Venetia prenait toujours le temps d'écouter ses sœurs et sa mère, à qui elle prodiguait des conseils pleins d'empathie et avisés.

Venetia décrocha, ravie d'entendre sa mère. Ce jour-là, elle portait ses créations – un corsaire léopard et un pull à sequins turquoise – et était chaussée d'escarpins Hermès vert alligator. Sur un de ses bras, elle avait accumulé des bracelets en émeraudes et en diamants tandis que son autre poignet arborait un unique bijou orné d'une énorme turquoise. Sa chevelure rousse était relevée au sommet de sa tête et retenue par une baguette sertie de brillants. C'était une tenue de tous les jours pour Venetia. Mais sa beauté lui permettait toutes les audaces, et tout lui allait. Adolescente, déjà, elle visait l'excès vestimentaire, et une fois adulte, elle avait bâti sa carrière sur ce principe même.

Rose ne l'appelait jamais à cette heure-ci. Généralement, elles discutaient lorsque Venetia rentrait chez elle en Uber après sa journée de travail, ce qui était souvent son seul moment à elle. Une fois à la maison, entre les devoirs et les repas, elle était accaparée par ses enfants.

— Je viens d'apprendre en réunion quelque chose qui m'a inquiétée, et je me demandais si tu avais des informations à me fournir, dit Rose d'un ton solennel.

— Tu veux savoir si on va raccourcir les ourlets pour la saison prochaine ? Tu sais, maman, si je raccourcis les miens, mes clientes risquent de finir au poste de police ! lança Venetia en riant.

Mais sa mère n'était pas d'humeur à plaisanter.

— C'est au sujet de Nicolas. Il paraîtrait qu'il a une liaison avec la fille qui joue dans son nouveau film, Pascale Solon. Est-ce que Nadia t'a raconté quelque chose ? Je ne lui ai pas parlé depuis plusieurs jours. J'ai été très occupée avec le numéro de septembre. J'espère que ce ne sont que des rumeurs. Apparemment, ils se sont affichés ensemble pendant le festival de Cannes la semaine dernière. Nadia n'y va pas avec lui, généralement ?

— En temps normal, si. Mais cette année, elle avait le chantier d'une maison à Madrid, alors elle n'a pas pu l'accompagner. Ça fait un bail que je ne l'ai pas eue au téléphone. On n'arrête pas de se manquer. J'ai vu passer quelque chose sur cette histoire en couverture d'un tabloïd, au supermarché.

— C'est toi qui fais les courses ? s'étonna sa mère. Ma parole, mais tu fais tout !

— C'était mon tour de cuisiner pour les enfants, et je suis allée acheter des pizzas surgelées. Ne t'inquiète pas, maman. Je ne me serais pas risquée à plus.

Venetia faisait appel à une femme de ménage et une nounou, mais elle essayait de cuisiner une fois par semaine.

— Me voilà soulagée ! soupira sa mère.

Les femmes de la famille avaient la réputation d'être de piètres cuisinières, exception faite d'Athena, qui était un véritable cordon bleu et compensait pour les autres.

Enfin, pour ceux qui partageaient sa passion pour les légumes.

— J'espérais que ce n'étaient que des bêtises de la presse à scandale, alimentées par l'absence de Nadia à Cannes. Qu'est-ce que tu as entendu dire ? s'inquiéta Venetia.

— Il paraît que Nicolas a une liaison avec Pascale Solon, et que celle-ci est peut-être enceinte.

— Oh non... Mon Dieu, j'espère que ce n'est pas vrai... Peut-être qu'il s'agit de l'une de ces rumeurs hollywoodiennes lancées pour booster la promo du film ? suggéra Venetia avec optimisme.

Elle ne supportait pas l'idée que sa petite sœur ait le cœur brisé. Si Nicolas avait été dragueur dans sa jeunesse, il s'était calmé depuis. Il avait un petit côté charmeur, mais Venetia n'avait jamais pensé que les choses pouvaient aller plus loin. En tout cas, Nadia ne s'en était jamais plainte auprès d'elle, pas plus qu'elle n'avait évoqué la moindre infidélité.

— J'espère aussi que ce n'est pas vrai. Je viens de refuser que la jeune actrice fasse la une du numéro de septembre, mais je suis sûre que je n'ai pas fini d'en entendre parler. Quant à l'éventualité d'une grossesse, je préfère ne même pas imaginer...

— Maman, ça ressemble vraiment à des salades de la presse à scandale ! la rassura Venetia.

— Et maintenant, que fait-on ? demanda Rose, pensive. Je ne veux surtout pas m'immiscer dans la vie de Nadia et la contrarier si elle n'a pas eu vent de ces ragots.

— Je suis sûre que c'est déjà arrivé jusqu'à ses oreilles. Ça doit circuler partout sur Internet.

En en effet, en un clic, une demi-douzaine d'articles et plusieurs clichés de paparazzi s'affichèrent sur l'ordinateur de Venetia.

— C'est peut-être vrai... La liaison, en tout cas, dit tristement Venetia, navrée pour sa sœur cadette. Appelle-la, maman. Je le ferai ce soir. Et tiens-moi au courant de votre échange. J'ai du mal à croire que Nicolas puisse être aussi stupide. Il a une femme formidable avec qui il forme un couple magnifique, ils s'adorent, ont deux chouettes enfants, et il se couvre de ridicule en s'affichant avec une starlette deux fois plus jeune que lui ? Pathétique. Et tellement cliché ! Flirter, à la limite, pourquoi pas... Mais là, si c'est vrai, c'est terrible pour Nadia.

— Je vais lui téléphoner. Je te rappelle ce soir, promit Rose à sa fille, qui se remit au travail, préoccupée pour sa petite sœur.

Rose s'accorda quelques instants pour penser à sa benjamine. Marchant dans ses pas, Nadia avait étudié à Paris, à la Sorbonne. Elle avait rencontré Nicolas à cette époque, lors d'une soirée en boîte de nuit, et ils étaient tombés follement amoureux. À la fin de l'année universitaire, Nadia, très éprise, n'avait pas voulu rentrer à New York. Ses parents ne s'en étaient pas particulièrement réjouis, mais Nadia s'était montrée catégorique et avait décidé de rester à Paris avec Nicolas. Âgé de six ans de plus qu'elle, charmant et très intelligent, il avait un diplôme en sciences politiques, mais rêvait de devenir écrivain. Nadia avait fait transférer son dossier à l'université américaine de Paris, et n'était jamais retournée vivre aux États-Unis. Une fois son diplôme en poche, elle avait suivi des cours de design d'intérieur à

Paris et travaillé comme stagiaire dans une agence de décoration en vogue. Elle avait épousé Nicolas onze ans auparavant, alors qu'elle était âgée de 25 ans et lui de 31. Un an plus tard, Sylvie était née. Suivie de Laure. À présent, les petites avaient 10 et 7 ans. Quant à Nadia, à 36 ans, elle était à la tête d'une agence de décoration florissante. Et les rêves de Nicolas s'étaient réalisés : après avoir été journaliste politique pendant un temps, il était devenu un grand écrivain à succès. Peu après son mariage avec Nadia, Nicolas avait perdu ses parents dans un accident. Fils unique, il avait hérité de toute leur fortune, notamment d'un château en Normandie dont Nadia avait assuré une partie de la restauration au moment où elle lançait son agence de décoration.

À certains égards, Nadia était différente des autres filles de Rose. Comme Venetia, elle avait la fibre artistique, qu'elle appliquait aux espaces plutôt qu'à la mode. Et elle avait aussi le sens des affaires. Mais elle était plus discrète que ses sœurs, peut-être en raison de la retenue toute britannique héritée de sa mère. Là où ses autres filles affichaient clairement leurs idées, Nadia gardait généralement ses opinions et ses projets pour elle tant qu'elle ne les avait pas mis en œuvre. Malgré sa réserve, elle ne manquait pas de confiance en elle, et ses clients appréciaient énormément sa douceur, sa discrétion et son bon goût. Si elle ne leur imposait jamais quoi que ce soit, elle réussissait toujours à les convaincre de suivre ses conseils lorsqu'elle jugeait que ceux-ci étaient adaptés à leurs besoins. Les résultats étaient époustouflants, et les maisons qu'elle décorait figuraient souvent en couverture des meilleurs magazines spécialisés.

Tandis que ses sœurs passaient leur enfance et leur adolescence à se chamailler, Nadia allait discrètement de l'avant, sans crainte, en suivant sa voie. Rose avait toujours été impressionnée par son courage. Depuis son plus jeune âge, elle consultait rarement les autres avant de prendre une décision et, se fiant à son instinct, ne tergiversait pas. En attestait son choix, qu'elle n'avait jamais regretté, de rester en France avec Nicolas.

Nicolas s'était révélé être le bon compagnon pour elle, et Rose respectait la force du lien qui les unissait. Nadia accueillait sereinement la célébrité de son époux, et gérait son entreprise et sa famille avec le même calme. Elle s'occupait avec une facilité déconcertante du magnifique château normand de Nicolas, qu'elle avait transformé sans effort apparent en un vrai foyer. En pensant à Nadia, sa mère se rappelait toujours l'adage selon lequel il faut se méfier de l'eau qui dort.

Rose pensait souvent que sa petite dernière avait une vie parfaite : un mariage heureux, des enfants charmants, un époux qu'elle adorait et qui était clairement fou d'elle. Rose avait remarqué qu'il touchait sans cesse Nadia lorsqu'ils étaient ensemble. Elle appréciait son gendre, dont les talents d'écrivain ne faisaient aucun doute. Il avait déjà écrit cinq romans best-sellers en France, et le film présenté à Cannes était le second adapté de l'un de ses livres. Sa réputation dépassait les frontières : il s'était également fait un nom aux États-Unis, et était publié un peu partout dans le monde. Il avait tout pour être heureux, et pourtant, voilà qu'il s'affichait avec une jeune starlette.

Rose était accablée de chagrin en imaginant l'épreuve que devait traverser sa fille. S'il avait voulu détruire irrémédiablement leur couple, pourtant si heureux et épanouissant pendant onze ans, Nicolas ne s'y serait pas pris autrement. Mais quelle mouche avait bien pu le piquer ? À 42 ans, il était censé avoir gagné en maturité, et il était trop jeune pour la crise de la cinquantaine.

Rose finit par se résoudre à composer le numéro de Nadia à Paris. Elle ne savait pas trop comment aborder le sujet. Sa fille était tellement réservée sur sa vie privée… Après lui avoir posé des questions sur les enfants et l'avoir écoutée lui parler de son nouveau client dans le sud de la France, Rose décida de se lancer.

— Aujourd'hui, j'ai eu vent de quelque chose qui m'a un peu inquiétée, commença-t-elle avec prudence.

Silence à l'autre bout du fil. Nadia était une belle fille, la seule brune de la famille. Elle et Olivia étaient les « petites » du clan. Mais elle avait hérité des yeux bleus et de la peau laiteuse de Rose, ce qui lui valait d'être surnommée Blanche-Neige par ses sœurs.

Rose sentait Nadia hésitante et maussade. Sa fille finit par émettre un soupir évoquant un ballon de baudruche qui se vide lentement. Rose voyait presque les épaules de sa fille s'affaisser.

— Je crois savoir de quoi tu parles, maman. C'est au sujet de Nicolas. Ici, les journaux à scandale s'en donnent à cœur joie. Il s'est couvert de ridicule au festival de Cannes. Je n'ai pas eu le courage de t'appeler.

Nadia n'avait pas téléphoné à ses sœurs non plus. Elle était trop bouleversée.

— Il était ivre ou quoi ? ne put s'empêcher de demander Rose, toujours interloquée par le comportement de Nicolas.

314

— Peut-être. Je ne sais pas. J'étais à Madrid pour le boulot. Il m'a dit qu'il avait commencé à sortir avec elle pendant le tournage du film. C'est une belle fille, constata tristement Nadia. J'étais occupée et il s'est laissé emporter.

— Toi aussi, tu es très belle, lui rappela sa mère, furieuse contre son gendre. Tu t'en doutais ?

— Non, je n'aurais jamais cru qu'il ferait une chose pareille. J'avais entièrement confiance en lui. Il m'a tout déballé après Cannes, quand j'ai vu ce qui s'était passé dans les journaux. Je me sens vraiment bête. Peut-être que c'est ma faute. J'ai été accaparée par mon travail.

— Est-ce que c'était juste pour un soir ?

Les aventures d'un soir n'étaient pas plus acceptables à ses yeux, mais c'était déjà mieux qu'une relation extraconjugale. En quarante années de mariage, et malgré une carrière qui aurait pu s'y prêter, jamais Rose n'avait trompé son mari. Pas plus que lui ne l'avait fait, à sa connaissance.

— Non. Il dit qu'il est amoureux d'elle, ou qu'en tout cas il est sous son charme… Mais il affirme aussi que ce n'est pas sérieux. En fait, il est perdu. Il me jure qu'il va se sortir de cette histoire, répète qu'il nous aime plus que tout, les filles et moi, et qu'il ne veut pas nous quitter. Comme s'il s'attendait à ce que je reste là à attendre.

Nicolas était fils unique. Rose savait qu'il avait été gâté pourri lorsqu'il était plus jeune. C'était ce que ce comportement laissait penser.

Rose était profondément chagrinée par cette situation.

— Est-ce que ça s'était déjà produit ?

Rose s'efforçait de ne pas paraître choquée outre mesure ni de tenir des propos moralisateurs stériles.

— Une fois, confia Nadia. Quand j'étais enceinte de Laure. Je ne sais pas ce qui lui a pris. Il a paniqué, je pense. Il avait peur de ne pas parvenir à assumer la responsabilité de deux enfants si ses livres ne marchaient pas. Pendant un mois, il est devenu comme fou, et puis c'est passé. Il a couché avec son éditrice de l'époque. Après ça, il a changé de maison d'édition. C'était il y a huit ans. Depuis, tout va bien. Enfin, c'est ce que je pensais. Je ne t'en ai jamais parlé parce qu'en quelques semaines l'affaire était derrière nous. Il a promis de ne plus jamais me tromper. Et il a été fidèle à sa promesse. Jusqu'à cette fille. J'imagine que la tentation était trop forte… Je crois que ça a duré pendant tout le tournage du film. Et bien entendu, tout le monde était au courant, sauf moi. Ensuite, va comprendre pourquoi, il s'est affiché sans vergogne pendant le festival de Cannes. Et maintenant, le monde entier est au courant. Pascale est une véritable star, alors c'est difficile de garder le secret. Comment l'as-tu appris ? demanda-t-elle d'une voix triste et lasse.

— Un membre de mon équipe a proposé qu'on la mette en couverture de notre numéro de la rentrée et a évoqué cette histoire, répondit Rose avec un pincement au cœur.

— Elle sait que je suis sa femme ?

— Non. Je n'ai rien dit. Je t'ai téléphoné juste après la réunion.

— Les filles sont au courant ?

En plus d'être douloureuse pour Nadia, cette situation était affreusement humiliante.

— J'ai téléphoné à Venetia avant de t'appeler. J'avais peur de te contrarier. Je sais que tu es pudique et je ne voulais pas me montrer intrusive.

— Ne t'inquiète pas, maman. Le plus bête là-dedans, c'est que je l'aime encore. Nicolas est un bon mari et un père merveilleux, et nous nous aimons. Enfin, je pensais que lui aussi m'aimait… C'est ce qu'il prétend. Il est sens dessus dessous. Il semble avoir oublié ce que signifie le mariage. Et maintenant, il est enfoncé jusqu'au cou dans cette liaison et il a la presse sur le dos parce qu'ils sont très connus tous les deux. Je sais que c'est mal, mais ce sont des choses qui arrivent fréquemment, n'est-ce pas ? Les gens se trompent, ont des aventures… Et pas que les hommes ! En général, il s'agit de personnes qui ne sont plus épanouies dans leur mariage. Nicolas prétend que ça n'a rien à voir. Il dit qu'il n'a pas réussi à lui résister. Il ne veut pas me quitter pour elle. Là-dessus, il a été très clair.

— Et toi, tu veux le quitter ?

Peut-être que c'était le mieux à faire. Cette situation ne plaisait pas du tout à Rose. Parce qu'il était soi-disant perdu, Nicolas faisait durer sa liaison ? Rose avait plutôt l'impression qu'il pensait avant tout à son bon plaisir. Et tant pis s'il blessait terriblement Nadia au passage…

— Je ne sais pas, répondit-elle prudemment. Je ne veux pas le perdre. Je ne veux pas non plus renoncer à notre couple. Mais je ne peux quand même pas attendre gentiment que leur histoire s'essouffle ! Je suis terriblement blessée. Au début, j'étais furieuse. Maintenant, c'est la tristesse qui domine. Certaines de mes amies ont vécu ça aussi. La plupart d'entre elles n'ont pas divorcé. Certaines ont elles aussi eu des liaisons. Elles

317

disent que cela permet de redonner de la « fraîcheur » à leur mariage.

Il n'y avait aucune fraîcheur là-dedans. Nadia semblait éreintée et déprimée, et on l'aurait été pour moins que cela.

— Les petites sont au courant ?

— Pas encore. Mais tôt ou tard, quelqu'un va en parler à Sylvie à l'école. Je suis certaine que tous les parents savent. Internet relaie l'info en boucle. Nicolas est célèbre, ici.

— Raison de plus pour qu'il cultive la discrétion ! Comment ose-t-il s'afficher avec cette starlette, et s'attendre à ce que tu restes ? s'indigna Rose.

— Il s'en veut terriblement, dit Nadia, comme si elle le protégeait.

Bien qu'atrocement malheureuse, Nadia avait presque pitié de lui. Elle voulait le détester mais n'y arrivait pas. Elle souhaitait simplement que cette liaison se termine, et retrouver sa vie d'avant. Mais un tel dénouement paraissait peu probable. Malgré les larmes qu'elle avait versées au cours des nombreuses disputes qu'ils avaient eues à ce sujet, il voyait toujours la jeune femme.

— Est-ce qu'il va renoncer à cette fille ? demanda Rose, de plus en plus en colère.

— Il prétend que oui, mais il préfère le faire en douceur. Il ne veut pas que la presse s'emballe encore plus au sujet de la rupture.

La bonne excuse ! songea Rose, qui garda cependant cette remarque pour elle afin de ne pas blesser encore plus sa fille.

— Veux-tu venir passer un peu de temps à la maison avec Sylvie et Laure ?

L'idée de partir quelque temps était alléchante. Sauf que « la maison », pour Nadia, ce n'était plus New York mais Paris.

— J'ai peur que ça ne soit pas une très bonne idée. Mon départ ne ferait qu'alimenter les ragots. La presse risque de colporter des rumeurs de divorce. La situation est déjà bien assez horrible comme ça. J'essaie de rester sous les radars et d'éviter les photographes quand je sors. J'ai raconté aux filles que c'était parce que le film de leur père avait beaucoup de succès.

— Alors pourquoi je ne te rendrais pas visite ? Je pourrais venir le temps d'un week-end.

— Comptes-tu mettre Pascale en couverture ? demanda Nadia de but en blanc.

— Pas tant que je peux l'éviter.

C'était la toute première fois de sa carrière que Rose envisageait de faire passer ses intérêts personnels avant ceux du magazine.

— Si les choses prennent de l'ampleur, je ne pourrai pas aller indéfiniment contre la marée, mais je ferai tout mon possible pour dissuader ma rédaction de choisir cette une. La journaliste qui a soumis l'idée insiste lourdement. Espérons que Nicolas mettra bientôt un terme à cette histoire. Ensuite, tu pourras décider de ce que tu veux faire. Tu ne peux pas rester mariée à un homme qui te trompe tous les quatre matins. Deux fois en onze ans, c'est déjà deux fois trop.

Nadia, les larmes aux yeux, remercia intérieurement sa mère de lui avoir passé ce coup de fil. La honte l'avait empêchée de lui téléphoner. Sans compter qu'elle était encore sous le choc.

— Je me sens tellement idiote. Il ne veut plus de moi...

Nadia se mit alors à pleurer et, en entendant ses lourds sanglots, Rose eut l'impression qu'on lui arrachait le cœur. Elle eut envie d'étrangler Nicolas. Quelle bassesse de sa part ! Quelle bêtise ! Quel égoïsme ! Et dire que tout cela était étalé dans la presse à scandale et sur Internet...

— Il n'a pas l'air d'être lui-même en ce moment, tenta de la consoler Rose, qui cherchait encore à comprendre. Ce qui n'excuse rien, bien sûr. Je connais bien des couples qui ont survécu à pire, mais ce qu'il a fait est quand même grave. Il doit rapidement mettre un terme à cette histoire et se sortir de ce bourbier. Ensuite, les gens oublieront.

— Je sais. Et lui aussi. Il est obsédé par cette fille, maman.

Ce que vivait Nadia ressemblait à un cauchemar.

— S'afficher de la sorte devant toute la presse à Cannes était une véritable folie.

— J'imagine qu'en ce moment, il est fou.

Malgré ce triste constat, Nadia paraissait plus forte, comme requinquée par leur échange. Sa voix avait retrouvé un timbre plus assuré. Quelque chose chez sa mère l'aidait à se sentir plus ancrée. Depuis qu'elle avait découvert le pot aux roses, elle se sentait comme perdue, seule dans la jungle sans boussole. Sa mère était un phare dans la nuit, et l'avait toujours été, pour elle comme pour ses sœurs. Son père également. Tout aussi solide que Rose, il avait été son parfait contrepoint masculin. Un père sur qui elles avaient toujours pu compter. Il leur manquait à toutes.

— Je vais regarder quand je peux venir te voir, promit Rose avant de raccrocher à contrecœur.

Une nouvelle réunion l'attendait et elle avait vingt minutes de retard, ce qui ne lui arrivait jamais. Mais la discussion qu'elle venait d'avoir avec sa fille était autrement plus importante qu'une énième réunion avec son équipe artistique pour discuter de l'esthétique de la couverture de septembre et du photographe qui s'en chargerait.

Il était rare que Rose se sente désarçonnée. Elle ne voulait surtout pas donner un mauvais conseil à Nadia ni l'influencer sur quelque chose d'aussi important que son couple, mais elle mourait d'envie de tordre le cou à son gendre. Et si, comme le prétendait la presse, Pascale était enceinte, alors le pire restait à venir. Nadia avait-elle eu vent de cette rumeur ? Rose n'avait pas voulu l'accabler avec cette question, surtout s'il ne s'agissait que d'un ragot infondé. Les journaux à scandale faisaient leurs choux gras des scoops juteux dans ce genre. Quand, sans foi ni loi, ils n'allaient pas jusqu'à les inventer de toutes pièces pour pimenter leurs gros titres.

Lorsque Rose sortit de son bureau, Jen en profita pour lui transmettre un arrivage tout frais de messages.

— Il faudrait que vous contactiez le service juridique au sujet du rappel d'un produit de beauté présenté dans le dernier numéro. Ils ont besoin de votre accord.

— Je les appellerai après ma réunion, dit-elle avec calme, s'efforçant d'ancrer son esprit dans le présent.

— Tout va bien ? lui demanda son assistante en l'observant attentivement.

Elle trouvait que sa patronne n'était pas comme d'habitude.

— Très bien, répondit Rose en lui décochant le fameux sourire serein qui était sa marque de fabrique.

La fin du monde pouvait être imminente, Rose restait toujours calme et imperturbable. Du moins en apparence. Elle ne laissait jamais transparaître sa contrariété, elle trouvait cela déplacé. Mais elle bouillonnait intérieurement. Elle avait l'impression d'être une lionne dont le petit vient d'être blessé par un chasseur. Jen lut cette soif de sang tout à fait inédite dans son regard.

— Je reviens très vite, lui lança Rose avant de partir au pas de charge.

La réunion dura plus longtemps que prévu. Puis Rose dut passer une ribambelle de coups de fil. Lorsqu'elle rentra chez elle il était déjà 20 heures, et elle tenta de joindre Athena à Los Angeles. Celle-ci paraissait heureuse et détendue, comme à l'accoutumée, quand elle décrocha. En Californie, il était 17 h 30. Son émission s'était bien passée, et elle s'apprêtait à faire un saut dans l'un de ses restaurants avant de sortir dîner avec Joe. Tous deux menaient une vie agréable. Athena ne quittait presque jamais sa paire de sabots et sa veste de chef, et apparaissait même parfois à la télévision vêtue de cet uniforme. Jamais elle n'avait cherché à ressembler à sa mère, avec son style élégant et unique. Presque aussi grande que Rose, elle était un peu plus ronde que ses sœurs. Et contrairement à elles toutes, elle ne se préoccupait absolument pas de son allure ni sa ligne. Joe adorait ses formes généreuses, qui évoquaient une toile de Rubens. Même si son rêve de devenir cheffe remontait à l'époque du lycée, Athena avait toujours adoré la nourriture et l'art de l'accommoder. Ses idées originales et ses recettes faciles à suivre avaient contribué à sa popularité, d'abord en Californie, puis dans tout le pays.

À la différence de ses sœurs, Athena n'avait jamais été une élève brillante. Elle menait sa vie à son propre tempo. Après avoir étudié la cuisine à Paris, Barcelone, Rome et Milan, elle s'était découvert une passion pour la cuisine végane et végétarienne. Ses livres connaissaient un succès phénoménal, et son émission de télévision encore plus. Elle était très sympathique, et ses fans avaient l'impression de la connaître personnellement et lui écrivaient des lettres pétries d'adoration.

Rose entendit des chiens aboyer derrière Athena. Deux avaient été adoptés dans un refuge, deux avaient été recueillis alors qu'ils erraient dans la rue, et les deux derniers provenaient d'élevages. La plupart étaient des bâtards, et l'un d'eux était énorme.

— Stanley, enlève tes pattes du plan de travail ! ordonna-t-elle avec fermeté tout en prenant l'appel, ravie d'entendre sa mère.

Elles bavardèrent quelques minutes de l'actualité professionnelle d'Athena, qui allait enregistrer une émission au Japon. Après quoi Rose lui parla de Nadia et de la liaison de Nicolas avec Pascale Solon.

— Oh non, mais c'est horrible ! Elle va le quitter ? demanda Athena, inquiète pour sa sœur.

— Pour l'instant, elle ne sait pas. Je crois qu'elle est sous le choc. Et il est toujours avec cette femme.

— C'est vraiment affreux pour elle… Stanley, qu'est-ce que je viens de dire ?

Parler avec Athena était une discussion à trois ou quatre. Il y avait toujours plusieurs chiens autour d'elle, et souvent de l'animation à cause des cuisiniers ou des livreurs. Rose se demandait souvent comment elle avait pu faire des filles aussi différentes. L'univers d'Athena n'avait rien à voir avec celui de ses sœurs, qui n'aimaient même pas les chiens.

— Elle devrait peut-être venir ici avec les petites. Je vais lui proposer. Quel est leur programme, cet été ? Nicolas sera avec sa petite amie ou avec Nadia ? demanda-t-elle, malade rien que d'y penser.

— J'ai oublié de lui poser la question, avoua Rose. Toute cette histoire est tellement perturbante. Et j'ai tant de chagrin pour elle.

— Ils devraient peut-être essayer une thérapie de couple, proposa Athena, songeuse. Joe et moi l'avons fait il y a quelques années, quand nos restaurants créaient des tensions entre nous. Ça nous a vraiment aidés.

Rose trouva l'idée assez cocasse.

— Nicolas est français. Tu le vois en thérapie ? Les hommes ne se ruent pas chez le psy, en Europe. Tu me diras, ici non plus…

— C'est vrai. Mais pour sauver son couple, qui sait ?

— Peut-être n'a-t-il pas très envie de le sauver, fit remarquer Rose avec amertume. Pour l'instant, il ne s'est pas engagé à mettre un terme à cette liaison. Il veut que Nadia lui laisse du temps.

— Du temps pour quoi ? Pour pouvoir continuer à coucher avec cette fille ? Non mais je rêve ! Nadia devrait prendre des mesures radicales pour le faire réagir.

C'était une approche simple et directe. Et pourquoi pas ? songea Rose, qui n'avait cependant pas l'impression que sa cadette choisirait cette voie-là. Tant que

Nadia était ébranlée, Nicolas était en position de force. Rose espérait que ça n'allait pas durer.

— Je vais lui écrire pour lui proposer de venir cet été. De toute façon, ça fait un moment que j'en avais envie.

Rose était émue par le soutien d'Athena et Venetia. Particulièrement par celui d'Athena, que ses sœurs surnommaient leur Terre nourricière.

Lorsque Rose parvint à la joindre, vers 21 heures, Olivia se montra plus véhémente.

— Elle devrait divorcer. Immédiatement, assena-t-elle sans hésitation.

Elle était la plus sévère et la plus conservatrice des quatre filles. Elle avait des avis très tranchés sur tout, et suivait la loi à la lettre. Son fils Will, âgé de quatorze ans, était un élève brillant qu'Olivia traitait depuis toujours comme un adulte. Cela n'avait d'ailleurs pas manqué d'étonner sa grand-mère lorsqu'il était petit.

— Il faut qu'elle se rapproche rapidement d'un avocat, continua-t-elle. Elle doit passer à l'action pour protéger ses biens propres et obtenir un maximum de lui. Possède-t-il d'autres propriétés en France ? Tu sais si le château leur appartient à tous les deux ?

— J'en doute. Il en a hérité à la mort de ses parents. Il me semble que la richesse acquise dans le cadre d'un héritage n'entre pas dans la communauté de biens.

— En tout cas, il faut qu'elle divorce le plus vite possible. Nicolas doit répondre de ses actes.

Ses propos étaient sensés, mais après la conversation qu'elle avait eue avec Nadia, Rose savait qu'elle était trop abasourdie pour passer à l'action, même si elle finirait certainement par le faire. La situation était intenable. Nicolas avait le beurre et l'argent du beurre tandis que Nadia avait le cœur en miettes.

Après avoir raccroché, Olivia rapporta aussitôt les faits à son mari. Harley partageait son point de vue. Lui aussi avait des opinions très tranchées, même s'il était moins rigide que sa jeune épouse. Ils s'étaient bien trouvés, et leur couple fonctionnait à merveille. En plus de leur complicité intellectuelle et professionnelle, ils s'accordaient sur presque tout, même au sujet de leur fils. C'était peut-être la raison pour laquelle Olivia avait une vision biaisée du monde. Elle pensait que la plupart des gens « normaux » étaient aussi conservateurs qu'eux, et avait du mal à tolérer les opinions divergentes. Rose trouvait parfois cette étroitesse d'esprit un peu préoccupante.

Partager sa vie avec un homme plus âgé qu'elle convenait très bien à Olivia. Quand elle était tombée amoureuse de Harley, en faculté de droit, il était veuf depuis des années et n'avait jamais refait sa vie. Il était démesurément fier de Will, leur unique enfant, avec qui ils parlaient de tout. Et si l'adolescent n'était pas toujours d'accord avec eux, il l'exprimait rarement. Il connaissait les attentes de ses parents et savait quoi dire pour que tout se passe bien. Ses parents n'auraient jamais toléré qu'il exprime ses différences, aussi ne le faisait-il pas. Rose le trouvait presque trop docile et accommodant pour un adolescent de son âge, et ne pouvait s'empêcher de se demander s'il jouait un rôle.

Malgré ses efforts, Rose finit par perdre la bataille et dut accepter la couverture avec Pascale Solon. Elle téléphona aussitôt à Nadia afin de lui annoncer la mauvaise nouvelle. L'idée de mettre cette jeune femme en une de son numéro de septembre lui faisait horreur. C'était une façon de cautionner un comportement qu'elle jugeait abject. Son équipe était happée par la dimension romantique de la liaison, et impressionnée par la passion et l'érotisme qui émanaient de ce couple superbe. Si Pascale et Nicolas avaient été un peu moins beaux, les gens auraient probablement accueilli avec moins de tolérance leur pas de côté. L'écrivain, père de deux petites filles, était toujours marié, et il vivait encore avec sa femme, qu'il trompait sans gêne.

Charity Bennett exulta lorsque Rose finit par céder. Pascale connaissait son heure de gloire, et c'était le couple star du moment. Leur histoire d'amour était désormais officielle et Nicolas ne s'en excusait même pas publiquement. En privé, il ne tenait évidemment pas le même discours car il ne voulait pas perdre Nadia. Cette ambivalence faisait enrager sa belle-mère. Il vivait le fantasme de beaucoup d'hommes : il avait une femme magnifique à ses pieds, et une autre capable de répondre à ses besoins plus pragmatiques à la maison.

Quelques jours après la validation du projet de couverture, l'actrice annonça sa grossesse. Cela entachait davantage la respectabilité du magazine, et Rose, encore plus déprimée, prit un billet pour Paris afin de passer le week-end avec sa fille. Que pouvait-elle faire d'autre, sinon être à ses côtés ?

Rose n'avait eu aucun échange avec son gendre depuis le début de cette histoire, et elle espérait ne pas le croiser à Paris. Nadia lui avait dit qu'il venait enfin de déménager, et rendait quotidiennement visite à ses filles. Celles-ci n'étaient au courant ni pour Pascale ni pour le bébé, ce que Rose ne manquait pas de trouver miraculeux étant donné le déferlement médiatique. Mais à 7 et 10 ans, elles étaient relativement préservées. Elles ignoraient tout du comportement de leur père.

Rose ne s'était jamais sentie aussi mal à l'aise dans son rôle de rédactrice en chef. Elle savait que contribuer à nourrir cette folie médiatique blesserait énormément sa fille, qui se sentirait encore plus trahie.

Le vendredi soir, ce fut donc le cœur lourd que Rose embarqua à bord du vol Air France à destination de Paris. Ses trois autres filles étaient outrées pour Nadia. Si elles se gardaient de critiquer leur mère au sujet de la une et de l'interview à venir dans le magazine, elles en voulaient terriblement à leur beau-frère d'infliger un tel supplice à leur sœur, et resserraient les rangs autour de leur cadette.

Rose n'avait pas révélé à sa rédaction les liens qui l'unissaient à Nicolas Bateau, et personne hormis son assistante n'était au courant. Certains de ses employés se souvenaient vaguement qu'elle avait une fille en France, mais pas un instant ils n'avaient soupçonné le dilemme que cette décision représentait pour leur patronne.

Lorsque son avion se posa à l'aéroport Charles-de-Gaulle, Rose était encore pensive. Elle avait terriblement envie de retrouver sa fille pour la réconforter.

Elle avait laissé derrière elle à New York son rôle de rédactrice en chef du magazine de mode le plus influent du monde. À Paris, elle n'était plus qu'une mère, et elle espérait que sa présence suffirait à donner à sa fille la force d'affronter le chagrin.

Vous avez aimé ce livre ?
Si vous souhaitez avoir des nouvelles de Danielle Steel,
devenez membre du
CLUB DES AMIS DE DANIELLE STEEL.

Pour cela, rendez-vous en ligne, à l'adresse :
https://bit.ly/newsletterdedaniellesteel

Ou retrouvez Danielle Steel sur son site Internet :
www.danielle-steel.fr

Club des Amis de Danielle Steel
92, avenue de France
75013 Paris

La liste des romans de Danielle Steel publiés en poche
chez Pocket se trouve au début de cet ouvrage. Si vous ne
les avez pas déjà tous lus, commandez-les vite chez votre
libraire !

Danielle Steel
Jusqu'à la fin
des temps

Et si certaines
rencontres étaient
déjà écrites ?

Avocat fiscaliste à la carrière toute tracée dans
l'entreprise familiale, Bill décide, contre toute
attente, de partir s'installer avec son épouse,
Jenny, consultante de mode adorée du Tout-
New York, au fin fond du Wyoming, où il devient
pasteur...
Quarante ans plus tard. Robert, éditeur au bord
du gouffre, est à la recherche du best-seller.
Lillibeth, une jeune amish, serait-elle la réponse
à ses vœux ?
Deux magnifiques histoires qui disent la beauté
d'un amour incommensurable.

Retrouvez toute l'actualité de Pocket sur: **www.pocket.fr**

Danielle Steel
Coup de grâce

Que faire quand on a
tout perdu ? Renoncer
ou tout recommencer ?

La vie de Sydney Wells bascule lorsque son
époux décède dans un tragique accident de
la route. Exclue du testament, elle est chassée
de la propriété familiale par ses belles-filles,
uniques héritières de la fortune de son défunt
mari. À 49 ans, elle reprend sa vie en main et
souhaite devenir styliste, mais doit affronter un
monde impitoyable. Humiliée et ruinée, la jeune
veuve n'a plus d'autre choix que de repartir de
zéro. Entre New York et Hong Kong, avec dignité et courage, Sydney s'efforce coûte que coûte
de se réinventer. À la clé, un avenir plein de
promesses en terre inconnue, dont elle pourra
être fière...

Retrouvez toute l'actualité de Pocket sur: **www.pocket.fr**

Cet ouvrage a été composé et mis en page
par Nord Compo à Villeneuve-d'Ascq

Imprimé en France par
CPI Brodard & Taupin
en février 2025
N° d'impression : 3059357

Pocket – 92 avenue de France, 75013 PARIS

S34827/01